ANNA BONACINA

Erdbeersommer mit Aussicht

ANNA BONACINA

Erdbeersommer mit Aussicht

Roman

*Übersetzung aus dem Italienischen
von Elisa Harnischmacher*

Lübbe

Cradle to Cradle Certified® ist eine eingetragene Marke
des Cradle to Cradle Products Innovation Institute.

Titel der italienischen Originalausgabe:
»L'estate in cui fiorirono le fragole«

Für die Originalausgabe:
Copyright © 2023 by Anna Bonacina

Für die deutschsprachige Ausgabe:
Copyright © 2025 by
Bastei Lübbe AG, Schanzenstraße 6–20, 51063 Köln, Deutschland

Dieses Werk wurde vermittelt durch die Literarische Agentur Gaeb & Eggers,
Berlin, in Zusammenarbeit mit Walkabout Literary Agency, Rome.

Bei Fragen zur Produktsicherheit wenden Sie sich bitte an:
produktsicherheit@bastei-luebbe.de

Textredaktion: Marion Labonte, Wachtberg
Umschlaggestaltung: Manuela Städele-Monverde
Illustration: © Marcella Onzo
ART DIRECTOR: Francesco Marangon; GRAPHIC DESIGNER: Claudia Puglisi
Satz: Dörlemann Satz, Lemförde
Gesetzt aus der Adobe Caslon
Druck und Verarbeitung: GGP Media GmbH, Pößneck

Printed in Germany
ISBN 978-3-7577-0108-6

2   4   5   3   1

Sie finden uns im Internet unter luebbe.de
Bitte beachten Sie auch: lesejury.de

Für meine Mamma und meinen Papà,
die meine Kindheit mit Geschichten gefüllt haben.
Und für Spam, der auf immer in Tigliobianco lebt.

Prolog

Sonntagmorgen. Ein ganz normaler Morgen im Juni, in einem ganz normalen Dorf.

Die winzige Kirche war voll, und draußen tobte das schlimmste Gewitter, das man jemals in Tigliobianco gesehen hatte. Zumindest Agnese hatte noch kein schlimmeres gesehen, und die lebte schon immer dort, kurz vor dem Dorfeingang in einem rosafarbenen Haus. Gleich daneben stand ein gelbes Haus, in dem ihre Erzfeindin wohnte: Elvira.

Agnese und Elvira waren gleich alt und teilten die gleichen Leidenschaften. Wären sie keine Erzfeindinnen gewesen, hätten sie beste Freundinnen sein können. Nun saßen sie beide in der ersten Bankreihe – so weit wie möglich voneinander entfernt – und beäugten sich argwöhnisch.

Ihre Feindschaft hatte ihren Ursprung lange vor diesem Gewittersonntag, der für die meisten Mitglieder der kleinen Dorfgemeinschaft ein einschneidendes Ereignis mit sich bringen sollte. An jenem Morgen, an dem unsere Geschichte beginnt, dachte also Agnese in der gut gefüllten Kirche, dass sie ein solches Gewitter in Tigliobianco noch nie gesehen hatte.

Der uralte Don Attilio sagte soeben mit unsicherer Stimme: »Gehet in Frieden.« Dann blickte er leicht verschämt in die Runde seiner Gläubigen, als wollte er um Entschuldigung bitten. Gehet in Frieden – wohin? Wo doch draußen Gott höchstpersönlich zu wüten schien. Wer hätte es gewagt, die Kirche bei diesem Sturmgebraus zu verlassen?

Die in der Kirche Versammelten standen auf und scharten sich nun vor der großen geöffneten Holztür zusammen, doch hinaus trat niemand.

»Don, da draußen geht gerade die Welt unter«, gab die damals nicht einmal fünfzigjährige Elvira zu bedenken, und damit hatte sie recht.

»Ja, also dann …«, setzte der langnasige Pfarrer verständnisvoll an, bahnte sich einen Weg durch die kleine Gruppe und besah sich den Himmel und die Hagelkörner, die auf den Kirchplatz schlugen. »Wollt ihr vielleicht hierbleiben, bis es aufgehört hat?«

»Wir können ja eine kleine Kartenrunde Rubamazzo spielen …«

»Kommt gar nicht infrage, ich muss los!«, erhob sich da trotzig eine Frauenstimme.

Sechsundvierzig Köpfe drehten sich gleichzeitig nach ihr um. Die Pfarrhaushälterin Luisa verzog wie immer keine Miene.

»Wo willst du denn hin, Luisa, wo dich doch draußen der erste Blitz erwischt«, unkte Elvira.

»Ich habe Marmelade auf dem Herd.«

»Du bist aus dem Haus gegangen und hast den Herd angelassen?«, entgeisterte sich Don Attilio.

»Genau, aber jetzt muss ich ihn ausmachen, die Marmelade sollte fertig sein.«

»Für Erdbeerkuchen?«, erkundigte sich Agnese betont beiläufig.

Liebenswert wie immer antwortete Luisa: »Kümmere dich um deinen eigenen Kram.« Niemals würde sie das Rezept ihres Erdbeerkuchens preisgeben, der so köstlich war, dass er im Dorf sogar mit einem eigenen Namen bedacht wurde: La Suprema.

Die Suprema war Luisas ganzer Stolz. Pfarrhaushälterin war ihr Beruf, ihre Leidenschaft jedoch galt dem Backen. Ihr sagenumwobenes Rezeptbuch, ein zerfleddertes Heftchen mit von Flecken übersätem schwarzem Einband, barg ein noch besser gehütetes Geheimnis als das Voynich-Manuskript.

»Ich gehe!«, verkündete sie entschlossen und schritt hinaus.

Sechsundvierzig Augenpaare sahen ihr nach, beobachteten, wie sie ein vollkommen machtloses kariertes Schirmchen aufspannte und sich entschieden daranmachte, den Kirchplatz zu überqueren.

»Zwanzigtausend Lire, dass sie vom Blitz getroffen wird«, rief Vittorino.

»Abgemacht!«, begeisterte sich der Junge hinter ihm, dem schon bald eine aufregende Jugend bevorstehen sollte.

Er hieß Cesare und war heute mit seinem großen Bruder Ettore und der Mutter zur Messe gekommen. Sein Traum war es, Arzt zu werden, und er wünschte sich nichts sehnlicher, als mit eigenen Augen beobachten zu können, wie ein Blitz ein menschliches Wesen unter Strom setzte.

Genau in diesem Moment – niemand der an diesem Junisonntag in der Kirche Versammelten würde es je vergessen – schlug der Blitz vor der Kirche ein und traf zielsicher die Pfarrhaushälterin Luisa und ihr kariertes Schirmchen.

Die Menge schrie auf. Don Attilio fiel in Ohnmacht.

»Gewonnen!«, freute sich Vittorino, der seit Menschengedenken noch keine Wette verloren hatte.

»Und was ist jetzt mit dem Rezeptheft?«, stieß Agnese hervor.

Drei nahezu gleich gekleidete Frauen, Claretta, Rosamaria und Evelina, seit frühesten Kindheitstagen ein Herz und eine

Seele, blickten sie staunend an. Da lag Luisa qualmend auf dem Kirchplatz, und das Erste, das Agnese dazu einfiel, war das Rezeptbuch. Das erforderte Mut – und diesen Mut bewunderten die drei, und das nicht zu knapp.

Mit einem Mal befand das Gewitter wohl, dass es nun genug Schaden angerichtet hatte, und verzog sich ebenso schnell wie es gekommen war. Der Regen versiegte, und vor den verblüfften Blicken der kleinen Gemeinde erstrahlte ein majestätischer Regenbogen.

»Ein Zeichen«, flüsterte Agnese, während man Don Attilio vorsichtig auf eine Bank in der letzten Reihe bettete, und Cesare, der einmal Chirurg werden sollte, nach draußen rannte, um die vom Blitz getroffene Haushälterin aus der Nähe zu betrachten. Eine solche Gelegenheit würde sich nicht noch einmal bieten.

Im gleichen Moment, in dem Cesare zur auf dem Kirchplatz niedergestreckten Luisa rannte, und sich ein Regenbogen fast herausfordernd über Tigliobianco spannte, streckte ganz woanders die kleine Priscilla – in ihrem zweiten Kindergartenjahr – zwischen Rutsche und Sandkasten einem Jungen eine Margerite entgegen. Doch der schubste sie einfach weg, so heftig, dass sie mit der Stirn gegen eine Bank schlug.

Es sollte noch zweiunddreißig Jahre dauern, bis sich ihr Schicksal mit dem von Tigliobianco und seinen Bewohnern kreuzen würde.

1

Venedig, Mai. Zweiunddreißig Jahre später

»Dann bin ich gegangen und habe die Blumen dagelassen«, berichtete Priscilla Greenwood ihrer Freundin Rebecca, einer hübschen Frau mit dunklem Pagenschnitt.

»Die Blumen hättest du doch wenigstens mitnehmen können. Was waren es denn für welche?« Rebecca führte eine florierende Gärtnerei, und die Blumen weckten ihr professionelles Interesse.

»Keine Ahnung. Gelbe. Vielleicht Trollblumen?«

»Trollblumen? Wer bringt denn einen Strauß Trollblumen mit? Wohl eher Narzissen.«

»Darum geht es doch gar nicht, Rebecca. Es geht darum, dass ich kein einziges Mal bei meinen Eltern essen kann, ohne dass meine Mutter einen zufällig irgendwo aufgegabelten Single mit einlädt, um mich unter die Haube zu bringen.«

»Wie kommst du denn auf Trollblumen?« Offensichtlich hatte Rebecca nicht zugehört.

Ebenso wenig wie Priscilla. »Wo findet sie bloß all diese Singles? Stöbert sie die an der Tankstelle auf? Im Supermarkt? Ich sehe sie förmlich vor mir, wie sie nach einem Einkaufswagen ohne homogenisierte Lebensmittel Ausschau hält. Und dann tippt sie dem Typ auf die Schulter und sagt: ›Entschuldigung, sind Sie Single? Weil, Sie haben da tiefgefrorene Fischsuppe im Wagen. Meine Tochter ist noch nicht verlobt, und sie ist wirklich sehr hübsch. Und noch dazu eine erfolgreiche Schriftstellerin. Warten Sie, ich zeige Ihnen ein Foto. Hier‹. Und *voilà*, holt sie ein Foto von mir aus der Tasche und drückt es ihm wie einen Prospekt von Scientology in die Hand.«

»Also ich habe irgendwo gelesen, dass man in Supermärkten ziemlich gut flirten kann. Singles gehen ja schließlich auch einkaufen«, sinnierte Rebecca und steckte sich eine verschrumpelte Olive in den Mund.

Sie verfügte über die zweifelhafte Gabe, nie das Wesentliche einer Unterhaltung zu erfassen. Normalerweise fand Priscilla das erfrischend, aber heute nervte es sie. Sie hob die Hand, um einen weiteren Americano zu bestellen. Schön stark. War eh egal.

»Wenigstens hat er dir Blumen mitgebracht«, gab Rebecca zu bedenken, die Priscillas Mutter Lucinda schon immer gemocht hatte. »Vielleicht hätte er sich ja als ganz interessant herausgestellt. War er wenigstens süß?«

»Süß? Ein Mann muss nicht süß sein, zumindest nicht, wenn er älter als neun ist. Der Kanarienvogel Titti ist süß, ein Mann nicht! Außerdem war er Immobilienmakler, und weißt du, wie lange so einer über die Vorteile von Terrakottaböden reden kann? Sechsundzwanzig Minuten! SECHSUND-ZWANZIG! Ich habe jede einzelne gezählt.«

»Und nach diesen sechsundzwanzig Minuten bist du also gegangen und hast die armen Narzissen einfach liegengelassen?«

»Das waren keine Narzissen. Wie die aussehen, weiß ich. Sonnenblumen vielleicht? Auf jeden Fall habe ich gewartet, bis wir fertig gegessen hatten, dann habe ich mich höflich von allen verabschiedet, mich bedankt, meiner Mamma und meinem Papà einen Kuss und dem Typ die Hand gegeben, und dann, ja dann hab ich meine Sachen gepackt und bin gegangen.«

»Sonnenblumen? Kann ich mir nicht vorstellen, die hättest du erkannt. Der innere Teil ist rund und ziemlich groß und schwarz – du weißt, welche ich meine, oder? Die hast du schon tausendmal gesehen. Und er hat nicht mal angeboten, dich nach Hause zu bringen?«

»Doch, aber ich habe gesagt, dass ich nicht nach Hause gehe.«

»Wo bist du denn noch hingegangen?«, fragte Rebecca staunend.

Dass Priscilla nicht nach Hause wollte, kam eigentlich nie vor. Sie zum Ausgehen zu überreden, war nahezu ein Ding der Unmöglichkeit, und dieser kleine Aperitif heute grenzte an ein Wunder.

»Nach Hause. Aber ich habe behauptet, ich hätte um Mitternacht noch eine Verabredung vor der Fenice und dürfte auf gar keinen Fall zu spät kommen.«

»Ich kann mir deine Mutter gerade gut vorstellen … Mit wem warst du denn um Mitternacht vor der Fenice verabredet?«

»Mit niemandem! Hör doch zu, Rebecca. Ich wollte einfach nur nach Hause, mich mit einer Flasche Rum einschließen und versuchen, Calliope umzubringen.«

Schockiert stellte Rebecca ihren Weißwein ab. »Das ist jetzt nicht dein Ernst.«

»Oh doch!«, gab Priscilla zurück und band sich ihr rötliches Haar nachlässig im Nacken zusammen. »Diesmal mache ich die Hure kalt.«

Am Nebentisch drehte ein leicht ergrauter Herr mit einem Bier in der Hand den Kopf gerade so weit, dass ein eventueller Mordplan ihm nicht entgehen konnte. Immerhin war sein Cousin Vittorio bei der Polizei. Man konnte ja nie wissen.

»Und wie?«

»Na ja, dunkle Gassen, Verfolgung, sowas eben.«

»Ich mag Calliope«, wandte Rebecca leise ein.

»Ich nicht mehr. Seit neun Jahren ertrage ich sie. Neun Jahre! Weißt du, wie viele Wörter ich heute Morgen geschrieben habe? Tausendsiebenhundertneunundachtzig!«

»Ist das viel oder wenig?«, wollte die Freundin wissen, die sich mit Pflanzen, aber nicht mit Word auskannte.

»Das ist erbärmlich. Ein Debakel. In drei Stunden und zwölf Minuten. Ich komme nicht drum herum, Rebecca: Entweder mache ich sie kalt, oder ich bin am Ende. Nach neun Jahren und sieben Romanen habe ich doch wohl jedes Recht der Welt, Calliope del Topazio nicht mehr zu ertragen, oder?«

Missmutig betrachtete Rebecca die Orangenscheibe in ihrem Drink.

Als Frau aus dem achtzehnten Jahrhundert, wunderschön, hellblond, keineswegs zugeknöpft (in jeglicher Hinsicht) und umworben von unzähligen Männern – hervorzuheben der finstere Pirat Jack Raven und der schmachtende Graf Edgar Allan –, war Calliope das genaue Gegenteil ihrer Schöpferin, die, in unförmige Sweatshirts und schwarze Leggins gekleidet, das störrische Haar mit Kinderspängchen wirr hochgesteckt, Nussschokolade und Pfefferchips gleich aus der Packung mümmelte, während sie die Abenteuer ihrer Heldin niederschrieb. Wo Calliope sich in einem blühenden Liebesleben erging, warf Priscilla mit sechsunddreißig Jahren ihre Angel schon längst nicht mehr aus. In ihrem ganzen Leben hatte sie sich drei Liebesgeschichten erlaubt. Die erste hatte ihr eine winzige Narbe auf der Stirn eingebracht, gleich über der rechten Braue. Die zweite ein äußerst leidenschaftliches Abenteuer während der Studienzeit, unzählige schlaflose Nächte und ein verwundetes Herz. Die dritte ein halbes Jahr Psychotherapie. Das hatte gereicht.

Schon mit vier Jahren und der ersten Narbe hätte sie es begreifen müssen: Nicht jeder Topf findet seinen Deckel. Ihre Freundinnen trafen sich mit langweiligen, aber anständigen Männern und gründeten Familien, sie aber suchte ein märchenhaftes Abenteuer außerhalb des Märchens und versuchte, sich mit Therapiesitzungen zu trösten. Nein, es reichte. Mit Liebesangelegenheiten hatte sie abgeschlossen. Außer mit denen in ihren Büchern.

»Na gut, dann mach sie halt kalt.« Rebecca gab auf. »Aber erledige es ordentlich. Und bloß keine Sonnenblumen bei ihrer Beerdigung. Frag mich vorher.«

»Versprochen.«

»Weißt du noch, Dr. MacMillan? Zum Anbeißen war der«, schwärmte Rebecca plötzlich. »Den hast du aber nicht umgebracht, oder?«, fügte sie mit einem hoffnungsvollen Blick hinzu.

»Roger MacMillan … Was für ein Mann! Nein, nein, den habe ich am Leben gelassen.«

Priscilla Greenwood, deren richtiger Nachname Verdebosco lautete, hatte äußerst erfolgreich eine Reihe von Harmony-Liebesromanen um den Kinder-Herzchirurgen Dr. Roger MacMillan verfasst, den ersten Band mit dem Titel *Rote Rosen und Narkosen*. Sie war selbst ein bisschen verliebt in ihn, denn er war ihr wirklich gut gelungen: dunkelhaarig, sinnlich und sanft, aber doch ein bisschen verwegen. Die Mütter seiner kleinen Patienten liebten ihn, ebenso wie alle Krankenschwestern seiner Abteilung und überhaupt des gesamten Krankenhauses. Priscilla hatte ihn sich ziemlich detailreich ausgemalt, und wenn sie sich konzentrierte, dann konnte sie noch immer sein Bild vor ihrem inneren Auge sehen. Ach, Dr. MacMillan … Ihr Allheilmittel gegen die enttäuschenden Männer der Wirklichkeit. Ein Abgott, der sie immer tröstete.

Dann hatte sie für eine Reihe historischer Liebesromane

Calliope erschaffen, dramatische Heldin unzähliger tragischer Abenteuer, und mit ihr einen Volltreffer gelandet. Erst in Italien, dann in ganz Europa, und schließlich auch in Amerika. Doch ausgerechnet jetzt, da sie zu einer gefeierten Persönlichkeit in diesem Genre geworden war, kam ihr eine furchtbare Schreibblockade in die Quere. Kurz: Sie steckte ziemlich in der Klemme.

Ihr war von Anfang an klar gewesen, dass sie ihren italienischen Namen ablegen musste, wenn sie zur Königin leidenschaftlicher Liebesromanzen aufsteigen wollte. Wer würde sie mit dem Namen »Verdebosco« schon ernst nehmen? Sie hatte ihn also einfach ins Englische übersetzt und sich damit ein wunderbares Pseudonym zugelegt: Priscilla Greenwood war geboren. Der Einband ihrer Bücher zeigte ein zehn Jahre altes Foto von ihr sowie eine erfundene Kurzbiografie, in der es hieß, sie besitze eine große Ranch in Kalifornien, züchte Vollblutpferde und pendle zwischen den unendlichen Weiten Kaliforniens und ihrem Penthouse an der Fifth Avenue in New York hin und her.

In Wahrheit bewohnte sie ein Appartement in Venedig, und ihre Mutter Lucinda rief sie jeden Abend um Punkt acht Uhr an, um ihr zu prophezeien, dass sie als alte Jungfer enden würde, wenn sie so weitermachte. Es interessierte sie kein bisschen, dass ihre Tochter genau das wollte: ein Leben in Altjüngferlichkeit auf dem Sofa, mit erfundenen Geschichten, die mit der Wirklichkeit nichts zu schaffen hatten. Lucinda stand mit beiden Beinen fest im richtigen Leben, und ihr war unbegreiflich, dass ihre Tochter das nicht tat. Am allerwenigsten wollte ihr in den Kopf, dass Priscilla diese unüberwindbare Mauer um sich und ihre Fantasiewelt errichtet hatte.

Priscilla hatte schon vor langer Zeit beschlossen, ihr Leben auf dem schmalen Grat zwischen Traum und Wirklichkeit zu verbringen, einem Ort, den zu betreten nur den Wenigsten vergönnt war. Einigen gelang ein verzauberter Blick in den Abgrund, der das eine vom anderen trennte.

Mancher, der inmitten von Geschichten aufwuchs, fand nicht mehr hinaus und erschuf sich eine eigene kleine Welt, gut von der Wirklichkeit abgeschottet. Eine Alice, die aus dem Wunderland nicht zurückkehrte. Das war Priscilla.

Enttäuscht vom wirklichen Leben, hatte sie sich in die Fantasie geflüchtet, hatte sich dort zwischen den Worten niedergelassen. In Sicherheit.

»Weißt du noch, wie er im Krankenhaus die Bombe entschärft und alle Kinder auf der Station gerettet hat? Und als er fast auf die fiese Pharmareferentin hereingefallen wäre?«, fragte Rebecca.

»Schöne Zeiten waren das, die mit Roger MacMillan …« Priscilla seufzte und nahm ein paar Chips von dem Teller auf dem Tisch vor ihr. Nun aber lag ihre Kreativität brach, und das war ganz sicher die Schuld von Calliope del Topazio. Die dumme Nuss. Bei der lief immer alles glatt, von ein paar Mordversuchen mal abgesehen.

Rebecca warf zum wiederholten Male einen leicht besorgten Blick auf die Uhr.

»Musst du weg?«, erkundigte sich Priscilla.

»Ja, also … Ich …«, stammelte Rebecca verlegen.

»Bist du verabredet? Kein Problem, wenn du gehen musst.«

»Nein, ich …« Rebecca senkte schuldbewusst den Blick.

»Du was?«

»*Ich* habe keine Verabredung, meine ich.« Zwei riesige dunkle Augen blickten Priscilla reumütig an. Rebecca sah aus wie Bambi.

»Oh nein …«, stöhnte Priscilla, die Schlimmes ahnte.

»Um acht. Aber wir können gleich gehen.«

»Rebecca, bitte, nicht du auch noch! Hat Lucinda ihre Finger dabei im Spiel? Sag mir, wenn meine Mutter dich erpresst. Was hat sie gegen dich in der Hand? Ich zahle dir mehr!«

Rebecca war untröstlich. »Ich dachte, ihr mögt euch vielleicht … Er ist ein Kollege von Filiberto, frisch getrennt.«

Priscilla musterte sie traurig. »Frisch getrennt, auch das noch. Also ich geh dann mal nach Hause.«

Sie stand auf, doch Rebecca hielt sie zurück. »Bist du sauer auf mich?«

»Nein, aber ich will jetzt nach Hause. Hört auf damit, bitte. Glaub mir, ich fühle mich wohl, so wie ich bin. Ich schaffe mir noch eine Katze und Strickzeug an, und von dir bekomme ich bestimmt ein paar Primeln, aber lasst mich einfach in Ruhe damit. Langsam wird es ziemlich schwierig, um all die Typen herumzukurven, die ihr mir andrehen wollt.«

Sie fuhr Rebecca beschwichtigend über den dunklen Pagenkopf.

Eine halbe Stunde später lag Priscilla in Snoopy-Shirt und Kniestrümpfen auf dem Bett, die Beine an der Wand hochgestreckt, das Telefon neben sich.

Sie war Rebecca nicht böse, aber wenn ihre Freundin und ihre Mutter so weitermachten, dann würde Priscilla sich nicht mehr aus dem Haus wagen, und der nächste Vielversprechende würde in einer dunklen Ecke im Hauseingang zwischen Tür und Schirmständer auf sie warten müssen.

Dann würde es ihr so ergehen wie diesen Leuten, die am gedeckten Küchentisch verhungerten, und die anderen Hausbewohner merkten erst am Geruch, dass etwas nicht stimmt. Sie schauderte.

Zu allem Überfluss hatte sie auch noch das passende Äußere für ein solches Ende. Ihre Augen waren von dunklem Blau und das dichte Haar fiel ihr ihn langen kupferfarbenen Locken über die Schultern. Sie sah aus wie einem präraffaelitischen Bild entsprungen, und dem versuchte sie mit Springerstiefeln und Peanuts-Shirts etwas entgegenzusetzen. Und unter keinen Umständen durfte man sie tot auf einem Küchenstuhl auffinden. Mit Männern abgeschlossen zu haben war vollkommen in Ordnung und noch lange kein Grund, zu einer Schlagzeile in der Lokalpresse zu werden, mit beklommenen Kommentaren ihrer Bekannten darunter:»Sie war ein guter Mensch, aber sehr einsam, sie verließ nicht einmal mehr das Haus.« Es war Zeit für einen Tapetenwechsel. Calliope musste woanders erledigt werden.

Also löschte sie auf einen Schlag die tausendsiebenhundertneunundachtzig Wörter, die sie am Morgen geschrieben hatte, und gab»Einsames Dorf Haus mieten« bei Google ein.

Nicht einmal Calliope del Topazio, Frau der tausend Wunder, würde einen Sommer mitten im Nirgendwo überleben.

Zwei Tage später schrieb Priscilla ihrer Lektorin Cecilia. Sie hatten gemeinsam an allen sieben Calliope-Romanen gearbeitet, hatten Handlungslücken gefüllt, historische Ungenauigkeiten und Unstimmigkeiten im Handlungsverlauf korrigiert und scheinbar Unmögliches geradegerückt. Cecilia war ihr Schutzengel. Immer aufmerksam, immer den richtigen Rat bei der Hand, immer einen ausgezeichneten Whiskey parat, wenn man ihn brauchte. Aber auch sie konnte keine Wunder vollbringen. Priscilla konnte nur hoffen, dass diese überstürzte Flucht aus Venedig ihr einen Kreativitätsschub bereiten würde.

Liebe Cecilia,
Calliope gibt nichts mehr von sich, was man als Lebenszeichen deuten könnte. Vielleicht ist sie tot. Hoffentlich. Ich werde es herausfinden. Dafür habe ich eine Villa gemietet, die aussieht wie ein viktorianischer Traum nach einer or-

*dentlichen Dosis Opium. Sie liegt in einem einsamen Dorf
und ist umgeben von einem wahren Blumenmeer. Dorthin
werde ich mich vorläufig zurückziehen.*

   Niedergeschlagene Grüße.

   P.

*PS: Das Dorf heißt Tigliobianco, und dort ist buchstäblich
der Hund begraben. Genau richtig, um die Leiche einer sit-
tenlosen Blondine loszuwerden.*

Sie schickte die Mail ab, schloss den Laptop und steckte ihn in
ihre Tasche. Tigliobianco. Sie hoffte, dass es dort wirklich ruhig
sein würde. Wenn nicht in einem winzigen Dorf wie diesem,
wo dann?

2

Tigliobianco, einige Tage später.

Wollte man Tigliobianco beschreiben, kam man um ein Wort nicht herum: »Gässchen«. Am Fuße eines Berges wand sich das Dorf regelrecht um sich selbst. Die Häuser wuchsen mehr in die Höhe als in die Breite, und die Straßen waren handtuchschmal. Man konnte sehen, was es bei den Nachbarn zu essen gab und musste bloß den Arm aus dem Fenster strecken, um den Salzstreuer in das gegenüberliegende Haus zu reichen. Von den zumeist hölzernen Balkonen hingen üppige Geranien, und da sich die Einwohnerzahl auf genau sechsundvierzig belief, kannte jeder jeden. Rund um die Häuser erstreckten sich Wiesen. Zur nächsten Stadt führte eine einzige Straße, und zwar von der kleinen Piazza aus, die mit drei roten Bänken bestückt war, dazu gab es drei Straßenlaternen, eine Kirche, eine kleine Bar sowie einen winzigen Laden, in dem alles und nichts zu haben war – wie so häufig in solchen Dörfern.

Steinhäuschen und blumengeschmückte Balkone, das war Tigliobianco, die Gässchen kopfsteingepflastert, und je weiter man sich vom Zentrum entfernte, desto holpriger wurden sie. Wie immer und überall verließen die jungen Leute den Ort so schnell wie möglich, diejenigen, die blieben, aber hegten und pflegten ihn wie ein Kleinod und sorgten dafür, dass stets alles seine Ordnung hatte.

Am Dorfende, an einer Gasse, die immer schmaler werdend zu Wiesen und Wäldern führte, standen ein gelbes und ein rosafarbenes Haus nebeneinander, jeweils hübsch umzäunt. Dort lebten noch immer Agnese und Elvira, die – noch immer – die gleichen Leidenschaften teilten und nahezu das gleiche Leben führten. Und doch waren sie verfeindet, seit ihre fortdauernde Fehde einst aus sechs Tomatenpflanzen und einem jugendlichen Sommerkleid entsprang.

Eines schönen Nachmittags hatte sich Agnese mit ihren Tomaten abgemüht, als Mario mit der Zeitung unterm Arm vorbeischlenderte. Mario war der Ehemann von Elvira und ein wahrer Gentleman. An einer hilfebedürftigen Frau vorbeizugehen, ohne seine Unterstützung anzubieten, war für ihn undenkbar. In jeder Hinsicht denkbar war das allerdings für Elvira, die gerade das Haus verließ und ihren frischgebackenen Ehemann über das Beet der Nachbarin gebeugt erblickte. Und die Nachbarin ihrerseits über ihn gebeugt, offensichtlich in der Absicht, seine Aufmerksamkeit auf das zu lenken, was sich in dem Ausschnitt ihres Sommerkleides verbarg.

Um die Wahrheit zu sagen, dachte Agnese in diesem Moment überhaupt nicht an ihren Ausschnitt, sondern nur an ihre Tomaten. Elvira jedoch konnte sich nicht vorstellen, dass eine Frau so nahe bei ihrem Mario stehen und sich nicht um ihn, sondern nur um irgendwelche Nachtschattengewächse scheren konnte. Von diesem Moment an bezeichnete sie Agnese als eine »Frau von zweifelhaftem Ruf«, beobachtete sie fortwährend und hasste sie von ganzem Herzen – auch nachdem Mario verstorben war, überrollt von seinem eigenen Traktor. Und auch jetzt noch, da beide Frauen sechsundsiebzig Jahre alt waren.

Normalerweise stand Agnese vor Sonnenaufgang auf, genauer gesagt mit dem schiefen Gekrähe von Evaristo, Elviras rabiatem rotem Hahn, und jeden einzelnen Morgen stellte

Agnese sich vor, wie gut er sich doch mit ein paar neuen Kartoffeln in einer Pfanne machen würde. An jenem Morgen aber war sie schon vor seinem Krähen wach, blieb noch im Bett und wälzte – wie so oft in den letzten zweiunddreißig Jahren – einen einzigen Gedanken in ihrem Kopf umher: Wo steckt bloß das Rezeptheft von Luisa?

Der Tod der Pfarrhaushälterin war durchaus filmreif gewesen, keine Frage, und niemand hatte je eine Bemerkung darüber gewagt, doch auch nach so langer Zeit rief er im Dorf noch verschmitzte Blicke und heimliches Schmunzeln hervor. Die Pfarrhaushälterin hatte eine beachtliche Anzahl selbstgemachter Filztopflappen in Hühnerform hinterlassen, den vor Schreck zur Salzsäule erstarrten damaligen Pfarrer und das berühmt berüchtigte Rezeptbuch, welches einigen glaubwürdigen Quellen zufolge auch das Rezept für die Suprema enthielt, den Erdbeerkuchen, der die Geschmacksnerven augenblicklich ins Paradies katapultierte.

Als die gute Luisa also vom Blitz getroffen wurde, brach sogleich die fieberhafte Suche nach dem Heft aus, die seit zweiunddreißig Jahren ununterbrochen fortgeführt wurde, mal mehr, mal weniger. An jenem Junimorgen waren für Agnese, die im Bett auf das Krähen von Evaristo wartete, zwei unumstößliche Dinge klar: Erstens musste dieses verflixte Heft mit dem Rezept der Suprema noch irgendwo im Pfarrhaus stecken. Und zweitens würde sie mit dem Rezept der Suprema den Erdbeerkuchen-Wettbewerb »Gara Fragolina« gewinnen, der jedes Jahr am letzten Sonntag im Juli in Tigliobianco stattfand.

Das Dorf, das in einer dieser gläsernen Schneekugeln zu stecken schien, beging die jährliche Gara Fragolina höchst offiziell und nach allen Regeln der Kunst: Plakate an allen Mauern kündigten das Spektakel an, und die Frauen warfen sich ordentlich in Schale.

Voller Kampfgeist stand Agnese auf, öffnete das Fenster und nickte Evaristo mit dem Kinn zu, der sie aus dem Nachbarhof angriffslustig anstarrte.

»Kartoffeln«, brummte die Frau, »was anderes hast du nicht verdient.« Dann überlegte sie, wann sie Don Casimiro einen Besuch abstatten könnte. Einen weiteren, wie schon so viele zuvor.

Nebenan, in dem gelben Haus, das farblich hervorragend zu dem rosafarbenen von Agnese passte, stellte Elvira Pasta her. Die Eier dafür hatte sie von ihren Hühnern Clara, Bella, Ginevra und Circe. Brave Hühner waren das. Jeden Morgen legten sie jeweils ein frisches Ei. Während Elvira nun mit ihren kräftigen Armen den Teig für ihre Tagliatelle ausrollte, warf sie einen abschätzigen Blick zu Agneses Fenster hinüber. Seit fünfzig Jahren waren sie Nachbarinnen und seit neunundvierzig ließen sie kein gutes Haar aneinander. Und als ob diese Sache mit Mario, Gott hab ihn selig, nicht schon genug wäre, hatte Elvira schon öfter belauscht, wie die Nachbarin dem Hahn Evaristo Drohungen zuzischelte. Drohungen, in denen eine Pfanne eine große Rolle spielte.

Während Elvira nun die Tagliatelle zu kleinen Nestern formte, versank sie für einen Moment in einer nostalgischen Erinnerung an ihren verstorbenen Mario. Dann endlich war das letzte Nest fertig, und Elvira seufzte zufrieden. Jetzt würde sie ein wenig die Beine hochlegen und endlich weiter ihr Buch aus der Harmony-Bianca-Reihe lesen können, das schon aufgeschlagen und mit dem Rücken nach oben auf dem Sofa lag. Der attraktive Hautarzt war gerade dem sinnlichen Charme der schüchternen Sozialarbeiterin erlegen, und nun folgten Seiten voller bebender und in Leidenschaft entflammter Leiber. Elvira wartete auf das drohende Zerwürfnis, bevor dann alles in ein Happy End münden würde.

Sie war sicher, dass Jessica, die sittenlose Nachtschwester, auch noch eine Rolle spielen würde.

Elvira brummte etwas über jene Schwester und dachte, dass diese Harmony-Bianca-Reihe ja nicht schlecht war, aber doch bald ein neuer Roman ihrer Lieblingsschriftstellerin Priscilla Greenwood erscheinen sollte, der Schöpferin der wunderbaren Calliope del Topazio.

Verträumt blickte sie aus dem Fenster, als ihr plötzlich etwas auffiel: Es war schon Juni, und die Villa Edera stand noch leer. Seltsam.

Während Agnese darüber brütete, wie sie einmal mehr das Pfarrhaus bis in den letzten Winkel durchsuchen könnte, und Elvira sich den Träumen über Calliope del Topazio und deren glühende Verehrer hingab, ging es in der Dorfbar hoch her.

Die morgendliche Briscola-Kartenpartie wurde erbitterter ausgetragen als sonst, weder Elvio noch Vittorino wollten klein beigeben. Und Anita, die Cappuccini servierte, wusste zu berichten, dass die Villa Edera auch in diesem Sommer vermietet war – was Elvira allerdings noch nicht wusste. Über den Mieter jedoch war nichts bekannt.

Die Damen vom Buchclub, die sich regelmäßig in der kleinen muffigen Dorfbibliothek trafen, waren ob dieser Nachricht vollkommen aus dem Häuschen. Evelina, Claretta und Rosamaria hingegen machte diese Neuigkeit fassungslos. Den in die Jahre gekommenen Damen entging für gewöhnlich nicht die kleinste Kleinigkeit, und dass sie nun nicht wussten, wer die Villa Edera über den Sommer gemietet hatte, fanden sie skandalös. Dicht zusammengerückt saß das so genannte »Dreierklübchen« auf Klappstühlen mit passenden Fußhöckerchen vor Clarettas Laden – der, als einziges Lebensmittelgeschäft im Dorf, von passierten Tomaten bis Zigaretten alles anbot, ursprünglich jedoch Delikatessen hatte feilbieten wollen und sich deshalb mit dem Namen *Das Reich der Köstlichkeiten* schmückte. Sie steckten ihre ergrauten Köpfe zusammen und ließen sich lang und breit über die fragliche Angelegenheit aus. Sie hatten ja wohl ein Recht darauf zu erfahren, wer den Sommer bei ihnen in Tigliobianco verbringen würde, oder etwa nicht?

In ihren zwar unterschiedlichen, trotzdem aber nicht leicht auseinanderzuhaltenden geblümten Kittelschürzen – bei Frauen eines bestimmten Alters im Sommer besonders beliebt – gingen sie nahezu ineinander über. Schon seit Kindertagen waren sie wie Pech und Schwefel, ihre Gesichtszüge hatten sich einander angeglichen, und wenn eine von ihnen gerufen wurde, drehten sich alle drei um.

»Man weiß also rein gar nichts? Das ist doch kein Zustand!«

Rosamaria seufzte. »Überhaupt, wir sollten mitbestimmen dürfen, wer sich den Sommer über da einmietet. Wisst ihr noch, als diese Familie mit den sechs Kindern dort war? Die Schreihälse hat man in ganz Tigliobianco gehört, hat man die.«

»Es ist skan-da-lös!« Ungläubig schüttelte Claretta den Kopf. »Wir sind es doch, die mit denen auskommen müssen, die feine Ludovica bekommt ja von alldem nichts mit!«

Drei Köpfe nickten entschlossen. Es war allgemein bekannt, dass das Dreierklübchen kein gutes Haar an Ludovica ließ. Die rechtmäßige Eigentümerin der Villa Edera war in Tigliobianco geboren, hatte auf einer Kreuzfahrt einen reichen Anwalt kennengelernt, ihn geheiratet und war dann in die Stadt gezogen. Ihre Villa hatte sie sich selbst überlassen und vermietete das Haus schon seit Jahren im Sommer, was das Dreierklübchen für unverzeihlich hielt. Schließlich vermietete man das Haus der eigenen Ahnen nicht an irgendwelche dahergelaufenen Störenfriede – wenn überhaupt, dann verkaufte man es an ehrwürdige Alteingesessene.

26

»Und damals, als diese zwei da waren, die kein einziges Mal im Dorf aufgetaucht sind? Zwei Monate sind die nur im Haus geblieben! Wir wussten ja kaum, wie die aussahen, wussten wir nicht. Wahrscheinlich haben die Drogen genommen …« Evelina blickte vielsagend in die Runde.

»Schlimmer als die Schreihälse von dieser Familie waren die. Dachten wohl, sie fangen sich im Dorf werweißwas für Krankheiten ein.«

Da ertönte fröhliches Kindergeschrei, und die drei Köpfe fuhren herum.

»Ach, die Zwillinge und die Kleine. Jetzt hör sich mal einer diesen Lärm an. Die Virginia, die kann doch gar nicht mit Kindern umgehen, kann die nicht«, entfuhr es Rosamaria.

»Die fallen jetzt über meinen Laden her und fassen alles an«, stöhnte Claretta und erhob sich bemerkenswert flink von dem niedrigen Klappstuhl.

Ein Stück die Straße hinunter tauchten die drei Geschwister La Rosa und ihre jugendliche Babysitterin Virginia auf. Sie waren schon aus der Ferne unverkennbar, zum einen wegen des Lärms, den sie veranstalteten, zum anderen wegen ihrer leuchtendblonden Haarschöpfe. Die Zwillinge, Tobia und Andrea, sechsjährige Krawallmacher mit blitzenden Augen, rannten in einem fort vor und zurück, während die winzige dreijährige Margherita unaufhörlich plapperte und sich an Virginia festklammerte, die dem Gerede der Kleinen vollkommen ernst folgte. Margherita tat sich noch etwas schwer mit dem Sprechen, war aber zu verstehen. Gerade krakeelte sie laut heraus, dass sie mit dem Fahrrad gestürzt und am Knie verletzt war, weshalb sie unbedingt ein Erdbeereis haben wollte. Virginia hatte offenbar alles verstanden, denn sie fragte lediglich: »Mit Sahne?«

Das Dreierklübchen hingegen vernahm: »Is bin vom Rad

desallen und hab mir am Tie wehdetan. Jetzt bill is ein Erdbäreis.«

Die Zwillinge stürmten so rasant an Rosamaria und Evelina vorbei in den Laden, dass die beiden Frauen es nicht einmal mehr schafften, ihnen böse Blicke zuzuwerfen. Die beiden Jungen waren doch tatsächlich schneller als der Schall. Alles, was sie taten, geschah in Windeseile.

»Du hast einfach keine Ahnung«, schüttelte Evelina den Kopf, kaum dass Virginia – in Trägertop, Shorts und mit Pferdeschwanz – vor ihr stand.

»Wovon?«, erkundigte sich diese leicht abgelenkt, da Margherita gerade ihre Aufmerksamkeit einforderte: »Tut mal, is blute noch immer.« Damit riss sich die Kleine ein Pflaster vom Knie.

»Davon, wie man auf die beiden da aufpasst. Und auch die Kleine erziehst du nicht«, erklärte Evelina vielsagend und beäugte die unordentlichen, verfilzten Zöpfchen des Kindes.

»Wirklich? Zeig mal her«, meinte Virginia und besah sich das von dem Mädchen als Beweis in die Höhe gehobene Beinchen. »Oh, ja, du hast recht ... du blutest noch! Möchtest du ein neues Pflaster?«

»Ja!«, quiekte Margherita zufrieden.

»Dann können wir doch hier gleich die mit den Männchen drauf kaufen, was meinst du?«

»Ja!«, begeisterte sich das Kind.

»Die kann ja immer noch nicht sprechen«, stellte Rosamaria fest. »In dem Alter konnte meine Paola schon alles perfekt.«

»Ach, sie kann nur einige Buchstaben nicht, nur ein paar, ansonsten redet sie doch ohne Fehler«, erwiderte Virginia.

»Ohne Fehler!«, schrie Margherita inbrünstig.

»Genau, mein Schatz, jetzt hast du sogar ›F‹ gesagt!«

»S!«, rief Margherita.

Aus dem Laden hörte man die Zwillinge nun lautstark vor der Eistruhe diskutieren, begleitet von Clarettas missmutigem Brummen.

Virginia ging hinein und nahm die Sache in die Hand: »Jeder bekommt nur eins, Jungs. Sagt mir, welches ihr wollt, dann hole ich es euch raus.«

»Ich nehm Coca-Cola!«

»Ich auch!«

»Dann will ich Orange!«

»Orange ist eklig!«

»Stimmt nicht!«, widersprach Tobia und trat Andrea gegen das Schienbein. »Du bist eklig!«

»Gleich rufe ich die Polizei«, drohte Claretta hinter der Theke. Die zum Verwechseln ähnlichen Zwillinge in ihren T-Rex-Shirts erstarrten.

»Rufst du echt die Polizei?«

»Kommen die mit dem Auto?«

»Und Pistolen?«

»Na klar«, versicherte Virginia. »Mit allem, was dazugehört. Und ihr wollt den Sommer ja wohl nicht im Gefängnis verbringen, oder? Jetzt sagt mir, welches Eis ihr wollt, dann gehen wir auf die Wiese, da könnt ihr so viel rennen, wie ihr lustig seid.«

Claretta warf Virginia einen abschätzigen Blick zu. »So erzieht man doch keine Kinder.«

»Ich muss sie gar nicht erziehen, nur jeden Abend um acht lebend bei ihren Eltern abliefern«, erklärte Virgina fröhlich und öffnete die Eistruhe. »Margherita, für dich Erdbeere, es ist aber nur Stangenwassereis da, das wird es dann heute einfach. Und ihr, Jungs?«

»Ich auch!«, riefen die beiden im Chor.

»Dann los«, lachte Virginia, holte drei Erdbeerwassereis

für die Kinder und ein Minzeis für sich aus der Truhe, sagte: »Schreib es bitte auf die Rechnung von Signora La Rosa«, und wandte sich zum Gehen.

Verächtlich blickte Claretta ihr nach. Wassereis morgens um neun. Das kam dabei heraus, wenn man seine Kinder einer Jugendlichen anvertraute.

»Hmpf«, machte sie, während das Mädchen stehenblieb, um die Eisstangen zu öffnen.

»Also, das mit der Villa Edera scheint in diesem Jahr ja ein großes Geheimnis zu sein«, brummelte Evelina, um das von der Rasselbande unterbrochene Gespräch wieder aufzunehmen.

»Ich versteh das nicht … Wir haben doch das Recht, sogar die Pflicht, würde ich sagen …«, setzte Rosamaria an, während Claretta sich wieder in ihrem Klappstuhl niederließ.

»Ich weiß es!«, platzte da Virginia heraus, nicht ahnend, was sie mit ihren Worten bei dem Dreierklübchen auslöste.

Die drei erstarrten und bohrten ihre Blicke in den der braun gebrannten Babysitterin, die genüsslich an ihrem Eis leckte.

»Was weißt du?«

»Wer die Villa Edera gemietet hat. Ihr etwa nicht? Hat mir mein Vater gestern beim Essen erzählt, der hat den Vertrag für Signora Ludovica gemacht«, erklärte sie und half der kleinen Margherita mit ihrem Eis. »Margherita, nicht das Eis aufs Knie legen, da ist doch Blut dran.«

Virginias Vater war ein beliebter Anwalt, Teilhaber einer kleinen, florierenden Kanzlei, die er mit den Eltern der La-Rosa-Bande führte. So war die Sechzehnjährige an ihren Ferienjob gekommen, der ihr obendrein auch noch Spaß machte.

»Die da weiß es und wir nicht! Da hört doch alles auf! Skan-da-lös!«

»Wer ist es denn?«

Doch Virginia war mit ihrem Kopf ganz woanders: Aus der Hosentasche eines der Zwillinge zog sie ein schmutziges Taschentuch und machte sich nun daran, damit Margheritas Knie zu säubern. Margherita krähte: »Aber es is talt! Is dut fürs Tie!«

»Was ist denn nun, Frollein Naseweis«, brach es aus Evelina heraus.

Virginia sah überrascht auf. »Was?«

»Wer hat die Villa gemietet?«, riefen die drei Frauen ungeduldig im Chor.

»Ach so ... Eine Priscilla Verdebosco, sie ist Schriftstellerin«, erklärte Virginia. »Kinder, wir gehen jetzt erst mal zum Springbrunnen, ihr seid ja von oben bis unten mit Eis beschmiert. Auf Wiedersehen.« Damit wandte sie sich in aller Seelenruhe Richtung Brunnen, gefolgt von den drei vor Schmutz starrenden Kindern.

Die drei Alten schwiegen eine Weile.

»Und wer soll das sein: Verdebosco?«

»Noch nie gehört.«

»Hat uns gerade noch gefehlt, eine, die Bücher schreibt.«

3

Die fragliche Schriftstellerin saß in jenem Moment auf Platz sechs in Wagen zwei des Interregio 3363 und versuchte – mit geringem Erfolg – ein halbwegs normales Telefongespräch mit ihrer Mutter zu führen. Seit zehn Minuten kreisten sie um dasselbe Thema, und es war gerade einmal zwanzig nach neun am Morgen.

»Ich verstehe wirklich nicht, warum du so erpicht darauf bist, dich irgendwo im Nirgendwo einzuschließen. Das ist doch kein Urlaub!«, wiederholte Lucinda nun schon zum zwölften Mal.

»Das soll auch gar keiner sein, Mamma. Ich fahre dort zum Arbeiten hin!«

»Und dafür musst du so weit weg? Warum fährst du nicht zu deiner Cousine Matilde, so siehst du auch die Kinder noch mal. Ich würde dann auch kommen …«

Priscilla verdrehte die Augen. »Wie soll ich denn arbeiten, wenn da zwei Kinder von vier und sechs Jahren um mich herumtanzen?«

Doch Lucinda ließ nicht locker. »Es wird schon keine Katastrophe geschehen, wenn du dich mal unter Leute wagst. Du kannst dich nicht ewig in deiner eigenen Welt verkriechen. Deine Urgroßtante war genauso, und das ist am Ende wirklich schlecht ausgegangen.«

»Welche? Tante Augusta?«

»Genau.«

»Was meinst du mit ›schlecht‹?«

»Schlecht, eben.«

»Sie hat sich 1922 auf der Bahnhofstoilette in Mestre einen Schuss gesetzt, ›schlecht‹ in der Art?«

»Priscilla!«, entgeisterte sich Lucinda.

»Mamma, Augusta war Damenschneiderin, und halb Venedig ging ausschließlich zu ihr. Ich finde nicht, dass da irgend etwas schlecht ausgegangen ist.«

»Sie hatte keine Kinder. Nie! Nicht einmal eins!«

»Meine Güte …« Priscilla ließ sich in den Sitz zurücksinken.

Ihre Mutter war jedoch noch nicht fertig. »Du steigst jetzt sofort aus dem Zug und fährst zu deiner Cousine nach Parma. Ich rufe sie gleich an und frage, ob du eine Woche bei ihnen bleiben kannst.«

»Nein, Mamma.«

»Doch!«

»Na gut, dann ruf sie halt an. Ich bin auf jeden Fall bis August weg. Mindestens. Wenn du Matilde besuchst, gib den Kindern einen Kuss von mir, grüß alle schön und sag, wir sehen uns im September.«

»Priscilla, denk an deine Urgroßtante Augusta!«

»Jetzt kommt ein Tunnel, Mamma. Ganz liebe Grüße.«

Damit steckte Priscilla das Telefon in die Tasche, warf einen Blick aus dem Fenster und überlegte, ob sie einen der Krimis lesen sollte, die sie eingepackt hatte, oder doch lieber ein Nickerchen halten, denn sie war ziemlich erschöpft.

Immer wieder wunderte sie sich, wie kräftezehrend ein einfaches Telefongespräch mit Lucinda sein konnte. Ihre Mutter schaffte es jedes Mal, sie zielsicher dort zu erwischen, wo sich Wirklichkeit und Fantasie in ihr kreuzten.

Außerdem hatte Lucinda Priscillas Arbeit, trotz des weltweiten Erfolgs, nie ernst genommen. Für sie war ihre Tochter eine Hausfrau mit einem netten Hobby, welches unerklärlicherweise recht viel Geld einbrachte. Nur dass eine Hausfrau eben einen Mann brauchte, und der fehlte Priscilla dramatischerweise.

Je nach Stimmung fand Priscilla diesen Umstand verletzend, traurig oder lustig. Heute, im Zug nach Tigliobianco, machte er sie traurig. Ihre Mutter hatte gut reden. Für sie war es leicht. Für sie war die Realität kein trügerischer Ort, sie stand mit beiden Beinen fest auf dem Boden. Nicht so Priscilla, in deren Fleisch die Krallen der Wirklichkeit tiefe Risse hinterließen, und sie konnte dem nichts entgegensetzen. Darüber hinaus konnte das wahre Leben einfach nicht mit ihren Luftschlössern mithalten. Die Welt der Fantasie war makellos, bot tiefe Geborgenheit und würde sie niemals verletzen.

»Alles geht vorüber«, hatte Lucinda nach der letzten zu Bruch gegangenen Liebe prophezeit, als Priscilla vor Schmerz nicht mehr wusste, wohin mit sich. Aber wie es vorübergehen sollte, das hatte ihre Mutter nicht gesagt. Es war überall – hinter den Augen, unter der Haut, es kroch durch die Adern. Liebend gerne wäre sie so stark und sachlich wie ihre Mutter, aber über diese Gabe verfügte Priscilla nicht. Ihre Gaben waren anderer und viel gefährlicherer Natur. Sie konnte zum Beispiel vollkommen in einer Liebe versinken, sich darin auflösen und dabei sowohl Vernunft als auch Vorsicht völlig außer Acht lassen. Und sie gab sich hin mit der gleichen Leidenschaft, mit der sie ihre Geschichten schrieb.

Und dann war da noch – wie bei so vielen Träumern – das Kind in ihr. Priscilla wusste, dass es da war, denn manchmal hörte sie es schluchzen. Ein kleines Mädchen, in Stiefelchen und mit gestärkter Schürze über dem Kleidchen, wie eine Puppe. Mit der Zeit hatte Priscilla gelernt, mit dem Kind umzugehen und es sogar liebgewonnen, aber die Kleine war sehr verletzlich.

Also hatte sie entschieden: Schluss mit diesen überbordenden Gefühlen, die das Kind in ihr zu Tode ängstigten, Schluss mit dieser himmelhochjauchzenden Freude, auf die ohnehin bloß tiefste Verzweiflung folgte, das war nicht zum Aushalten. Sie wusste, sie würde niemals lieben können, wie andere Frauen es taten: ruhig und besonnen. Das konnte sie nicht. Und bevor sie das gleiche Ende wie die auf einem Dachboden weggesperrte durchgedrehte Mrs. Rochester nahm, schloss sie lieber gleich mit der Liebe ab. Aus und vorbei. Ein für allemal. Männer? Nicht einmal im Traum, nie wieder.

Wie viel Liebe sie Männern gegeben hatte, die sie nicht verdienten, wie niederschmetternd das alles gewesen war. Ihre Liebesbeziehungen hatten das Flair ihrer Romane geatmet, nichts war ihr zu banal gewesen, um es nicht kunstvoll auszuschmücken, sodass alles in hellem Glanz erstrahlte.

Sie hatte die unglaublichsten Luftschlösser wahrgemacht für Männer, die es nicht einmal bemerkten, geschweige denn zu schätzen gewusst hätten. Und so hatten sich nach und nach Ernüchterung und Bitterkeit eingeschlichen, waren erst nur kurz aufgeblitzt, irgendwann jedoch nicht mehr zu übersehen gewesen. Warum ein Lagerfeuer entzünden, wenn dem anderen ein Streichholz reichte? Also hatte sie entschieden, all ihre Leidenschaft in die Arbeit fließen zu lassen. Schluss mit den Gefühlsachterbahnen, zu oft schon war sie verletzt worden. Wie oft hatte sie die Scherben ihres Herzens auf dem Boden ihrer Seele zusammengekehrt? Sie hatte nicht die Kraft, es noch einmal zu tun.

Sie, die Frau, die Millionen andere zum Träumen brachte mit den schmachtenden Romanzen, die sich aus ihrer Feder ergossen, sie würde sich nie wieder verlieben.

Priscilla schrieb und schrieb, erschuf fesselnde Geschichten und Figuren, die ihre Leserschaft mitten ins Herz trafen und Frauen und Mädchen auf der ganzen Welt sehnsüchtig aufseufzen ließen.

Jahrelang hatte sie mit beeindruckender Regelmäßigkeit Geschichte um Geschichte geschrieben, Romanzen voller Liebe und Pein. Die Worte quollen nur so aus ihrem Kopf und ergossen sich bebend auf das Papier. Es war wunderbar zuzusehen, wie sie fast von selbst Sätze formten, wie die Figuren nach und nach an Kontur gewannen, den letzten Schliff bekamen und schließlich lebendig wurden. Mit vollen Händen schöpfte sie aus einer scheinbar niemals versiegenden Kreativquelle und gab ihren Figuren, was sie im wirklichen Leben nicht finden konnte.

Und nun, dachte Priscilla, während sie aus dem Fenster blickte, hakte auf einmal alles, ihr Kopf war leer, und eine angestaubte Patina legte sich über ihre Erzählungen, auch wenn sie die Einzige war, die das bemerkte.

Fast glaubte sie, nie wieder Geschichten erschaffen zu können, in denen eine schönere Wirklichkeit herrschte als im wahren Leben. Monatelang hatte sie mit allen Mitteln versucht, ihre Kreativität wieder zum Leben zu erwecken, doch alles in ihr blieb stumm. Vollkommen. Ihre kreative Ader war versiegt. Da war keine Quelle, aus der alles nur so hervorsprudelte. Nur ein Flussbett, in dem sich zuvor unzählige Ströme der Fantasie verflochten hatten, das nun aber ausgetrocknet und leblos brachlag, und rein gar nichts mehr hervorbrachte.

Was blieb ihr noch ohne Fantasie?

Von der sie doch vorher mehr als genug gehabt hatte, immer hatte sie das Richtige aus den kleinsten Eckchen und Winkeln ihres Kopfes hervorzaubern können. Die Worte hatten im Verborgenen nur darauf gewartet, herausgeholt zu werden, und sie im Laufe ihrer Karriere unzählige Male gerettet – wie auch im Laufe ihres Lebens. Die fantastischsten Lügen und Flunkereien, das alles kam ihr mühelos über die Lippen. In ihren goldenen Zeiten brauchte sie nicht einmal darüber nachzudenken, sondern musste einfach nur den Mund öffnen und schon purzelte eine wundervolle Geschichte hinaus. Und das alles war nun vorbei.

Ein wahrer Jammer, denn die Fantasie, und nur die, war das, wovon sie lebte.

Seufzend zog sie zwei Krimis aus der Tasche. Besser, sie konzentrierte sich auf Probleme, für die es eine Lösung gab: Chandler oder Van Dine?

Während Priscilla aus Venedig floh, stand ebendort ein Mann gedankenversunken am Fenster und blickte hinaus. Er betrachtete die turtelnden Tauben und dachte weniger über das Leben an sich als über Liebesbeziehungen im Besonderen nach. Darüber, wie sie fast unmerklich die Sinne vernebeln konnten, und manchmal auch das Herz. Sogar einen Mann mit klaren Prinzipien, wie er einer war, brachten sie dazu, hier grübelnd den Tauben beim Turteln zuzusehen.

Cesare Burello, geachteter und namhafter Facharzt für plastische und ästhetische Chirurgie, ein Mann von herber, aber weltmännischer Schönheit, dem die Frauen reihenweise zu Füßen lagen, stellte sich eine eigentlich recht einfache Frage: Wo war bloß all die Leichtigkeit geblieben?

Wo war dieses Prickeln hin, der Schwindel, das unwiderstehliche Kribbeln, die doch normalerweise eine Liebelei mit einem dieser wunderbaren Wesen namens Frauen begleiteten? Von einem Moment auf den anderen verschwunden, aufgelöst in dem weiblichen Drang, einer nonchalanten Affäre einen offiziellen Charakter überzustülpen und sie somit in vorgefertigte Bahnen zu lenken. Nach und nach der Etikette zum Opfer gefallen.

So war es immer: Schwere trat an die Stelle von Leichtigkeit, und dann dauerte es nicht lange, bis sich die ersten Risse zeigten, die der Beziehung keinesfalls das Salz in der Suppe bescherten, sondern sie in einen jämmerlichen Kompromiss verwandelten.

Der Verfall nahm fast unmerklich seinen Lauf, die meisten Menschen bemerkten so etwas nicht einmal. Er schon. Immer. Das Spiel wurde ernst, das Abenteuer verkam zur Routine, das Lachen wurde ein Schnaufen, und die Leidenschaft erschlaffte in Entspannung. Und so kam es, dass Cesare an einem Freitagmorgen im Anblick von Tauben und der Lagune versank und sich fragte, ob es denn immer so sein musste. Ob es nirgendwo eine Liebschaft geben konnte, die unbeschwert genug war, um der zermürbenden Realität standzuhalten. Eine Romanze, die einfach schön blieb. Die nichts von ihrem Zauber einbüßte.

Gab es auf der ganzen Welt etwa keine einzige Frau, die nicht den ausgetretenen Pfaden folgen wollte? Mit der er nach und nach neue Wege erkunden konnte, nur für sie beide, ohne dass an jeder Ecke irgendwelche Konventionen lauerten und schließlich alles beherrschten? Eine Frau, eine einzige nur, mit der er eine Verbindung außerhalb der Normen leben konnte?

Cesare liebte die Frauen. Er liebte ihre Sanftmut, die Bewegungen, die kindlichen Blicke, die manchmal durch ihre getuschten Wimpern glitten. Er liebte ihre weiche Haut, liebte das kurvige Auf und Ab ihrer Körper, liebte jede noch so kleine Vertiefung, die von den meisten Menschen schlicht übersehen wurde, er aber entdeckte sie alle. Frauen waren das Schönste auf der Welt. Bezaubernde Wesen, die er zutiefst bewunderte. Daher kam seine Niedergeschlagenheit, wenn Normen an die Stelle von leidenschaftlichem Überschwang traten. Zur Hölle mit diesen Normen. Ein wahres Damoklesschwert. Ein Ticken, welches die Minuten verschlang, anstatt sie in Licht zu tauchen.

Und so war Dottor Cesare Burello, der im Operationssaal jede Situation problemlos meisterte, äußerst angespannt, denn wie üblich war die Frau, die er seit einigen Monaten traf, zu der absurden Überzeugung gelangt, seine Verlobte zu sein. Offiziell. Die einfache Freude des Zusammenseins reichte ihr nicht mehr. Sie mussten, wie sie meinte, das Ganze offiziell machen. Wieder einmal steckte er in der Zwickmühle.

Mit einem Tässchen rabenschwarzem Espresso in der Hand dachte Cesare darüber nach, wie er ihr das ausreden konnte, ohne sie allzu sehr zu verletzen. Oder aber die Beziehung gleich zu beenden, wenn es denn gar nicht anders ging. Es konnte doch nicht sein, dass man eine Liebesgeschichte nicht einfach leben konnte, ohne sie in eine dafür vorgesehen Schublade zu stecken. Eine Rose, die nicht den Namen Rose trug, hätte doch den gleichen Duft, um es einmal mit Shakespeare zu sagen.

Wenn man bedachte, mit wie vielen Frauen er schon zusammen gewesen war. Und doch kam jedes Mal dieser traurige Moment, in dem er sich eingesperrt fühlte und flugs die Beine in die Hand nahm, um sich in Sicherheit zu bringen. Die Rose, eingesperrt in eine Bezeichnung, die sie in ihre Grenzen wies, verlor nach und nach ihren Duft, und damit ihren Zauber. Zu schade, denn die Frau, um die es gerade ging, war wunderschön und unternehmungslustig. Cesare hoffte inständig, nicht mit ihr brechen zu müssen.

Da ließ ihn ein leises *Pling* aufhorchen, er wandte sich vom Fenster ab, nahm das Telefon und hoffte, dass es bloß um ein paar aufzuspritzende Lippen ging. Mitnichten. Die fragliche Frau wollte um acht Uhr fünfunddreißig am Morgen von ihm wissen, wann er Feierabend machte, ob sie zusammen zu

Abend essen könnten, und – zu guter Letzt – ob er am Wochenende nicht ihre Eltern kennenlernen wollte, dann könnten sie alle zusammen zwei Tage in den Bergen verbringen. Ein großartiger Vorschlag, oder etwa nicht?

Cesare schauderte. Mutlos schüttelte er den Kopf. Zu spät, dachte er. Besser ein Ende mit Schrecken als ein Schrecken ohne Ende. Er würde das Abendessen in einen kurzen Aperitif mit klärendem Gespräch verwandeln und höflich Eltern und Familienwochenende ablehnen. Rasch machte er sich daran, eine Nachricht zu tippen.

Doch diese Frau war keine, die sich einfach so abweisen ließ, das spürte er. Am besten verschwand er einfach eine Weile: Ein Kongress im Ausland wäre genau das Richtige, oder ein Urlaub in seinem Heimatdorf. Seinen Bruder hatte er schon seit Monaten nicht gesehen.

Er steckte das tobende Telefon ein und trat wieder ans Fenster.

Ja, Tigliobianco wäre genau der richtige Ort. Der einzige, an dem er verlässlich Frieden fand.

Das glaubte er zumindest.

4

Elvira war auf der Suche nach Dracula, ihrem hübschen raben-
schwarzen Kater mit den ungewöhnlich spitzen Zähnen. Er war
in der Nacht nicht nach Hause gekommen, und auch zum Frühstück hatte er sich nicht blicken lassen. Das passte so gar nicht
zu ihm. Vor zwei Jahren hatte sie ihn als ängstliches schwarzes
Fellknäuel im Hof gefunden, hatte ihn zu sich genommen und
damit vor den Hühnern und vor allem vor Evaristo, der unbedingt sein Terrain markieren wollte, beschützt. Elvira liebte ihn
sehr und verwöhnte ihn nach Strich und Faden.

Zunehmend besorgt drehte sie ihre Runden im Hof,
schnalzte mit der Zunge und rief den Kater lauter und lauter.

»Signora Elvira, suchst du Dracula?«

Die zwölfjährige Agata mit dem streichholzroten Strubbel-
kopf blickte interessiert zu ihr.

»*Ciao*, Agata. Ja, ich kann ihn nirgends finden. Gestern
Abend ist er nicht nach Hause gekommen und heute Morgen
auch nicht ...«

»Kann ich dir helfen? Wenn ich groß bin, werde ich nämlich Detektivin.«

»Danke, meine Liebe, du kannst mir sehr gerne helfen.«

Das Kind klatschte aufgeregt in die Hände. »Dann fange
ich sofort an.« Damit machte sie auf dem Absatz kehrt und lief
in halsbrecherischem Tempo davon, wobei sie fast in Agnese
hineingerannt wäre, die aus ihrem Tor hinausgetreten war und

neugierig die Straße hinunterblickte. Es war allgemein bekannt, dass sie zwar keinerlei Zuneigung für ihre Nachbarin und deren Hahn Evaristo hegte, für Dracula hingegen schon. Manchmal, wenn Elvira es nicht bemerkte, ließ sie ihn zu sich ins Haus und streichelte ihn ein wenig, hin und wieder servierte sie ihm auch eine Dose Thunfisch. Deshalb blickte sie nun die Nachbarin mit einem Hauch von Anteilnahme an und beschloss, dass auch sie sich auf die Suche nach dem armen Kater machen würde.

Für den Moment aber hatte sie anderes zu tun. Sie trug ihre beste Bluse, eine cremeweiße, und war wild entschlossen, schnurstracks ins Pfarrhaus zu marschieren und dort jeden Winkel nach dem verschollenen Rezeptheft zu durchstöbern. Jeden. Was sie Don Casimiro sagen sollte, wusste sie noch nicht, irgendetwas würde ihr schon einfallen. Denn ganz im Gegensatz zu dem, was Elvira über sie dachte, war Agnese kein bisschen bösartig und zudem vollkommen unfähig, einen teuflischen Plan zu schmieden. Das war jammerschade, denn den hätte es wahrlich gebraucht. Doch das Einzige, um das ihre Gedanken auf dem Marsch zum Pfarrhaus kreisten, war der unnachahmliche Geschmack der Suprema. Sie hatte schon alles versucht, doch dieser Kuchen wollte ihr einfach nicht gelingen, sie kam und kam nicht dahinter, was zum Teufel Luisa hineingerührt hatte.

Doch in diesem Jahr würde der Sieg ihr gehören, und um ihn mühelos zu erringen, brauchte sie das Supremarezept. Was wäre das für ein Spektakel, Elvira würde vor Neid erblassen.

Gara Fragolina!
Sonntag, 31. Juli um 10:00 Uhr
Auf der Piazza in Tigliobianco
Wir freuen uns auf euch
beim jährlichen Wettbewerb
um den besten Erdbeerkuchen!

Das war auf den Plakaten zu lesen, die in Tigliobianco an jeder Mauer hingen. Es gab keine Frau, die nicht davon träumte, diesen Wettbewerb zu gewinnen, der Jahr für Jahr einen immer höheren Stellenwert einnahm. Der Juli in Tigliobianco wäre kein Juli ohne die Gara Fragolina.

Jede Frau hatte ihr eigenes Rezept, das sie jedes Jahr mit geheimen und teilweise absonderlichen Zutaten zu verbessern suchte. Rosamaria hatte einmal eine ordentliche Portion Ingwer hineingemischt, und das Ergebnis würde wohl niemand so schnell vergessen. Einige behalfen sich mit Minzblättchen, Zimtstangen oder Schokoladensplittern, um einen schmackhafteren Kuchen als die anderen zustande zu bringen, doch niemand hatte je auch nur ansatzweise den süßen, reinen Genuss der Suprema erreicht.

Die Suprema war keine Schönheit, es war ihr Geschmack, der beeindruckte. Doch ihr Geheimnis war auf immer verloren, wie auch Luisa mitsamt ihrem Rezeptheft. Der Kuchen lebte ausschließlich in den Erinnerungen derer fort, die ihn gekostet hatten und die über ihn sprachen wie über ein Fabelwesen, sehnsuchtsvoll seufzend und mit einem Respekt, der einem Erdbeerkuchen eher selten entgegengebracht wird.

Suprema hin oder her, und auch wenn die Welt untergehen sollte, immer am letzten Sonntag im Juli fand die Gara Fragolina statt. Nahezu ganz Tigliobianco nahm daran teil, verschlang bergeweise Kuchen, gespannt, wer dieses Mal gewinnen würde. Die Ehre der Verkündung fiel, als leuchtendes Beispiel für die Trennung von Staat und Kirche, abwechselnd Don Casimiro und Bürgermeister Fernando zu.

Die Piazza wurde mit roten Bändern geschmückt, man holte lange Tische, auf welchen die Kuchen stolz und hübsch aufgereiht darauf warteten, erst von der Jury gekostet und dann dem hungrigen Publikum zum Fraß vorgeworfen zu werden. In all den Jahren hatte Agnese beharrlich am Wettbewerb teilgenommen, Kuchen jeglicher Form und Zubereitung präsentiert, doch nie den ersten Preis gewonnen. Und so hatte sie einen Entschluss gefasst: Sie musste das verschollene Rezeptheft finden und würde dieses Mal nicht weniger als die Suprema auftischen.

Als Agnese das Pfarrhaus erreichte, hatte sie noch immer keinerlei Plan geschmiedet, und als der Pfarrer ihr lächelnd in Hemdsärmeln öffnete, konnte sie nur hervorstoßen:»Das Rezeptheft von Luisa. Für die Gara Fragolina. Ihr könnt das nicht verstehen, aber das Rezept für die Suprema ist da drin, und ich muss, ich *muss* es finden!«

Don Casimiro seufzte geduldig. Seit seiner Ankunft hier im Dorf verfolgte ihn die Legende dieses Büchleins.

»Schon wieder dieses Rezeptheft, Agnese? Wir haben es doch schon unzählige Male gesucht …«

»Wir haben nicht gründlich genug danach gesucht! Das Heft muss hier sein, Padre. Lasst Ihr mich rein?«

»Damit du hier alles durchwühlst?«

»Wie soll ich es denn sonst finden?« Agnese war verzweifelt.

»Ich habe gerade zu tun. Ein Glaubensbruder ist bei mir …«

»Wer denn?« Die stets zum Tratschen aufgelegte Agnese versuchte, einen Blick ins Innere des Pfarrhauses zu werfen.

»Das geht dich nichts an. Komm am Nachmittag wieder, dann sehen wir weiter, in Ordnung?«, schlug Don Casimiro mit einem Lächeln vor.

»Darf ich dann überall suchen?«, versicherte sich Agnese, die in diesem Moment den Einkaufswagen von Vladimiro dem Dorfspinner entdeckte. »Ist Vladimiro hier?«

»Geh nach Hause, Agnese.« Don Casimiros Geduld schwand allmählich. »Wir sehen uns später und klären dann ein für allemal die Sache mit diesem Heft. Hast du dich jemals gefragt, ob Luisa vielleicht gar nicht wollte, dass es gefunden wird?«

»Das sähe ihr ähnlich! Lässt sich vom Blitz treffen und hat ihr Rezeptheft absichtlich so gut versteckt, dass man es zweiunddreißig Jahre lang nicht findet! Wirklich, das sähe ihr ähnlich«, tönte Agnese. »Ich gehe jetzt. Aber ich komme wieder. Und solltet Ihr zufällig Dracula sehen, den schwarzen Kater von Elvira, dann sagt mir Bescheid, wir suchen ihn nämlich.« Damit warf sie einen letzten Blick auf den Einkaufswagen mit Vladimiros Hab und Gut, dachte: Herrje, was ein Plunder!, und stapfte schließlich energisch über die Piazza davon.

Nur ein kleines Stück weiter spielten die Kinder und ihre Babysitterin. Wenn es jemanden gab, der sich ganz bestimmt nicht für die Gara Fragolina interessierte, war das Virginia. Sonntags waren die Kinder bei ihren Eltern, sie hatte frei und konnte sich ganz Tommaso widmen, ihrem Liebsten. Kein Erdbeerkuchen der Welt konnte sich mit der Locke messen, die ihm verwegen in die Stirn fiel. Er war ein hübscher Junge, ziemlich beschäftigt damit, sich einerseits auf sein Studium der Chemie vorzubereiten und anderseits der nächste Weltmeister im Videospiel *Kingdom Hearts* zu werden. Beides äußerst häusliche Tätigkeiten, wodurch er nicht besser zu Virginia hätte passen können, die den ganzen Tag von Kindern umringt war.

»Machst du auch einen Erdbeerkuchen?«, wollte Andrea von ihr wissen, als er und sein Zwillingsbruder eine kurze Fußballpause einlegten.

»Nein, den Sonntag verbringe ich mit Tommaso.«

»Pff«, schnaubte Tobia, der auf den Liebsten seiner Babysitterin immer ein wenig eifersüchtig war. »Der ist doch doof!« Dann fügte er misstrauisch hinzu: »Hast du ihn lieber als uns?«

»Ach was, nicht mal im Traum«, versicherte Virginia.

»Gut. Aber wenn du den Wettbewerb gewinnst, kriegst du einen Preis, wusstest du das?«

»Busstest du das?« krähte Margherita.

»Ja, schon, aber so toll ist der Preis nun auch wieder nicht«, meinte Virginia. »Letztes Jahr gab's einen Fleischklopfer.«

»Ein Fleischklopfer, super!«, schrien die Zwillinge mit einer Begeisterung, die Fleischklopfer eher selten auslösten.

»Ich finde, du sollst mitmachen«, beharrte Tobia.

»Ich weiß gar nicht, wie man einen Erdbeerkuchen macht.«

»Wir helfen dir!«

»Hm … ich überleg noch mal«, brummte die Babysitterin und rief dann plötzlich: »Soll ich euch die Nägel mit meinem neuen schwarzen Lack lackieren?«

»Ja!«, schrien die Kinder durcheinander.

Und damit war der Erdbeerkuchen vergessen.

Nachdem sie sich ausführlich beraten hatten, kam das Dreierklübchen zu dem Schluss, dass es das Beste wäre, die neue Mieterin der Villa Edera schnell kennenzulernen. Nur, wie sollten sie das anstellen?

Rosamaria hatte einen verwegenen Vorschlag: »Ich habe da so eine Idee, aber erklärt mich nicht für übergeschnappt.«

Die anderen beiden blickten sie erwartungsvoll an.

»Es gibt doch nur einen Ort, an dem wir herauskriegen können, wer diese Verdebosco ist …«

Als sie zögerte, verlor Claretta die Geduld: »Und? Ich hab nicht den ganzen Tag Zeit!«

Rosamaria nahm all ihren Mut zusammen und stieß schließlich hervor: »Die Bibliothek. Da müssen wir hin.«

Eisiges Schweigen folgte.

»Ist das dein Ernst?«, zweifelte Claretta. »Der Buchladen von Ernesto tut's doch auch, oder nicht? Da gibt's auch Briefmarken, und ich brauche noch welche, dann kann ich das mit was Nützlichem verbinden.«

»Rosamaria hat recht«, befand Evelina. »Wir gehen in die Bibliothek. Die will ich mir sowieso mal von innen ansehen.« Claretta hängte einen Zettel an die Ladentür: BIN SOFORT ZURÜCK, dann machten sich die drei auf den Weg zur öffentlichen Bibliothek in die Via delle Foglie. Alle drei von kleiner, robuster Gestalt, sahen sie von hinten nahezu gleich aus mit ihren grauen Haarknoten und dem energischen Gang, der besagte, dass sie keine Zeit zu verlieren hatten.

Als sie die Bibliothek erreichten, waren die Türen jedoch verschlossen.

»Da steht, dass sie um drei aufmacht«, las Evelina auf dem Schild am Eingang.

Claretta rüttelte an der Tür, Rosamaria versuchte einen Blick durch das Glas zu werfen und fing an, lautstark dagegenzuklopfen, als sie die Bibliothekarin Amanda mit einem wackeligen Bücherturm auf den Armen bemerkte.

»Da drin ist jemand, ich hab's genau gesehen«, rief Rosamaria. »Wenn wir weiterklopfen, macht sie bestimmt irgendwann auf.«

Damit klopfte sie noch energischer als zuvor, bis Amanda schließlich ihren Bücherturm abstellte und zur Tür kam.

Amanda war seit sechs Jahren Bibliothekarin in Tigliobianco und hatte die winzige Bibliothek mit Leidenschaft und Geduld – in diesem Beruf unverzichtbare Eigenschaften – wieder zum Leben erweckt. Sie hatte neue Bücher besorgt, eine kleine Zeitschriftensammlung zusammengestellt, mit dem ihr zugestandenen winzigen Budget jongliert, und das alles lächelnd und ohne jemals auch nur einen Hauch ihrer Liebenswürdigkeit einzubüßen. Eine Liebenswürdigkeit, mit der sie jede Hürde meisterte, wie etwa diesen etwas hartnäckigen morgendlichen Besuch des Dreierklübchens.

»Wir machen erst um drei Uhr auf«, sagte sie lächelnd und

öffnete die Tür. »Hier hängt ein Schild mit den Öffnungs-zeiten.« Amanda zeigte erklärend auf die Tafel gleich vor den Gesichtern der drei Damen.

»Oh nein«, widersprach Evelina. »Wir brauchen die Bibliothek jetzt. Geh mal zur Seite, Mädchen.«

»Ich meine es ernst, meine Damen. Wir haben noch geschlossen. Ihr müsst zu den Öffnungszeiten kommen«, erklärte die Bibliothekarin.

»Hörst du schlecht? Wir haben nicht den ganzen Tag Zeit«, entgegnete Rosamaria.

Die drei schoben die entgeisterte Bibliothekarin zur Seite und marschierten schnurstracks in den Raum.

»Das hier ist also die Bibliothek?« Damit stemmten sie geschlossen die Hände in die Hüften.

Amanda war klug genug, die Frage unbeantwortet zu lassen. Stattdessen fragte sie: »Was braucht ihr denn so dringend?«

»Verdebosco.«

»Wie bitte?«

»Was die Verdebosco geschrieben hat. Kann doch nich sein, dass eine Bibliothekarin sowas nicht weiß.« Claretta verdrehte die Augen.

Mit schier unendlicher Geduld nahm Amanda vor dem Computer Platz. »Ich sehe mal nach.«

Die drei blickten sie mit verschränkten Armen an.

»Im Katalog gibt es keine Verdebosco, tut mir leid.«

»Ach! Wusste ich's doch, dass hier niemand etwas für uns tun kann«, blaffte eine der Frauen.

»Wirst du hier bezahlt, oder ist das ehrenamtlich?«, erkundigte sich eine andere allen Ernstes.

Amanda lebte bei ihrer Mutter, die Witwe war und an den Rollstuhl gefesselt, ältere Damen waren ihr also durchaus nicht fremd, doch die Sanftmut ihrer Mutter hatte sie beileibe nicht auf diese drei Furien vorbereitet, obgleich sie das Klübchen schon seit Kindheitstagen kannte. Resigniert seufzte sie und fing an, im Internet zu suchen.

»Die hält sich wohl für neunmalklug, hält die sich«, murrte Rosamaria.

Im Nu wurde Amanda fündig. »Verdebosco, Priscilla. Sie schreibt unter einem Pseudonym. Deshalb habe ich sie nicht gefunden.«

»Unter was?«

»Unter einem Pseudonym. Das ist ein Künstlername. Ein erfundener Name. Versteht ihr?«

»Da hört doch alles auf! Ein erfundener Name! Skan-da-lös! Kommt, wir gehen, und zwar schnell, das ist ja wirklich allerhand!«, brauste Claretta auf und schritt gefolgt von ihren beiden Freundinnen zum Ausgang.

»Aber …«, wunderte sich Amanda, »wollt ihr gar nicht wissen, unter welchem Pseudonym sie schreibt?«

Doch die drei waren schon so gut wie durch die Tür. Sie zuckte mit den Schultern, vergaß das Klübchen jedoch gleich wieder, da ihr Telefon klingelte.

Kaum waren die drei wieder auf der Straße, ereiferte sich Claretta erneut. »Jetzt wird die Villa Edera also an Leute vermietet, die falsche Namen benutzen! Skan-da-lös!«

Evelina stemmte entrüstet die Hände in die Hüften: »Ich wusste gleich, dass es Unsinn war hierherzukommen. Ich bin schon siebenundsiebzig Jahre alt und noch nie da drin gewesen. Das wird ja wohl einen Grund haben.«

Die anderen beiden nickten energisch, und so marschierten sie wieder zurück auf ihren Posten.

5

Priscilla war ganz vertieft in *Der Mordfall Bischof* von S.S. Van Dine, und je länger sie las, desto stärker wurde ihr Bedürfnis, Calliope ihrem Schicksal zu überlassen und sich an einem klassischen Krimi zu versuchen. Einem mit verschlossenen Räumen und Verbrechen, für die es Blasrohr und Pfeil brauchte, getränkt mit einem Gift, das ausschließlich aus einer Pflanze in Papua-Neuguinea gewonnen werden konnte.

Während sie über möglichst grausame Methoden nachdachte, jemanden umzubringen, saß ihr gegenüber ein blutjunges Paar, das sich händchenhaltend hingebungsvolle Blicke zuwarf. Wie haben sich die beiden bloß gefunden?, rätselte Priscilla mit einem Hauch von Bewunderung. Wie war es möglich, dass unter all den Milliarden Menschen auf Erden diese beiden zueinander gefunden hatten? Das grenzte doch an Magie. Sich zu erkennen und erkannt zu werden. Sich vollends zu öffnen. Wie war das möglich?

Den Blick auf die vorübergleitende Landschaft gerichtet, fragte Priscilla sich zum wiederholten Male, warum für den Rest der Welt so einfach war, was sie nicht konnte.

Ihr letzter Liebster war vor einigen Jahren einfach verschwunden. Ohne ein Wort, ohne sich zu verabschieden. Mittwochs war er noch da gewesen, donnerstags nicht mehr. Hatte sich wie ein Geist in Luft aufgelöst. Wochenlang hatte Priscilla geglaubt durchzudrehen. Wie konnte ein Mensch, mit dem sie so vieles erlebt hatte, so etwas tun? Sie hatte klar und deutlich gespürt, wie sich ein Dorn in ihr Herz bohrte, sich dort einnistete und dabei eine tiefe Wunde hinterließ.

Seitdem teilte sich ihr Leben in ein Vorher und Nachher, dazwischen lag die unsichtbare Wunde. Dann hatte irgendetwas in ihrem Inneren einen genialen Schutzmechanismus ausgelöst, und alles in ihr war in einen tiefen Schlaf gefallen. So wie bei Dornröschen, die vom Stich der Spindel mitsamt dem gesamten Schloss vom Schlaf übermannt wird. Die Magd schläft mit dem Besen in der Hand ein, die Katze, während sie sich die Pfote leckt, der Koch mit noch mehlbestäubten Armen. Sogar das Feuer im Kamin hört auf zu tanzen und schläft ein. Mit einem Mal war alles in Priscilla erstarrt, und sie fühlte rein gar nichts mehr, außer wenn sie manchmal in gänzlich unerwarteten Momenten anfangen musste zu weinen. Es überkam sie ganz plötzlich, etwa wenn sie im Supermarkt Obst auswählte. Ohne jegliche Vorwarnung begannen die Tränen zu fließen. Lautlos. Vollkommen unangebracht und verräterisch.

Der Dorn fing an zu pulsieren, unten links, und brachte die Erinnerungen hervor.

Er war also noch da. Steckte bewegungslos dort in der Tiefe. Immer bereit, sie an seine Anwesenheit zu erinnern. Nicht alles schlief.

Besser, ich beschäftige mich mit tödlichen Giften aus Papua-Neuguinea dachte sie und nahm ihren Van Dine wieder zur Hand.

Im gleichen Moment saß Cesare im Auto und hörte auf dem Weg nach Tigliobianco in voller Lautstärke Coldplay. Ihm war schon viel leichter zumute. Alles hinter sich zu lassen, die Sticheleien, die kleinen Dramen, die Unzufriedenheiten. Der Ort, aus dem er gleich nach Beendigung der Schulzeit mit wehenden Fahnen geflohen war, dessen Eintönigkeit ihn an den Rand der Verzweiflung getrieben hatte, diesen Ort umgab nun der Charme vergangener Kindertage. Ein kleiner Sprung in frühere Zeiten, an einen Ort, an dem er nicht Professor Dr. Burello war, sondern einfach nur Cesare. Wo ihn alle duzten, und wo er sich von der Hektik seines Lebens erholen konnte. Freiheit atmen.

Wahre Freiheit besteht aus Glück, dachte er und ließ den Arm lässig aus dem Fenster hängen, seine dunklen Augen blitzten hinter der Sonnenbrille auf. Oder Glück besteht aus Freiheit, wer wusste das schon. Das eine war wohl ohne das andere nicht zu haben. Darum ging es doch. Er mochte die Liebe und gab sich ihr nur allzu gern freizügig hin. Es war das ganze Aufgebot drumherum, das ihn krank machte. Doch dafür schien es keine Lösung zu geben, und so drehte er die Musik noch lauter, *Adventure of a Lifetime* erfüllte die Luft, und er widmete sich einem Duett mit Chris Martin.

6

Agata hatte Elvira ihr Wort gegeben: Sie würde den Kater finden, koste es, was es wolle. Mit einem Eis in der Hand, das sie versuchte aufzulecken, bevor es vollends an ihrer Hand herabtroff, saß sie auf einer Bank und überlegte, was als Nächstes am besten zu tun war. Ihr karottenrotes Haar war zu zwei Zöpfen gebunden, denn so konnte sie besser nachdenken. Sie war der festen Überzeugung, dass es hier eine Methode brauchte. Alle Detektive hatten eine, allen voran ihre beiden Lieblingsfiguren: Miss Marple und Poirot.

Agata war sehr stolz, den gleichen Namen wie ihre Lieblingsschriftstellerin zu haben. Für sie war es ein Wink des Schicksals, dass sie und die Christie den gleichen Vornamen trugen. Letztes Jahr hatte sie die Krimi-Königin entdeckt, und nun sammelte sie ehrgeizig all ihre Romane. Ihr erklärtes Ziel war es, vom ersten bis zum letzten Band alles zu besitzen, was die göttliche Agatha geschrieben hatte.

Zunächst hatte sie jedoch allerlei alte Jugendkrimis gelesen, die es in der Bibliothek gab: *Harriet – Spionage aller Art, Das Haus in Norham Gardens, Das Geheimnis der Metro, Verbrechen bei Flut …* Dann hatte Amanda ihr *Mord im Pfarrhaus* empfohlen, nicht ganz ohne Bedenken, da die kleine Leserin gerade einmal elf Jahre alt war. Damit war es um Agata geschehen. Eins nach dem anderen lieh sie sich jedes Buch von Agatha Christie aus, das die Bibliothek zu bieten hatte. Und jedes Taschengeld investierte sie in ein neues Buch der Krimi-Königin. Es war eine Liebe, wie sie größer nicht hätte sein können.

Die Leidenschaft für Bücher hatte sie gepackt, als sie gerade einmal sieben Jahre alt war. Alles hatte angefangen, als die Mutter mit ihr zu Dottor Ettore gegangen war, einem besonnenen, schönen Mann. Agatas Ohrenschmerzen waren lediglich Teil einer harmlosen Erkältung, doch der Besuch in der Praxis hatte eine gewisse Wirkung auf die kleine Patientin, deren Herz anfing, wie verrückt zu schlagen. Auf der Arztliege, bekleidet mit Unterhose und mit Kirschen bedrucktem Hemdchen, erwachte dort mir nichts, dir nichts die Liebe in ihr. Ja, Agata war verliebt. Wie verzaubert blickte sie den Arzt an, während er sie untersuchte, öffnete geduldig den Mund, damit er mit einem Holzstäbchen ihre Zunge herunterdrücken konnte, blieb ganz ruhig, als er ihr etwas Metallenes ins Ohr steckte, und gab keinen Laut von sich, als Ettore ihr mit einem Hämmerchen gegen das Knie schlug. Das sagte ja wohl alles über die Tiefe ihres Gefühls. Schließlich hörte er mit einer Art Kopfhörer mit einem Schlauch daran ihr Herz ab, neigte verwundert den Kopf, hob die Schultern und schenkte ihr ein Lächeln. Am Ende der Untersuchung sagte er, sie sei sehr brav gewesen, strich ihr über das karottenrote Haar und schenkte ihr einen Chupa Chups Vanille.

Doch dann sagte er ihrer Mutter, dass Agatas Herz sehr schnell schlage, und sie das Mädchen im nächsten Monat zur Kontrolle noch einmal herbringen müsse. Ganz bestimmt sei sie einfach nur ein wenig nervös gewesen, aber er wolle das doch kontrollieren. Beim nächsten Besuch war es dasselbe: Als Agata den Arzt sah, fing ihr Herz wieder an, wild zu schlagen, und der Arzt sagte zu ihrer Mutter, dass er aus diesem beschleunigten Herzschlag wirklich nicht schlau werde. »Herzrhythmusstörung« nannte er es.

So kam es, dass Agata regelmäßig zum Arzt musste, damit er kontrollierte, ob alles in Ordnung war. Alle glaubten, das Mädchen habe ein schwaches Herz. Alle außer Agata, die nur zu gut wusste, warum ihr Herz so schnell schlug, ihre Liebe jedoch nicht beichten wollte. Von da an musste sie alles Anstrengende vermeiden: Kein Sport mehr, nur noch Spaziergänge. Am besten nur noch lesen. Agata, die den Schulsport und jede andere Art körperlicher Betätigung stets gehasst hatte, sah in dieser nicht vorhandenen Krankheit eine wundervolle Ausrede und beschloss, diese Herzrhythmusstörungen so lange zu behalten, bis der Schulsport keine Gefahr mehr darstellte, also bis zum Ende ihrer Schulzeit. Und so war in Agata die Liebe zur Literatur erwacht, und sie wollte gar nicht mehr aufhören zu lesen.

Agatha Christie hatte schließlich den Wunsch in ihr geweckt, Detektivin zu werden, und Kater Dracula würde ihr erster Fall sein. Aber um Detektivin zu sein, brauchte sie nun eine Methode, sie würde ihre »grauen Zellen«, wie Hercule Poirot das nannte, also ein wenig anstrengen müssen.

Die erste wichtige Erkenntnis war, dass Dracula von allein nach Hause kommen würde, wenn er in der Nähe wäre. Dass er nicht auftauchte, bedeutete, dass er es – aus welchen Gründen auch immer – nicht konnte. Nun gab es zwei Möglichkeiten: Die erste war, dass er sich vielleicht verlaufen hatte oder zufällig in ein Auto spaziert und weit fortgebracht worden war. Die zweite, dass er sich irgendwo hineinmanövriert hatte, wo er nicht mehr herauskam.

Agata konnte nur im zweiten Fall etwas tun. Also beschloss sie, an jede einzelne Tür im Dorf zu klopfen. Wenn Dracula irgendwo eingesperrt war, würde sie ihn finden und befreien.

Während Virginia die Fingernägel der Kinder schwarz lackierte und Elvira und Agata den Kater suchten, fuhr ein kurzer Zug ratternd und quietschend in den winzigen Bahnhof von Tigliobianco ein. Beladen mit schwerem Gepäck, stieg Priscilla Greenwood aus und machte sich unter Zuhilfenahme von Google Maps auf den Weg zu ihrem Ferienhaus. Sie fand das Dörfchen bezaubernd, die engen Gässchen, die blumenbeladenen Balkone, die farbigen Häuser mit ihren schrägen Dächern, wirklich wie im Märchen. Mit dem Auto hätte sie wohl ein Problem gehabt, denn die Hauptstraße endete an der Piazza, von der sich nur wenige enge Gässchen weiterschlängelten. Der Trolley holperte hinter ihr auf und ab, und als Priscilla sich umblickte, fiel ihr Blick auf ein äußerst konzentriert wirkendes Mädchen, in deren einem roten Zopf ein Bleistift steckte. Die Karte auf dem Telefon gab Priscilla die Anweisung, nach links zu gehen, die Via del Salice bis zum azaleengeschmückten runden Plätzchen zu beschreiten, in die Via delle Querce einzubiegen und dieser bis zum Ziel zu folgen.

Nachdem sie an einem rosafarbenen und einem gelben Haus vorbeigegangen war, verengte sich das Sträßchen zu einem leicht ansteigenden Weg, der an einem schmiedeeisernen Tor endete. Als Priscilla es öffnete, stand sie wie von Zauberhand in einem riesigen Park, so groß, dass man sich gut und gerne darin verlaufen könnte. Gigantische Magnolien, duftende Maulbeerbäume, Eichen und Nussbäume, ein Meer unterschiedlichster Blumen, die dafür sorgten, dass der Garten zu keinem Zeitpunkt etwas von seiner üppigen Schönheit einbüßen musste – weder im Sommer noch im Winter. Der Weg war gesäumt von weißen und rosafarbenen Hortensien, auf der Wiese wuchsen wild Vergissmeinnicht, über die efeuüberwucherten Mauern kletterten Rosen in allen Farben und Formen.

Doch die Villa Edera war nicht nur wegen des gepflegten großzügigen Parks außergewöhnlich. Auch das Haus an sich

war großartig, ein prächtiger viktorianischer Bau mit altrosa-
farbenem Anstrich. Die Frage, wie ein Ort wie Tigliobianco
zu einem solchen Gebäude kam, hatten sich schon viele Menschen gestellt. Die Antwort lag im Leben von Gualtiero del
Pizzo, seines Zeichens glückloser Graf und Ururgroßvater von
Signora Ludovica del Pizzo, der rechtmäßigen Besitzerin.
Gualtiero, brüskiert, dass man ihm zwar den Titel eines
Grafen vererbt hatte, nicht jedoch die Mittel, wie ein solcher
zu leben, hatte nach reiflicher Überlegung seinen letztgebore-
nen Sohn Mitte des neunzehnten Jahrhunderts nach Amerika
geschickt. Er hoffte, der Spross werde dort als Goldsucher am
Klondike sein Glück machen. Doch als Gualtiero bereits fünf
Jahre später starb, hatte der Junge es noch nicht zu etwas gebracht, weshalb er nicht heimkehrte. Man behauptete, es sei
seine Rache dafür gewesen, dass sein Vater ihn fortgeschickt
hatte.

Ein Jahrzehnt später kam er im Besitz einer Goldmine
als gemachter Mann zurück nach Tigliobianco. Der Familie
zum Trotz, die ihn erst fortgeschickt und dann wegen seiner
Beharrlichkeit ausgelacht hatte, ließ er auf dem ersten Hügel
des Ortes die Villa Edera errichten. Das Haus beherrschte die
ganze Gegend, war jedoch selbst von Bäumen, Pflanzen und
den verschlungenen Wegen des ausufernden Parks vor unerwünschten Blicken geschützt. In den fünfzehn Jahren in
Amerika hatte Gualtieros Sohn den geheimnisvollen Reiz der
wundervollen viktorianischen Architektur entdeckt und das
Gebäude mit Türmen und Türmchen, Sprossenfenstern, Er-
kern, Säulen, kleinen Spitzdächern, verschlungenen Treppchen
und verborgenen Winkeln ausgestattet. Er ließ das Haus rosa
und weiß anstreichen, um seine Mutter glücklich zu machen,
die Einzige, die immer auf seine Rückkehr – ob als Mann mit
oder ohne Erfolg – gehofft hatte.

Romeo, der von Signora Ludovica angestellte Mann für Alles, kümmerte sich heute um den Garten, das Haus und alles drumherum, von den Leitungen bis zum Rosenschnitt. Er war an diesem Nachmittag gekommen, hatte die Möbel von den schützenden Betttüchern befreit, geprüft, ob das heiße Wasser auch funktionierte und den Park in Ordnung gebracht für die neue Besucherin, die endlich angereist war.

Mit dem schwer zu ziehenden Koffer, dessen Rollen machten, was sie wollten, einer Reise- und einer Handtasche wankte Priscilla die kleine Auffahrt hinauf. Romeo übergab ihr auf halbem Weg die Schlüssel und verkündete kurz angebunden: »Ich habe alles gemacht und gehe jetzt.«

Wenn Priscilla auch nur für einen kurzen Moment gehofft hatte, er würde ihr mit dem Gepäck helfen, dann hatte sie sich getäuscht. Doch als sie einmal das Tor passiert, den Garten durchschritten und die lollifarbene Villa betreten hatte, ließ sie ihr Hab und Gut einfach auf den Boden fallen und blieb mit vor Staunen offenem Mund stehen.

Ganz in der Nähe parkte genau in diesem Moment ein großes schwarzes Auto auf der Dorfpiazza, fast neben dem *Reich der Köstlichkeiten* und gleich unter den wachsamen Blicken von Claretta, Evelina und Rosamaria, die sofort die Hälse reckten, um zu sehen, wer da ins Dorf gerauscht war.

Die Autotür öffnete sich schwungvoll, und ein hochgewachsener, eleganter Mann stieg aus. Eine Sonnenbrille und ein spitzbübisches Lächeln schmückten sein Gesicht. Die drei Frauen kannten ihn von klein auf.

Dottor Cesare Burello, der unangefochtene Star und ganze Stolz von Tigliobianco, versuchte wieder einmal einer allzu verliebten Frau zu entfliehen, und dafür war er nach Hause gekommen.

7

Amanda hatte gerade die Bibliothek geöffnet. In der Hand hielt sie eine lange Liste mit Büchern, die nicht an ihrem Platz standen. Verstellt von ihrem Volontär. Sie hasste das. Jedes Mal überkam sie das Gefühl, jemand habe sie absichtlich hintergangen.

Ihr blieb nicht viel Zeit, die Regale nach den verschwundenen Bänden zu durchsuchen, denn schon gleich würden, wie jeden Freitag, die Damen vom Buchclub in aller Herrlichkeit anrücken. Die eifrigen Leserinnen wühlten sich ungezwungen durch alles von Liebesgeschichten bis zu gesellschaftlich brisanten Romanen, wechselten unbekümmert von *Message in a bottle – Weit wie das Meer* zu *Lolita lesen in Teheran.* Heute Nachmittag war ein Liebesroman an der Reihe, *Die Leidenschaft stirbt nie* von Priscilla Greenwood.

Nichts lief in der Bibliothek so gut wie die Romane von Priscilla Greenwood. Amanda hatte mehrere Ausgaben von jedem ihrer Bücher besorgt, mittlerweile waren sie hoffnungslos zerlesen. Die Hauptfigur Calliope del Topazio ließ die Herzen einer erschreckend großen weiblichen Gemeinde höherschlagen.

Amanda selbst wusste alles über Calliope del Topazio: dass der finstere Pirat Jack Raven sie entführt sowie verführt hatte, dass der galante Graf Edgar Allan sie ebenfalls verführt hatte, dass sie bei einem Sturm vor dem Ertrinken gerettet und zu Unrecht verschiedener Verbrechen beschuldigt worden war, darunter Mord, Diebstahl und Hexerei, dass sie Galgen und Scheiterhaufen nur knapp entronnen war und man sie mit dem schändlichen Symbol der schwarzen Lilie an der Schulter gebrandmarkt hatte. Amanda wusste, dass Calliope hin- und hergerissen war zwischen den erlesenen Aufmerksamkeiten des Grafen und dem aufregenden, wenn auch gefährlichen Leben, das der Pirat ihr bot. Und obgleich Amanda die Serie nicht besonders aufmerksam verfolgte, konnte sie es der Protagonistin nicht übelnehmen. Diese Wahl wäre jeder Frau schwergefallen. Amanda kannte die genaue Reihenfolge der sieben Titel auswendig. Vor allem aber wusste sie, dass die kreative Greenwood schon seit zwei Jahren nichts mehr veröffentlicht hatte und ihre Fangemeinde langsam ungeduldig wurde.

Dass die Frau, die den weiblichen Teil der Welt und ganz besonders den von Tigliobianco in Verzückung versetzte, nicht Priscilla Greenwood, sondern Priscilla Verdebosco hieß, das war das Einzige, was Amanda nicht über sie gewusst hatte – zumindest bis vor wenigen Stunden. Und dass die Schriftstellerin sich in diesem Moment bereits in der Villa Edera aufhielt, nur wenige hundert Meter von ihrer Bibliothek entfernt, das wusste Amanda auch nicht. Ebenso wenig wie die Damen des Buchclubs, die soeben plappernd in die Bibliothek einfielen.

Vor allem eine von ihnen fühlte sich wie Calliope del Topazio aus Fleisch und Blut: Laura war still und heimlich hoffnungslos in Liebe entbrannt. Sie war die einzige unverheiratete Frau im Buchclub, weshalb sie immer ein wenig das Gefühl hatte, dass ihr etwas fehlte. Vor allem, da sie nicht etwa keinen Ehemann hatte, weil sie die Unabhängigkeit vorzog, sondern weil sie von einer unmöglichen und streng geheimen Liebe gequält wurde. Diese Liebe wurde nicht weniger, sondern Jahr für Jahr stärker und nahm immer mehr die Form einer wahren Besessenheit an. Aber was konnte sie schon tun? Sie liebte ihn.

Doch niemals hätte sie den Freundinnen von ihrer flammenden Leidenschaft erzählt, eher würde sie Leid und Kerker ertragen, ganz wie Calliope.

Die anderen Mitglieder des Buchclubs waren Irene, dessen Gründerin und Präsidentin, ihre Kusine Marinella, Marisa und ihre Schwester Lovisa und schließlich Eleonora.

»Also, Signore«, setzte die in ein graues Kostüm gekleidete Irene in unverkennbarem Präsidentinnenton an. »Können wir anfangen?«

Mariella stellte eine mit Hörnchen gefüllte Tüte auf den Tisch.

»Greift zu«, forderte sie die anderen fröhlich auf.

Wie immer gab sich Amanda geduldig, als würde nicht auf zahlreichen Schildern ausdrücklich darauf hingewiesen, dass Essen und Trinken in der Bibliothek verboten waren. Kein Hinweis ihrerseits hatte je irgendeine Wirkung gezeigt. Dabei rümpfte sogar Irene jetzt die Nase. Bei einem Treffen rein intellektuellen Charakters Hörnchen und anderes Gebäck zu verteilen, fand sie mit eigenen Worten barbarisch. Seitdem sie den Buchclub gegründet hatte, war sie stets bemüht, ihm eine gewisse Würde zu verleihen, die gleiche, die sie selbst zur Schau trug. Sie hatte eine Leidenschaft für Kostüme in Grau oder anderen neutralen Farben. Man hatte sie nie etwas anderes tragen sehen, und tief in ihrem Inneren wünschte sie, die anderen Mitglieder würden ihr die strenge Noblesse nachtun. Manchmal träumte sie davon, allen Mitgliedern eine Uniform aufzwingen zu können. Wenigstens das Tragen einer Vereinsbrosche, ein kleines, aber feines Abzeichen, das ihrem Baby die Geltung verlieh, die es verdiente. Sie träumte von einem ausschließlich ihrem Club zur Verfügung gestellten Raum im Rathaus, ganz wie sie es verdienten. Nicht wie dieses muffige Räumchen hier in der Bibliothek.

»Habt ihr alle das Buch gelesen?«, erkundigte sie sich nun in dem Versuch, wenigstens ein bisschen offiziell zu wirken.

»Was für ein Roman ... Ich würde alles tun, um von einem Graf Edgar Allan hofiert zu werden. *Töten* würde ich für ihn!«, schwärmte eine von ihnen.

»Ach was, der Graf ist doch ein Langweiler. Aber der Pirat, der ist ein Bild von einem Mann«, fand eine andere. »Wer hat sie denn vor dem Ertrinken gerettet? Wer hat sie auf eine einsame Insel gebracht, um einander voller Leidenschaft lieben zu können?«

»Er hat sie entführt!«, wandte noch eine andere ein.

»Hach, was für eine Entführung ...«, seufzte Lovisa sehnsüchtig.

»Weiß eine von euch, ob bald ein neues Buch in der Reihe erscheint? Ich kann es kaum erwarten!«, rief Marinella, die keine halben Sachen machte.

Schließlich fragte Marisa vollkommen aus dem Zusammenhang: »Weiß eine von euch, wer die Villa Edera gemietet hat?«

Sie verfügte über die von den anderen nicht geschätzte Eigenschaft, von Hölzchen aufs Stöckchen zu kommen. So blickten sie denn auch alle vorwurfsvoll an, doch dann legte sich tiefes Schweigen über das Grüppchen. Das mit der Villa Edera war wirklich geheimnisvoll.

»Niemand weiß etwas«, sagte Eleonora.

»Doch, ich weiß es!«, rief Lovisa lautstark, wobei es sie offensichtlich nicht kümmerte, dass sie in einer Bibliothek saßen. »Eine Frau. Die kam ganz alleine an, und sie heißt Priscilla Verdebosco!«

Ruckartig wandte Amanda den Blick von ihrem Bildschirm. »Wie bitte?«, fragte sie.

Die Frauen waren nicht daran gewöhnt, dass die Bibliothekarin redete, und blickten sie entrüstet an.

»Entschuldigt …«, stammelte Amanda, »… aber habt ihr Priscilla Verdebosco gesagt?«

»Was will die denn jetzt?«, blaffte Laura.

In dem Bewusstsein, ein wahrlich gutes Blatt auf der Hand zu haben, lächelte Amanda unschuldig. »Wenn ihr mir versprecht, hier drinnen nicht mehr zu essen, dann verrate ich euch etwas. Etwas, das euch freuen wird. Das könnt ihr mir glauben.«

Kurz steckten die sechs die Köpfe über dem Tisch zusammen.

Irene, die Anführerin, sagte schließlich: »In Ordnung. Aber wenn es das nicht wert ist, kannst du dein blaues Wunder erleben.«

»Priscilla Verdebosco, die Frau, die die Villa Edera gemietet hat und diesen Sommer in unserem Dorf verbringen wird … Ihr kennt sie. Sehr gut sogar.«

Amanda kostete den Moment aus, doch das Schweigen wurde allmählich bedrohlich.

»Signore, ich habe die Ehre, euch verkünden zu dürfen, dass Priscilla Verdebosco niemand anderes als Priscilla Greenwood ist.«

Die Damen des Buchclubs glaubten, sich verhört zu haben.

»Was?«

»Wie? Wer?«

»Eure Lieblingsschriftstellerin hält sich gleich hier um die Ecke auf,« erklärte Amanda. Niemals zuvor hatte sie sechs derart perplexe Gesichter gesehen. Kurz fürchtete sie, die Damen könnten aufhören zu atmen.

Schließlich nahm Laura ein Hörnchen und biss beherzt hinein. »Also, die hier können wir ja wohl noch essen, oder?«

Die Bibliothekarin warf ihr einen finsteren Blick zu.

Priscilla war überwältigt. Sie ließ ihr Gepäck auf dem Boden liegen und machte staunend einen Rundgang durch die Villa Edera. So plötzlich ins beginnende zwanzigste Jahrhundert katapultiert worden zu sein, war ziemlich beeindruckend. Umso mehr, als dass diese Zimmer hier für die nächsten Wochen ihr Zuhause sein sollten.

Die Villa war wundervoll: Glänzende Holzfußböden, große Fenster, stuckverzierte Decken, pastellfarbener, teilweise abbröckelnder Putz, unter dem es weiß hervorschimmerte. Einfach perfekt. Als wäre die Zeit hier drinnen stehengeblieben. Priscilla fühlte sich seltsam geborgen: keinerlei Hektik, keine Dramen, nur ein von der Zeit vergessenes Haus mit einem Garten, der in dieser Jahreszeit regelrecht explodierte, doch auch im Herbst mit einem rot-gelb gefärbten Blattwerk außergewöhnlich sein musste. Im Schatten einer Mauer wuchs eine seltsamerweise noch blühende Akazie und verströmte einen betörenden Duft. Eine majestätische Magnolie überschattete den kleinsten Balkon, einen leicht abbröckelnden steinernen Vorsprung, auf dem ein schmiedeeiserner Tisch mit passendem Stuhl Platz fanden. Dies war gleich ihr Lieblingsplatz. Dort würde sie den Fall Calliope del Topazio auf die ein oder andere Weise schon zusammenschreiben.

Es wäre nicht verwunderlich, wenn hier wieder Leben in ihre Protagonistin kommen, wenn Calliope sich in Krinoline und voller Tatendrang übermütig in neue Abenteuer stürzen würde. Priscilla selbst hatte das Gefühl, hier drinnen die Grenze zwischen wahrer und Fantasiewelt umstandslos überschritten zu haben.

Als sie sich schließlich mit einem der Vorhänge sanft über die Wange strich, stockte sie plötzlich. Was machte sie hier eigentlich? Was sollte diese demütigende Romantikattacke? Für wen hielt sie sich, Scarlett O'Hara? Das ist bestimmt die

Schuld der Magnolie, dachte Priscilla, und griff beherzt nach ihrem Gepäck.

Schließlich war sie nicht hier, um sich Vorhänge durchs Gesicht zu wischen. Sie musste die Blondine mitsamt ihren Krinolinen beiseiteschaffen.

»Und, was ist hier so los?«, erkundigte sich Dottor Burello bei seinem Bruder Ettore.

Die beiden sahen sich sehr ähnlich. Der einzige Unterschied war der grau melierte Bart, den Cesare sich hatte wachsen lassen. Ansonsten waren beide hochgewachsen, dunkelhaarig und so schön, dass sich die Frauen reihenweise nach ihnen umdrehten. Doch während Cesare sich sein Aussehen zunutze gemacht hatte – man konnte ihn in jeder Hinsicht als Frauenheld bezeichnen –, hatte Ettore dem seinen keine Beachtung geschenkt und es schließlich nahezu vergessen. Sie waren bloß zwei Jahre auseinander, charakterlich aber hätten sie nicht unterschiedlicher sein können. Beide waren Ärzte, doch während Cesare ihren Geburtsort Tigliobianco verlassen und in der Welt sein Glück gesucht hatte, beruflich ehrgeizig war und begierig, alle erdenklichen Vergnügungen zu kosten, die das Leben zu bieten hatte, war Ettore schlicht in Tigliobianco geblieben und Dorfarzt geworden.

In Ettores Garten saßen die Brüder nun auf zwei abgenutzten Holzstühlen im Schatten eines Nussbaums und öffneten eine gut gekühlte Flasche Weißwein.

»Wir sind in Tigliobianco, Cesare, was soll hier schon los sein?«, lachte Ettore. »Nicht mehr als herumlaufende Kinder und erbitterte Kämpfe um die höchste Anzahl Rubamazzo-Karten.«

»Genau das brauche ich«, erwiderte Cesare mit einem zufriedenen Seufzer und lehnte sich behaglich zurück.

Der Bruder warf ihm einen wissenden Blick zu: »Vor welcher Frau läufst du diesmal davon?«

»Mein Gott, du kannst das nicht verstehen … Sie krallen sich fest. Das tun sie wirklich! Ein, zwei Abendessen, mal eine Bettgeschichte, und sofort wollen sie, dass du ihnen einen Ring an den Finger steckst.«

»So abwegig finde ich die Idee gar nicht …«, meinte Ettore.

»Ausgeschlossen«, wehrte Cesare ab. »Ich mag Frauen wirklich, aber mir ist eben auch meine Freiheit wichtig. Und ich werde auf keines von beidem verzichten. Ich muss einfach nur ein wenig hierbleiben, ein oder zwei Wochen, dann kehre ich in mein Leben zurück, rechtzeitig zu einem Kongress in Dubai. Und du bist ja auch nicht verheiratet, wenn ich mich nicht irre, oder etwa doch?«

»Ich bin nur nicht verheiratet, weil ich bis jetzt nicht die richtige Frau gefunden hatte«, gab Ettore geheimnisvoll zurück.

Doch Cesare war viel zu sehr mit sich selbst beschäftigt, um auf die Zeiten zu achten, mit der sein Bruder Sätze baute.

»Nach wie vor rätselhaft, dass in der Masse an Frauen, mit denen du dich umgibst, immer noch nicht die richtige aufgetaucht ist«, fuhr Ettore grinsend fort. »So langsam glaube ich, dass sie ein fast übernatürliches Wesen sein muss«, witzelte er. »Apropos übernatürlich, wie geht es Bianca?«, erkundigte er sich dann.

»Ach, Bianca ist wirklich wunderbar, eine wahre Freude, ja, das ist sie. Aber glaub mir, hier, an diesem zauberhaften, blumenüberwucherten Fleckchen Erde, werde ich ganz sicher nicht auf ein übernatürliches Wesen treffen. Wenn es einen Ort auf dieser Welt gibt, an dem man vor hübschen Frauen in Sicherheit ist, dann ist das Tigliobianco, dafür lege ich meine Hand ins Feuer«, erklärte Cesare mit der Überzeugung eines

Mannes, der ganz genau weiß, wie der Hase läuft. Damit verschränkte er die Hände im Nacken und kippelte fröhlich mit seinem Stuhl vor und zurück.

Cesare Burello hatte seinem Alter zum Trotz immer noch nicht begriffen, dass das Leben die größten Überraschungen bereithält, wenn man sie am wenigsten erwartet.

8

Don Casimiro war nach Tigliobianco gekommen, weil er, ähnlich wie Priscilla, seine Ruhe haben wollte. Voller Pläne war er vor zweiunddreißig Jahren in diesem Dorf eingetroffen, erfüllt von dem Wunsch, sich der Herzen der Seelen an diesem verlorenen Fleckchen Erde zu widmen, der ihm wie ein irdisches Paradies erschien.

Entzückende blumengeschmückte Balkone, eine kleine Bäckerei, aus der es beständig nach frisch Gebackenem duftete, fröhliche Kinder, die man bedenkenlos durch die Straßen tollen lassen konnte, Mütter, die selbstgemachte Süßspeisen servierten und rührende Dorfgreise, die ganz sicher nichts gegen einen Plausch einzuwenden hatten.

Nach und nach war ihm klargeworden, dass er dies alles gefunden hatte, allerdings auch noch so einiges mehr. Die Balkone waren blumengeschmückt, die Bäckerei verströmte einen betörenden Duft, und die Kinder tollten durch die Straßen, das alles traf zu, und doch befand er sich hier in einer allzu wunderlichen Welt. Die Dorfgreise, so rührend sie auch sein mochten, waren nicht aus der Bar wegzubewegen. Viel zu plauschen gab es mit ihnen nicht. Als er einmal versucht hatte, sie in ein Gespräch zu verwickeln über die Seele und das, was uns nach der »großen Reise«, wie er es taktvoll genannt hatte, erwartete, hatte sich nur ein allgemeines »Ja, ja« erhoben, und einige hatten sich verstohlen an die Stirn getippt und die Augen verdreht. Gleich darauf hatte man ihn auf einen Stuhl gedrückt, ihm ein Glas deftigen Rotwein eingeschenkt und eine Kartenpartie Socpa aufgenötigt, bei der er zur Belustigung aller Anwesenden eine Schlappe sondergleichen erlitt.

Ähnlich war es ihm mit den Damen ergangen. Als er an die schon damals »Dreierklübchen« genannten Signore herangetreten war, fand er sich im Nu auf einem Klappstuhl vor dem *Reich der Köstlichkeiten* wieder, ohne jede Gnade gezwungen, sich alles über den alten Pfarrer Don Attilio anzuhören, den einige Monate zuvor Altersschwäche und der Schock über den filmreifen Tod seiner Haushälterin dahingerafft hatten. Die drei waren nun zweiunddreißig Jahre älter, an ihrer Stellung vor dem Laden, von wo aus sie den ganzen Ort kontrollierten, hatte sich jedoch nichts geändert.

Der damals noch junge Don Casimiro war leicht schockiert gewesen, hatte den Mut jedoch nicht verloren. Und in der Tat füllte sich sonntags schon seit Langem seine kleine Kirche regelmäßig mit einer treuen Schar von Gläubigen. Außerdem hatte er einige tiefe Freundschaften geschlossen, und eine Reihe von Menschen vertrauten sich ihm an – unabhängig von ihrer Religion.

Eine davon war Agnese, die nun ebenso erschöpft wie niedergeschlagen im Pfarrhaus stand. In der Hoffnung, ein für alle Mal die Sache mit dem Rezeptheft aus der Welt zu schaffen, hatte Don Casimiro ihr freie Hand gelassen, und die Frau hatte das Unterste zuoberst gekehrt. Gefunden hatte sie jedoch nichts. Nun ließ sie sich auf einen Stuhl fallen und schüttelte traurig den Kopf.

»Ich verstehe das einfach nicht.«

Der Pfarrer setzte sich neben sie an den Tisch, auf dessen Plastikdecke er soeben zwei Tassen Kaffee und einen mit Keksen beladenen Teller gestellt hatte. Agnese rührte vorerst weder Kaffee noch Kekse an, zu groß war ihre Enttäuschung. Wo sollte das Rezeptheft von Luisa sein, wenn nicht hier? Sie hatte doch schon das ganze Dorf durchkämmt, jeden einzelnen Verwandten von Luisa befragt – und nicht nur die – aber es war alles für die Katz gewesen. Das Heft war wie vom Erdboden verschluckt, verschwunden, aufgelöst. Mittlerweile hasste Agnese die verstorbene Pfarrhaushälterin mitsamt ihrem niederen, kleinlichen Geist.

Doch langsam war es an der Zeit, der Wahrheit ins Gesicht zu sehen: Luisa, die alte Hexe, hatte das Geheimnis der Suprema mit ins Grab genommen. Das musste Agnese ein für alle Mal begreifen.

Jetzt nahm sie doch einen Keks und biss hinein. Herrlich groß, mürbe und voller Schokoladenstückchen, einfach köstlich!

»Habt Ihr die selbst gebacken, Don? Dann hätte ich gerne das Rezept.«

Priscilla war also mit Sack und Pack in die Villa Edera eingezogen. Der Sack bestand aus Koffer und Reisetasche, beide gefüllt mit allem, was man brauchen konnte: Kleidungsstücke in Grau bis Schwarz, Haargummis, Pfefferchips, Bücher und Vollmilch-Nuss-Schokolade. Das Pack war ihr Laptop.

Seit dem letzten Roman *Die Leidenschaft stirbt nie* steckte sie gedanklich fest: Nach sieben Büchern, in denen die schöne Calliope, obgleich dem ein oder anderen hübschen Jüngling durchaus nicht abgeneigt, hin- und hergerissen war zwischen Graf Edgar Allan und Pirat Jack Raven, war es nun an der Zeit für eine Entscheidung. Oder für einen ihr angemessenen Tod: im Kindsbett, vergiftet, ertrunken, erstochen mit einem Dolch mit elfenbeinernem Griff. Die Ideen wurden immer lächerlicher und waren Zeichen ihrer schwindenden Kreativität.

Priscilla hatte zwei, genauer gesagt drei Möglichkeiten: Calliope umzubringen und die Beweise verschwinden zu lassen. Oder ihre Heldin vor die Wahl zu stellen: das behagliche, aber auch langweilige Leben mit dem Grafen oder das wilde, leidenschaftliche mit dem Piraten. Sie hatte die Qual der Wahl. Oder eigentlich Calliope.

Für die Figur de Edgar Allen hatte sie sich an Graf von Fersen aus den *Rosen von Versailles* orientiert, für den Piraten an Captain Harlock. Das hatte sich als gute Wahl erwiesen: Jede Frau über dreißig erkannte unbewusst die beiden Sex-Symbole ihrer Kindheit und verliebte sich auf der Stelle. Doch die wirklich geniale Idee war es gewesen, Candy Candy als Vorbild für Calliope zu nehmen. Priscilla hatte Calliope noch schöner und sinnlicher erschaffen, doch ihre Missgeschicke waren die gleichen. Sogar die Wahl zwischen den beiden Verehrern ähnelte der von Candy: Für sie gab es den schönen, gnadenlosen und verdammten Terence oder den ebenso schönen, sanften und toten Anthony.

Mit diesem Dreieck in jeweils verschiedenen Ausführungen hatte Priscilla Greenwood Leserinnen selbst in den hintersten Winkeln dieser Welt erobert. Und dieses gottverlassene Nest hier war genau der richtige Ort, um sich mit dem leblosen Geist ihrer Kreatur zu verstecken. Das hoffte sie zumindest.

Von dem winzigen Balkon über dem Eingang der Villa Edera aus konnte sie, wenn sie sich in die Ecke stellte, wo die überhängenden Magnolien nicht die Sicht behinderten, das ganze Dorf überblicken. Dort lag ihr Tigliobianco in voller Pracht zu Füßen. Priscilla hatte ihren Computer auf das schmiedeeiserne Tischchen gestellt und hoffte, die Landschaft würde sie inspirieren. Vielleicht könnte sie Calliope in ein italienisches Dorf verfrachten, sie von ihren Verehrern befreien, ihr einige Jahre Keuschheit verschreiben und sie schließlich

71

mit dem Dorfbäcker vermählen. Nach all der Quälerei hätte sie das wirklich verdient. Ein schlichtes Ende nach diesen unzähligen Dramen.

Sie hatte die Szene schon vor Augen.

Calliope war wunderschön in ihrem Hochzeitskleid. Es hatte eine Zeit gegeben, in der sie zu diesem Anlass ein seidenes Spitzenkleid hätte haben wollen, eigens für sie von den blinden Nonnen des Klosters von Torrefiorita geschneidert, doch jetzt genügte ihr das leicht ausgeblichene, welches Vincenzos Mutter einst getragen hatte. Vincenzo, der Mann, den sie von ganzem Herzen liebte. Nur er, mit seinen starken, gefühlvollen Bäckerhänden, die tagtäglich Teig kneteten, verstand es, ihre weiche Haut zu liebkosen und ihren Körper zu entflammen.

Vergessen waren die Kutschreisen mit diesem aufgeblasenen, womöglich bisexuellen Grafen Edgar Allan. Vergessen die Fahrten durch stürmische See mit Jack Raven, diesem Schuft, der ihr an einem Tag ewige Liebe schwor, sie voller Leidenschaft liebte, in von Delfinen durchzogenen Wellen oder im Schatten der Palmen an einem einsamen weißen Strand, der sich aber am nächsten Tag in einer Spelunke mit irgendeinem verrufenen Weibsbild betrank. Sie hatte genug von Abenteuern, von fortwährenden Unwägbarkeiten, heimlichen Küssen, die sie zugleich in Gefahr brachten, hatte genug davon, dass zwei so außergewöhnliche Männer sie hofierten, sich für sie duellierten. Sie hatte genug von Vergiftungen, Entführungen, Gewalt. Sie wollte ihre Ruhe haben. Und Vincenzo heiraten, den Bäcker.

Ofenwarmes Brot, frische Brioche, Grissini mit Oliven, Tarallucci mit Pfeffer … Das und nichts anderes wollte sie! Schluss mit Austern und Rebhuhnpastete. Schluss mit Schiffen und Schlössern. Eine hübsche Wohnung über Vincenzos Bäckerei war alles, was sie sich wünschte. Klein, hell und leicht sauber zu halten. Vielleicht würden sie auch einige Kinder mit rosa Wangen und blondem Haar bekommen, die sie mit Brot und Milch, gutem Käse und Eiernudeln großziehen würde.

Mehrere Minuten lang liebäugelte Priscilla mit dieser Idee – so müsste Calliope sich nicht zwischen Graf und Pirat entscheiden, sondern würde sich einfach in die mehlbestäubten Arme von Vincenzo werfen. Ob das mit dem Kneten wohl tatsächlich ausschlaggebend sein konnte?

Sie könnte Calliope ja immer noch vergiften …

Calliope kauerte am kalten Mauerwerk ihrer düsteren Zelle. Ihre Kleider waren zerrissen, und sie wusste, diesmal würde es keinen Weg hinaus geben. Niemand würde sie retten. Der Kardinal würde keine Gnade walten lassen. In wenigen Stunden würden seine elenden Handlanger eintreffen und mit ihr tun, was immer ihre grausamen Köpfe sich auszudenken vermochten.

Allein der Gedanke daran ließ sie erschaudern, doch eine – wenn auch schreckliche – Hoffnung blieb ihr: Wenn sie schon ihr Leben nicht retten konnte, so doch wenigstens ihre Ehre und Tugend.

Dankbar blickte sie auf ihren rechten Ringfinger, an dem ein Bernstein prangte, dessen Innerstes ihre entsetzliche Rettung barg.

Ohne zu zaudern, ließ sie mit blitzendem Blick das winzige Schloss aufschnappen, worauf der Stein nach oben schwang und die Kapsel mit dem Zyanid freigab. Ihre wundervollen Augen, deren Farbe an ein stürmisches Meer erinnerte, würden die Morgensonne nicht mehr erblicken.

Oder sie könnte Calliope eine erfüllende lesbische Beziehung mit einer Herzogin oder einer Magierin auf den Leib schreiben – warum eigentlich nicht?

Calliope war erfüllt von Lust. Morganas flinke Finger brachten sie schier um den Verstand, und sie bettelte bereits um eine Rast in dieser süßen Tortur. Doch Morgana war keineswegs gnädig und ließ ihre Finger weiter über Calliopes Körper kreisen. Mit ihrer rosigen Zunge hatte sie Calliope bis in die Winkel ihres Leibes erforscht und ihr damit nahezu unerträglichen Genuss verschafft. Nie, kein einziges Mal, hatte dieser Langweiler von Graf ihr solche Laute entlockt, und auch der ruchlose Pirat hatte niemals auch nur annähernd solche Schauer über ihren Körper gejagt.

Mit einem rauen Schrei überschritt Calliope den Höhepunkt, griff zitternd in Morganas Haar. Die Magierin hob den Kopf und warf ihr einen triumphierenden Blick zu. Calliope drückte einen Kuss auf die glänzend roten Lippen der Geliebten und schwor, nie wieder einem Mann Zugang zu ihrem Körper zu gewähren.

Ihr Leben und ihr Leib gehörten nun für immer der Frau, die sich jetzt aus smaragdgrünen Augen anblickte.

Auch nicht schlecht, dachte Priscilla. Das würde für Aufruhr sorgen. Eine späte feministische Wende nach sieben Romanen über Männer, die Calliope den Verstand geraubt hatten, und es ganz bestimmt nicht wert waren – das musste mal gesagt werden. Die Wende durch eine lesbische Liebe würde die Serie gebührend abschließen und es Priscilla endlich ermöglichen, sich zurückzuziehen, Marmelade einzukochen oder aber eine neue Serie zu erschaffen.

Vielleicht würde ihr selbst eine solche Liebe auch ganz guttun, das war durchaus nicht auszuschließen, aber jetzt war nicht die Zeit dafür, sich mit so unwichtigen Dingen wie ihrem Gefühlsleben zu befassen. Vielmehr musste sie sich von Calliope befreien und ein neues literarisches Abenteuer erschaffen, um ihrer Kreativität neues Leben einhauchen zu können. Ein hübscher Detective, düster und verschroben, eine selbstbewusste, sinnliche Assistentin, ungelöste Fälle, Whiskey und schäbige Bars … danach stand ihr der Sinn.

Vielleicht gab es in diesem betulichen Örtchen ja wenigstens eine schäbige Bar. Kurz stellte sie sich eine Holztür vor, rechts und links davon je ein malerischer Blumentopf mit Hängepflanzen an der Mauer, hinter der sich eine illegale Spielhölle öffnete, in der die Dorfgreise pokerten und begeistert auf Hahnenkämpfe wetteten.

Das machte Priscilla glücklich: sich die unwahrscheinlichsten Dinge vorzustellen. Doch wenn sie heute noch etwas essen wollte, sollte sie nun erst einmal ins Dorf gehen und einkaufen. Spielhölle hin oder her.

9

Vladimiro der Dorfspinner war nicht immer so durcheinander gewesen, sondern als Kind äußerst aufgeweckt. Geboren und aufgewachsen in Tigliobianco, blieb er jedoch die meiste Zeit sich selbst überlassen. Seine Mutter hatte ihn mit gerade einmal sechzehn Jahren zur Welt gebracht und zwei Jahre später mit ihrem neuen Freund das Weite gesucht. Über seinen Vater war nichts Genaues bekannt. Vladimiro wuchs also bei seinen Großeltern auf, die ihn sehr liebten, jedoch, wie die meisten ihrer Generation, mehr damit beschäftigt waren, über die Runden zu kommen, als ein Kind aufzuziehen.

So war Vladimiro ohne fließendes Wasser oder Heizung groß geworden, hatte eine Menge Holz hacken und vielen Hühnern den Hals umdrehen müssen. Als er schließlich in die Schule kam, konnte er nicht mit den anderen Kindern Schritt halten und zog sich traurig immer mehr in sich selbst zurück. Als Jugendlicher sprach er ausschließlich mit sich selbst oder mit Tieren, die er ausnahmslos liebte, und so wurde aus ihm Vladimiro der Einsame. Da er nie Gesellschaft hatte und niemand ihm etwas beibrachte, ließ er seinen Verstand brachliegen und vereinsamte bald vollkommen.

Im Laufe der Zeit wurde der Grat zwischen Normalität und Spinnerei immer schmaler, bis aus Vladimiro dem Einsamen schließlich Vladimiro der Spinner mit dem Einkaufswagen wurde. Anfangs fuhr er in dem Wagen bloß seinen Hund durch die Gegend, nach und nach kamen ein Mantel hinzu, eine Flasche mit Wasser und eine mit Limonade. Außer dem jeweiligen Hund, der ihn gerade begleitete, beherbergte der Wagen mittlerweile unter anderem den Mantel, eine Flasche Wasser, dazu ein weiteres Getränk, einen angeschlagenen Nachttopf, eine Blechdose, drei oder vier zerlesene Bücher, ein Verlängerungskabel, eine Wanduhr, eine Packung Kekse, ein Päckchen Hundeleckerli, eine Wollmütze und ein seit Jahren kaputtes Radio, alles schön sorgfältig von einem Überwurf bedeckt.

Vladimiro der Spinner strich nie ohne seinen Wagen durch die Gassen des Dorfes. Normalerweise hielt er sich auf einer Bank auf der Piazza auf, in der Bar oder der Bibliothek. Entgegen allen Vorurteilen rührte er keinen Tropfen Alkohol an. Er lebte von einer schmalen Invaliditätsrente, die er fast ausschließlich für Hundefutter ausgab. In der Bar bestellte er eine Limonade, an der er mehrere Stunden saß. Er störte niemanden und niemand störte ihn. Vladimiro gehörte in Tigliobianco ganz einfach zum Inventar.

Die Einzigen, die ihm eine gewisse Neugier entgegenbrachten, waren die Kinder des Dorfes: weil er so anders war, einen Einkaufswagen voll wunderlicher Dinge vor sich herschob, oder vielleicht auch, weil Kinder einfach wussten, dass es zu den irrsinnigsten Dingen überhaupt gehörte, nicht verrückt zu werden.

Tobia und Andrea etwa hätten alles gegeben, um zu erfahren, welche Geheimnisse sich in Vladimiros Einkaufswagen verbargen. Sie selbst wünschten sich auch einen, und zwar mit aller Begeisterung, derer Sechsjährige fähig sind. Doch als sie diesen Wunsch ihrer Mutter mitteilten, wurden sie ausgeschimpft, und nun wagten sie nicht mehr zu fragen. Durch die Schelte der Mutter war Vladimiro der Spinner für die beiden allerdings nur noch interessanter geworden: Er durfte einen

Einkaufswagen mit seinem gesamten Hab und Gut besitzen, sie hingegen nicht. Das Mindeste, was sie tun konnten, war, ihm neidisch hinterherzuschielen.

Also hielten sie beständig nach ihm Ausschau, trauten sich jedoch nicht, ihn zu fragen, was sich eigentlich alles in seinem herrlichen Einkaufswagen befand.

Virginia, die mit ihren sechzehn Jahren genauso darüber dachte, hatte ein Spiel erfunden, es hieß: »Im Einkaufswagen von Vladimiro ist ...«, frei nach der Vorlage »Ich packe meinen Koffer und ...«. Toll war vor allem, dass man es überall und zu jeder Zeit spielen konnte. Sobald einer der vier es vorschlug, waren alle sofort Feuer und Flamme. Wer sich das Unglaublichste ausdachte, gewann die Runde. Sie konnten dieses Spiel stundenlang spielen.

Nun saßen sie, in ebenjenes Spiel vertieft, auf der bröckelnden Mauer vor einem etwas heruntergekommenen Haus mit halbgeschlossenen Läden. Margherita führte, nachdem sie »eine Tammer!« ausgerufen hatte. Die anderen warfen ihr bewundernde Blicke zu, denn an eine Klammer hatte noch keiner von ihnen gedacht.

Da trat Agata zu ihnen. »Habt ihr Dracula gesehen? Den schwarzen Kater von Elvira?«

»Ich nicht«, sagte Tobia.

»Ich nicht«, sagte Andrea.

»Aber is!«, krähte Margherita.

Agatas Gesicht hellte sich auf. »Wo denn?«

»Destern auf dem Beg bei Elbira!«

»Das war vermutlich, bevor er verschwunden ist ... okay, trotzdem danke, Margherita.« Dann warf die Zwölfjährige einen zweifelnden Blick auf das Haus hinter dem Mäuerchen.

»Glaubt ihr, Penelope lässt mich rein, damit ich Dracula bei ihr suchen kann?«

Virginia und die Kinder wandten sich zu dem Gebäude um, und kurz schwiegen alle. »Seit wann kommt sie da eigentlich nicht mehr raus?«, erkundigte sich Virginia schließlich.

»Seit neuntausend Jahren«, antwortete Tobia überzeugt. Agata hob die Schultern. »Ich versuch's einfach mal.«

»Suchen wir auch nach Dracula?«, wollte Andrea wissen.

»Na klar«, stimmte Virginia zu. »Wir sehen uns mal um, also bitte alle schön die Augen aufhalten.«

Die Aussicht auf die Suche stimmte Tobia fröhlich, der gleich loslief und die Anfangsmusik von *Indiana Jones* summte: »Daadadada dadadaaa …«

Agata hingegen blieb vor dem verwitterten Haus stehen und ließ ihren Blick über das marode Mäuerchen und den von Unkraut überwucherten kleinen Garten gleiten. Normalerweise war Trostlosigkeit im Alter von zwölf Jahren beängstigend, nicht jedoch für Agata. Sie wusste, dass es außer der Schwermut der Bewohnerin hier nichts zu fürchten gab. Außerdem hatte sie eine Mission zu erfüllten, und sie würde sich von nichts und niemandem aufhalten lassen.

Leise klopfte sie an und wartete.

So lange, bis sich die Tür einen Spaltbreit öffnete und ein weißer Haarschopf darin erschien.

»Guten Tag, Penelope, ich heiße Agata. Bitte entschuldige die Störung, aber ich suche den Kater von Elvira. Darf ich im Garten nachschauen, bitte?«

Einen schier unendlich scheinenden Augenblick lang schwieg die Frau.

Dann lächelte sie schwermütig, nickte und schloss die Tür wieder leise.

Eine Welle der Traurigkeit schlug über Agata zusammen.

Die Damen vom Buchclub konnten es noch immer nicht fassen. Dass sie sich in unmittelbarer Nähe ihrer Heldin befanden, versetzte sie in helle Aufregung und ausschweifende Hysterie. Außer sich hatten sie eilig die Bibliothek in Richtung Anitas Bar verlassen und sich dort einen Weg durch die Kartenrunde der Dorfgreise gebannt. Bei Tonic und Eistee schmiedeten sie nun einen Plan: Gleich morgen würden sie zur Villa Edera gehen und dort so lange klingeln, bis Priscilla Greenwood sie einließ. Mit Cremegebäck wollten sie die Schriftstellerin im edlen Wohnzimmer für sich einnehmen und sie darum bitten, als Gast bei einem Treffen ihres Buchclubs zu erscheinen, wo dann natürlich all ihre Bücher ausliegen würden. Die Greenwood würde gerührt sein, jede Einzelne von ihnen an ihr Herz drücken und vielleicht sogar die eine oder andere Träne vergießen.

Hindernisse sahen sie dabei nicht, nur die blühenden Wiesen, an denen vorbei es zur Villa Edera ging.

Hätte Priscilla geahnt, was sechs Frauen sich in dieser winzigen Dorfbar gerade ausdachten, dann wäre ihr gleich klargeworden, dass es die Spelunke, die sie sich noch kurz zuvor vorgestellt hatte, wirklich gab. Doch sie wusste nichts davon und machte sich ahnungslos auf den Weg ins Dorf, um einzukaufen.

In Gedanken an ihre Heldin versunken, überquerte sie die Piazza, wobei sie fast in einen Mann hineingerannt wäre, der einen vollgestopften Einkaufswagen vor sich herschob und trotz der Sommerhitze einen Mantel trug.

Sodann fiel ihr Blick auf die eifrige Agata, die gerade an allen Türen im Dorf klopfte und auf der Suche nach Dracula darum bat, Garagen und Keller für sie zu öffnen. Kurz darauf stieß Priscilla beinahe mit Agnese zusammen, die nach ihrer erfolglosen Rezeptheftsuche entmutigt auf dem Weg nach Hause war.

Wenig später betrat sie den scheinbar einzigen Lebensmittelladen des Ortes. Ein seltsames Geschäft mit dem hochtrabenden Namen *Das Reich der Köstlichkeiten*, vor dem herausfordernd drei grauhaarige Damen in fast identischen geblümten Kittelschürzen saßen, die sie vollkommen unverhohlen anstierten.

Nach einer Zeitspanne, die Priscilla unendlich vorkam, erhob sich schließlich eine von ihnen und schlurfte hinter den Verkaufstresen.

»Was kann ich für Sie tun?«, wollte Claretta wissen und musterte naserümpfend diese Turnschuhe tragende Fremde, deren Haar in unordentliche Zöpfe gebunden war.

Priscilla wusste nicht recht, wie sie anfangen sollte. Wie sollte man sich in einem winzigen Laden zurechtfinden, der Zucchini gleich neben Monatsbinden feilbot? Als Erstes griff sie nach einer Flasche Rum, die neben einem Bleichmittel stand.

»Ich suche etwas zum Abendessen«, brachte sie schließlich unter dem misstrauischen Blick der Signora hervor.

»Und was genau?«

»Haben Sie Lachs?«

»Nein.«

»Eine Avocado vielleicht?«

»Ganz bestimmt nicht.«

Priscilla seufzte entmutigt. »Wenigstens Schinken?«

»Den ja«, nickte Claretta. »Gekocht oder roh?«

»Gekocht. Hundert Gramm. Ohne Konservierungsstoffe.«

Claretta fing an zu hantieren. »Ich hab nur den einen. Keine Ahnung, ob da Konservierungsstoffe drin sind. Wollen Sie den oder nicht?«

»Ja, den nehme ich. Und auch etwas Brot«, fügte Priscilla noch hinzu, und dann, nur um die Reaktion zu testen: »Haben Sie vielleicht welches mit Mehl aus …«

Claretta warf ihr einen drohenden Blick zu.

»Geben Sie mir einfach zwei Brötchen«, gab Priscilla sich geschlagen. »Was immer Sie dahaben.«

»Wollen Sie vielleicht hundert Gramm frischen Stracchinokäse?«, schlug Claretta vor. »Ist aber aus Milch von ganz normalen Kühen, ich sag's Ihnen gleich.«

Priscilla hielt es für das Beste, lächelnd zu nicken, dann wurde sie abgelenkt von aufgeregten Stimmen, die von draußen in den Laden drangen.

Was war denn da los? Die beiden Frauen vor dem Geschäft machten einen Tumult, als wäre der Papst höchstpersönlich gekommen, um Tomaten für seine abendliche Panzanella einzukaufen.

Ein dunkelhaariger Typ betrat das Geschäft. Sein Körper strotzte nur so vor Männlichkeit, dabei nahm er bloß seine Sonnenbrille ab. Priscilla spürte plötzlich ein Jucken an ihrer Narbe über der Augenbraue. Ein schlechtes, ein sehr schlechtes Zeichen.

Und während sie sich dort kratzte und beobachtete, wie die Ankunft des neuen Kunden ein Lächeln auf Clarettas mürrisches Gesicht zauberte, überkam sie der Drang, hier, zwischen Tüten mit Nüsschen und Flaschen mit Weichspüler, dem Typ in die Augen zu blicken.

Es war, als würde sich in ihr ein Knoten lösen.

Was zum Teufel war das denn?

Cesare Burello seinerseits wollte bloß einige Eier und vielleicht eine Zigarre kaufen, falls Claretta die noch im Sortiment hatte. Am Eingang stürzten sich sogleich zwei aus dem Dreierklübchen auf ihn, umarmten und drückten ihn jubelnd an sich wie einen verloren geglaubten Sohn, bevor er, einigermaßen benommen ob dieser Zuneigungsbekundungen, das *Reich der Köstlichkeiten* betreten konnte. Er nahm seine Sonnenbrille ab und brauchte einen Moment, um sich an den Wechsel von der gleißenden Hitze draußen zu dem kühlen Dämmerlicht im Laden zu gewöhnen.

Er schenkte Claretta ein Lächeln und sah sich suchend nach den Zigarren um, wobei sein Blick auf die zwischen Nüsschen und Weichspüler reglos dastehende Priscilla fiel. Und auch ihn überkam das plötzliche Bedürfnis, ihr in die Augen zu sehen.

Es war, als würde jäh ein Staudamm brechen.

Seltsam, dachte er, ohne der Sache jedoch allzu viel Bedeutung beizumessen.

Es gibt eine japanische Legende um einen roten Faden. Der Faden, der jedes menschliche Wesen an die für ihn bestimmte Person bindet. Manchmal scheint der Weg, den der Faden von einer zur anderen Seele zurücklegen muss, verschlungen und sinnlos. Nichts hingegen vermag ihn zu zerreißen: Entfernung, Zeit, Missgeschicke und Hindernisse können ihm nichts anhaben. Oft jedoch können die beiden unwiderruflich aneinandergebundenen Personen ihr Schicksal nicht meistern. Oder sich nicht erkennen.

Das war hier nicht der Fall, denn Priscilla fragte sich ein wenig besorgt, an wen dieser Mann sie erinnerte.

Habe ich ihn vielleicht schon mal gesehen? Nicht, dass er einer von denen ist, die meine Mutter zum Essen angeschleppt hat.

Sie kratzte weiter an ihrer mittlerweile hochgezogenen Braue und sah etwas genauer hin: hochgewachsen, dunkles Haar, olivfarbener Teint, grau durchzogener Bart, dunkle Augen …

Während sie auf ihren Schinken wartete und Cesare sich fragte, wer diese Emo-Pippi-Langstrumpf wohl war, begriff Priscilla bestürzt, an wen dieser Mann sie erinnerte, und weshalb sie meinte, ihn zu kennen. Tatsächlich hatte sie genau ihn schon gesehen, tausendmal, vor langer Zeit: Roger MacMillan, der unwiderstehliche Herzchirurg aus ihrer ersten Harmony-Serie!

Ein Schicksalsschlag? Das fragte sich ausgerechnet Priscilla, die doch mit Schicksalsschlägen und Zufällen ihren Lebensunterhalt bestritt.

Priscilla hätte wissen müssen, dass ein Schicksal immer nur das Ergebnis unzähliger kleinster Zufälle war: zum Beispiel sich im selben Moment im selben gottverlassenen Dorf zu befinden, im selben winzigen Laden. Aber es trafen noch eine ganze Reihe weiterer Zufälle ein: Wenn Cesare den Plastikstreifenvorhang nicht entschieden zur Seite geschoben hätte genau in dem Moment, in welchem die Sonne in genau dieser Position stand; wenn Priscilla nicht genau in diesem Moment an der Kasse gestanden hätte, den Kopf nicht ins Licht gedreht hätte … Wenn all diese winzigen Zufälle nicht eingetreten wären, dann hätte Cesare nicht gesehen, wie das Licht Priscillas Haar entflammte, was ihr das Aussehen eines übernatürlichen Wesens verlieh, und Priscilla hätte nicht das selbstbewusste Lächeln dieses Mannes gesehen, der eine Frau anblicken konnte wie ein Wunder.

In diesem kleinen Geschäft, das plötzlich noch kleiner schien, jedoch zum ersten Mal seinem hochtrabenden Namen alle Ehre machte, blickten sich Priscilla Greenwood und Cesare Burello mit misstrauischer Neugier an, an den kleinen Fingern verbunden durch einen roten Faden, der sich auf dem Linoleumfußboden in unzähligen Schleifen entlangwand.

Da ergriff Claretta begeistert das Wort: »Da ist er ja, unser Dottore, endlich wieder zu Hause!«

»Oh nein«, stöhnte Priscilla auf und ließ ihren Einkauf auf den Tresen plumpsen. »Das ist doch jetzt nicht wahr, oder?«

10

Als Agnese nach Hause kam, saß Elvira genauso da wie am Morgen. Zusammengekauert auf einem grünen Hocker vor der Tür, mit hängenden Schultern, saft- und kraftlos. Irgendetwas in ihr war zerbrochen.

Dracula war noch immer nicht aufgetaucht. Elvira hatte unermüdlich nach ihm gerufen, ihn im ganzen Ort gesucht, doch er blieb wie vom Erdboden verschluckt. Nun saß sie erschöpft und traurig da und hoffte, der Kater würde plötzlich heranstolziert kommen und ihr um die Beine streichen, wie sonst auch. In dem Versuch, einen Rest Haltung zu bewahren, hatte sie sich eine Schüssel voller abzufädelnder Bohnen auf die Knie gestellt, doch ihre normalerweise rastlosen Hände lagen nun reglos in ihrem Schoß.

Agnese blieb auf ihrer Seite hinter dem Zaun stehen. »Wir finden ihn schon, ganz bestimmt.«

Elvira hob nur leicht den Blick, und die Nachbarin bemerkte, dass keinerlei Feindseligkeit darin lag. Sie muss in der Tat sehr niedergeschlagen sein, dachte Agnese, wenn sie mir nicht einmal mehr Missgunst entgegenbringt.

»Die kleine Agata klopft an jede Tür im Dorf«, versuchte sie Elvira zu trösten. »Ich habe gesehen, wie sie mit Virginia und den Kindern geredet hat, und bestimmt suchen die auch. Und ich natürlich auch. Wir finden ihn ganz bestimmt.«

Kurz sah es so aus, als wollte Elvira etwas antworten, denn

sie hob den Kopf und seufzte tief auf. Doch dann hielt sie jäh inne und starrte auf die Straße.

Agnese folgte dem Blick zu einer schwarz gekleideten Frau mit schlampigen rötlichen Zöpfen, die an ihnen vorbeischlenderte und hinter dem Tor der Villa Edera verschwand.

»Warte mal kurz«, stieß Elvira hervor.

»Du auch«, meinte Agnese.

Beide traten rasch in ihre Häuser und kamen gleich darauf jeweils mit einem Buch in der Hand wieder heraus. Auf dem einen war eine blonde Frau abgebildet, die in den Armen eines schönen Mannes mit dunklem Haar und zerrissenem Hemd lag. Auf dem anderen war dieselbe Frau abgebildet, hier stand sie auf einem Felsen, schirmte die Augen mit der Hand vor der Sonne ab und blickte auf das Meer, die goldene Haarpracht windzerzaust. Die Buchrückseiten zeigten das Bild einer anderen Frau: der Frau, die soeben den Garten der Villa Edera betreten hatte. Nur ohne Zöpfe.

»Hast du sie auch gesehen?«, erkundigte sich Elvira. Das waren die ersten freundlichen Worte, die sie in neunundvierzig Jahren an die Nachbarin gerichtet hatte.

»Das ist wirklich unglaublich«, brummte Agnese, gleichermaßen überrascht von der Tatsache, dass Priscilla Greenwood hier gerade vorbeigekommen war, wie davon, dass Elvira einen nahezu umgänglichen Ton ihr gegenüber anschlug.

Kurz schwiegen beide aufgewühlt und versuchten, sich gegenseitig einzuschätzen. Schließlich entschied Agnese, dass es einen Versuch wert war.

»Sag mal …«

Abwartend blickte Elvira sie an.

»Sag mal …«, wiederholte Agnese, »wen findest du besser: den Graf oder den Pirat?«, brachte sie schließlich in einem Atemzug hervor.

Elvira warf ihr einen stolzen Blick zu, und Agnese schauderte. Jetzt gibt es kein Zurück mehr, dachte sie. Entweder ... oder.

»Den Pirat natürlich, was für eine Frage!«

Agneses Augen blitzten auf. »Ich auch! Ich verstehe überhaupt nicht, was Calliope da veranstaltet, wo doch völlig offensichtlich ist, dass Jack Raven wie für sie gemacht ist!«

Elvira nickte inbrünstig. »Die ist doch verrückt, ist die«, urteilte sie abschließend.

Das war das erste Mal, dass die beiden einer Meinung waren.

Früh am nächsten Morgen setzte sich Priscilla nach einer unruhigen Nacht auf den kleinen Balkon, vor sich den geöffneten Laptop, der eine leere Seite anzeigte.

Calliope gab kein Lebenszeichen von sich. Saß trotzig mit verschränkten Armen da. Dummes Stück. Ihre Schöpferin war fassungslos. Sie hatte sie erschaffen, genährt, hatte sie sicher durch die verwegensten Abenteuer geleitet, und das war nun ihrer Mühe Lohn. Calliope war wirklich undankbar.

In der Nacht hatte sie mehrere wirre Träume gehabt, einer seltsamer als der andere. Im letzten, kurz vor Sonnenaufgang, wurde sie verfolgt von einer Frau, die dem Drachen aus dem örtlichen Tante-Emma-Laden ziemlich ähnlich sah, und die versuchte, Priscilla mit einer Schinkenkeule eins überzuziehen. MacMillan beobachtete alles amüsiert, ohne Anstalten zu machen, ihr zu helfen. Auch der war undankbar. Und als sie schließlich aufwachte, das erste Mal in der Villa Edera, war sie erfüllt von dem seltsamen Gefühl, dass irgendetwas bevorstand.

Nun blickte sie nachdenklich über Tigliobianco. Ehrlich gesagt, hatte sie es sich viel idyllischer vorgestellt, mit liebenswürdigen Menschen, die pfeifend durch die Straßen radelten.

Sie war nicht darauf vorbereitet, wegen einer Avocado in die Schlacht ziehen zu müssen.

Priscilla war durcheinander. Vielleicht wegen der Träume, wahrscheinlicher aber brütete sie auch irgendetwas aus. Sie fühlte sich tatsächlich fiebrig. Ein wenig zumindest. Da sprießte etwas in ihr, irgend etwas vollkommen Neues. Sie war sicher, sich eine Grippe eingehandelt zu haben.

Mit sich selbst und diesem kleinen Pflänzchen, das gegen ihre Magenwand drängte, beschäftigt, war sie nicht im Geringsten auf die Situation vorbereitet, die sich in wenigen Minuten einstellen sollte.

Von ihren strategisch gut gelegenen Gärten aus sahen Agnese und Elvira die Frauen kommen. Alle sechs, ein furchterregendes Aufgebot, bewehrt mit einer großen Schachtel, welche die Aufschrift *GIANNIS KONDITOREI* zierte. Ohne sie eines Blickes zu würdigen, marschierte die Gruppe an ihnen vorbei. Rotgesichtig und wie im Wahn.

»Die Arme«, murmelte Agnese.

»Das kannst du laut sagen«, nickte Elvira.

Schon in der folgenden Minute machten sich die sechs Damen des Buchclubs an dem schwarzen Tor der Villa Edera zu schaffen.

»Es ist offen!«, triumphierte Irene. »Los!«

Brav hintereinander, wie eine kleine Kükenschar, durchschritten sie eine nach der anderen hinter Irene das Tor, dann lief das Grüppchen entschlossen auf die Villa zu. Ihr Traum stand kurz davor, sich zu erfüllen. Und das offene Tor war eindeutig ein Schicksalswink. So viel war ja wohl klar.

Priscilla war noch in die Gedanken um Calliope, Claretta, Avocados und das Etwas, das da in ihr keimte, versunken, als es an der Tür läutete. Hätte sie doch nie geöffnet!

Ebenso früh absolvierte das Dreierklübchen seine Morgenroutine.

»Habt ihr die Frau gesehen, ich mein, die von gestern?«, tratschte Evelina sogleich. »Ich wette, das ist die aus der Villa Edera. Die Schriftstellerin.«

»Bestimmt!«, bejahte Rosamaria. »Ich will euch eins sagen: Mit der stimmt was nicht, jawohl!«

»Wollte werweißwas für Schinken. Und komisches Brot. Unseres war ihr wohl nicht gut genug«, ergriff Claretta das Wort.

»Hätte man sich ja denken können, dass die Ludovica an so eine vermietet. Denken hätte man sich das können!«

»Ich hab's ja gewusst. Als die Virginia gesagt hat, dass eine Schriftstellerin in die Villa kommt, da hab ich gleich gewusst, was das für eine ist. Hab ich euch doch gesagt, oder etwa nicht?«, unkte Evelina.

»Hast du gesagt«, bestätigte Rosamaria bedächtig.

»Und die müssen wir jetzt den ganzen Sommer ertragen, müssen wir die. Nur ein Ring in der Nase fehlt der noch. Die mit ihrem komischen Brot. Aber ich lass mir nicht auf der Nase rumtanzen. Wenn die Brot will, dann muss sie das nehmen, was wir haben. *Basta!*«

»Genau«, nickten die beiden anderen.

»Und nächsten Sommer, da suchen wir aus, wer in die Villa kommt. Die glaubt ja wohl nicht, dass sie machen kann, was sie will, die Ludovica, nur, weil das Haus ihr gehört«, schäumte eine der drei.

»Skan-da-lös!«

»Eine Schande!«

Drei grauhaarige Köpfe nickten entrüstet.

»Und als Cesare reinkam, hat die den noch nicht mal gegrüßt.«

»Sowas von unhöflich. Aber Cesare, der ist wirklich ein hübscher Junge. Vielleicht stelle ich ihm mal meine Paola vor«, meinte Rosamaria.

»Aber die haben doch schon zusammen gespielt, als sie noch in die Windeln gemacht haben«, erinnerte Evelina sie nicht ohne eine gewisse Genugtuung.

»Eben deshalb! Wenn sie sich jetzt wiedersehen, dann merken sie vielleicht, dass sie füreinander bestimmt sind«, entgegnete Rosamaria, die sich nicht so leicht entmutigen ließ. »Sowas liest man ja immer wieder. Zum Beispiel in der *Confidenze*.«

»Mmh«, brummelte Claretta zweifelnd. »Ich will ja nichts sagen, aber …«

»Aber?«, riefen die anderen beiden im Chor und starrten sie an.

»Nein, nein. Ich sag erst mal nichts. Aber ich seh es jetzt schon kommen. Ihr werdet schon merken, dass ich recht hab.«

Die anderen beiden warfen ihr abschätzige Blicke zu. So machte sie das immer, und dann passierte etwas Schlimmes.

In diesem Moment überquerte Dottor Cesare Burello die Piazza, der Mann, den Rosamaria, bestärkt durch tausend Geschichten aus der *Confidenze*, mit ihrer Paola verkuppeln wollte. Einer Frau, die er tatsächlich seit Kindertagen kannte, und an die er nie auch nur einen Gedanken verschwendet hatte. Da also war er, wollte in Anitas Bar eine schöne Zigarre rauchen, einen Kaffee dazu trinken und später vielleicht einen eiskalten Weißwein. Er ging an seinem Auto vorbei, dass er schräg an der Seite geparkt hatte, und bemerkte aus dem Augenwinkel etwas unter dem Scheibenwischer.

Ein Strafzettel in Tigliobianco?, wunderte er sich, das ist ja ganz was Neues. Gelangweilt zog er das Papier hervor und stellte dann fest, dass es gar kein Strafzettel war.

Es war ein cremefarbenes Blatt, auf dem in geschwungener weiblicher Handschrift stand: *Dein so männliches Wesen entzündet ein loderndes Feuer der Leidenschaft in mir.*

Cesare blickte sich aufmerksam um. Gab es denn nirgendwo Frieden? Was hatte er den Frauen bloß getan? Da fiel ihm die schwarz gekleidete Frau mit den rötlichen Zöpfen wieder ein, die Emo-Pippi-Langstrumpf, der er am Tag zuvor in Clarettas Laden begegnet war. Warum hatte er das Gefühl, sie zu kennen, obwohl er sie ganz sicher niemals zuvor getroffen hatte? Und warum hatte sie ihn so entnervt angesehen und ihren Einkauf auf den Tresen plumpsen lassen? Wie kam es, dass eine Frau ihn *entnervt* ansah anstatt bewundernd?

Für Dottor Burello, seines Zeichens eleganter Casanova, war dies eine schwierige Frage. Verkörperte diese Frau vielleicht alle Frauen aus seiner Vergangenheit, die ihn berechtigterweise hassten? Hatten sie sich alle gegen ihn verschworen und suchten ihn nun in ihrer Gestalt heim? Auszuschließen wäre es nicht …

Viel interessanter aber war die Frage, warum ihn das eigentlich interessierte. Was war mit dieser Frau, und warum hatte er sich gefühlt, als hätte ihm jemand ein Glas kaltes Wasser ins Gesicht gekippt? So etwas war ihm in seiner beeindruckenden Laufbahn als Verführer noch nie passiert. In dem Moment selbst war ihm das Gefühl gar nicht so aufgefallen, doch es ging nicht mehr weg. Diese Frau hatte etwas Verborgenes an sich, das ihn unwiderstehlich anzog. Schade, dass sie mir nichts, dir nichts abgezogen war und ihn einfach hatte stehen lassen. Er musste sie unbedingt wiederfinden.

Zerstreut von diesen für ihn vollkommen ungewöhnlichen Gedanken steckte Cesare das Papier in die Hosentasche und vergaß es im selben Moment.

Was Priscilla vor sich sah, als sie die große Tür der Villa Edera öffnete, sprengte ihre Vorstellungskraft. Selbst deren vormals so blühende Variante hätte ein solches Szenario nicht zustande gebracht. Sechs adrett gekleidete Frauen standen lächelnd und schwitzend mit einer Riesenschachtel aus der Konditorei in den Händen vor ihr und starrten sie mit wildem Blick an. Priscilla sah dieses Bild, und ein einziger Gedanke blitzte in ihr auf: Sie hatte das Tor zur Hölle geöffnet.

Aber nun war es zu spät.

Sie wusste nicht, wie es passiert war, welche dunklen Kräfte hier gewirkt hatten, jedenfalls saß sie fünf Minuten später im Wohnzimmer, und sechs Augenpaare blickten sie bewundernd an. Auf dem Tisch zwischen ihnen stand das herrliche Gebäck aus Giannis Konditorei, ein Triumph aus Crème, Obst und Schlagsahne.

Priscilla hätte Kaffee oder ganz vornehm Tee anbieten sollen, vielleicht mit einem ordentlichen Schuss Rum darin, um mit dieser unerwarteten Situation fertigzuwerden. Aber das ließ sie schön bleiben, denn sie hatte die einzige Flasche Alkohol gekauft, die beim Drachen im Tante-Emma-Laden vorrätig war, und beabsichtigte, sich allein und Schlückchen für Schlückchen Mut anzutrinken, um Calliope schließlich des Nachts sang- und klanglos auszulöschen. Vielleicht könnte Calliope einfach betrunken einen schmalen Pfad entlangspazieren, der sich gefährlich an einem felsigen Berg neben einem wilden Wasserfall entlangschlängelte.

Nachdem Priscilla erst einmal ein schrilles Stimmengewirr über sich hatte ergehen lassen, saßen die Frauen nun voller Bewunderung reglos und schweigend im Halbkreis vor ihr.

»Was verschafft mir die Ehre, Signore?«, erkundigte sich Priscilla, die im Schneidersitz auf dem Sofa saß.

»Hach«, seufzte Lovisa.

Priscilla wurde mulmig zumute.

»Reiß dich zusammen, Lovisa«, wies Irene die Freundin kalt zurecht. »Signora Greenwood, Sie können sich unsere Begeisterung darüber, Sie hier bei uns in Tigliobianco zu haben, gar nicht vorstellen.«

»Begeistert sind wir, jawohl«, rief Lovisa.

Irene warf ihr einen vernichtenden Blick zu. »Verzeihen Sie, Signora Greenwood, sie ist nicht ganz bei sich.«

Priscilla blickte ungläubig von einer Frau zur anderen.

»Wir dachten, Sie wären Amerikanerin. Hinten auf Ihren Büchern steht doch, dass Sie auf einer Ranch leben.«

»Na ja …«

»Aber Sie sind hier! Bei uns«, unterbrach Irene sie gleich. »Aber, also, wir haben Sie uns ganz anders vorgestellt … mehr …«, damit ließ sie ihren Blick über Priscillas Leggins gleiten, das schwarze Shirt, das ihr über die eine Schulter rutschte, und das unordentlich zusammengebundene Haar.

Priscilla seufzte tief auf.

»Also wir … wir haben alle Ihre Bücher gelesen!«, versuchte Eleonora die Unterhaltung in eine andere Richtung zu lenken. Lovisa hatte doch wirklich keine Ahnung, und Irene verrannte sich in Kleinigkeiten. »Wir wissen alles über Calliope! Und über ihre Verehrer. Ich wüsste wirklich nicht, für wen ich mich entscheiden würde, genau wie Calliope«, fügte sie hinzu.

»Wir sind ganz verrückt nach Ihren Büchern! Sobald eines rauskommt, rennen wir in den Buchladen. Oh, bitte, verraten Sie uns, wen Calliope heiraten wird?«, bat Marisa.

»Wenn ich meine Meinung äußern darf …«, ergriff Irene wieder beflissen das Wort.

Da fand Priscilla ihre Sprache wieder. »Dürfen Sie nicht.« Oder vielleicht doch? Kurz spielte sie mit dem Gedanken, einfach die Leserinnen entscheiden zu lassen.

Verblüfft schwieg Irene und sah hilfesuchend zu Laura, die jedoch den Blick zu Boden richtete und stocksteif dasaß.

Was war denn mit der los? Sie war ja schon immer seltsam gewesen, doch seit einigen Tagen schien sie den Kopf vollends verloren zu haben.

»Häh?«, brachte Laura schließlich hervor.

Priscilla nutzte die eintretende Stille: »Signore, vielen Dank. Aber Sie sind doch sicherlich nicht hergekommen, um mir zu sagen, wie ich meine Romane weiterschreiben soll. Ich habe nämlich schon seit Langem einen sehr genauen Plan«, log sie umstandslos.

»Und … und wie geht es weiter?«, wollte Marisa wissen.

Da meldete sich blitzschnell Irene zu Wort: »Wir möchten Sie bitten, als Ehrengast an einem unserer Treffen des Buchclubs teilzunehmen. Fänden Sie das nicht auch wunderbar?«, quiekte sie nicht ohne Stolz und blickte sich wieder hilfesuchend zu Laura um. Aber die war jenseits von Gut und Böse, ausgerechnet heute.

Priscilla schloss für einen langen Moment die Augen. Das also hatte sie davon. Auf der Suche nach einer inspirierenden Oase hatte sie zu Hause einfach ihre Sachen gepackt, nur um im nächsten Moment von einer Runde lärmender Damen umringt zu werden, die einen ganzen Nachmittag lang bei Limo und Keksen mit ihr über Calliope del Topazio und deren ewige Verehrer plaudern wollten. Das war zu viel. Wie konnte sie einigermaßen höflich ablehnen? Wie sich geehrt und doch resolut zeigen? In Priscilla Verdebosco, aka Priscilla Greenwood, deren Worte es vermochten, Millionen von Frauen in Liebe entbrennen zu lassen, tat sich gähnende Leere auf, und das Einzige, das über ihre Lippen kam, war ein deutliches: »Nein.«

Kein »Ich denke mal drüber nach« oder »Ich glaube, die Situation ist für mich gerade unpassend«. Einfach nur: »Nein«.

Die sechs Frauen rührten sich nicht, die Hand der einen hielt mitsamt Gebäck darin zwischen Tisch und Mund inne, einer anderen klappte der volle Mund auf.

Als Präsidentin hielt Irene es für ihre Pflicht, stellvertretend für alle zu reagieren. »Entschuldigung?«, stammelte sie in der schwachen Hoffnung, sich verhört zu haben. Ob man sich bei einem deutlich ausgesprochenen »Nein« tatsächlich verhören konnte, tat nichts zur Sache. Möglich wäre es immerhin.

Doch Priscilla war ganz in ihre Gedanken vertieft. Wie konnte es sein, dass sie nie bemerkt hatte, wie wundervoll einfach es doch war, »Nein« zu sagen, anstatt sich in hanebüchenen Erklärungen zu ergehen, um das Gleiche zu erreichen? Und, auch nicht unwichtig, warum bereitete ihr das Aussprechen dieses kleinen Zauberworts eine solche Freude?

Und hier, vor diesen sechs Frauen, die sie vollkommen bestürzt anblickten, dämmerte ihr, wie sie zwei Fliegen mit einer Klappe schlagen könnte: Wenn es für sie so befreiend gewesen war, »Nein« zu sagen, dann könnte Calliope del Topazio es doch auch tun. Nach jahrelangem Kopfzerbrechen könnte Calliope doch einfach beiden Verehrern einen Korb geben. Diese ruchlose Blondine würde ihr, Priscilla, die Qual der Wahl abnehmen. Angelangt beim achten Teil, könnte sie als Dank an ihre Schöpferin diesem unseligen Dreieck den Rücken kehren. Warum nur war ihr in den letzten Monaten nicht der brillante Gedanke gekommen, Calliope ihren beiden Verehrern ein schlichtes »Nein« entgegenschleudern zu lassen, und wenn nur aus Langeweile?

Priscilla blickte die Frauen vor ihr an und lächelte.

»Signore, wenn Sie so freundlich wären, ich hätte da noch einen Roman zu schreiben.« Damit erhob sie sich.

Der Knoten war geplatzt, sie konnte es kaum erwarten.

11

Im Stechschritt lief Irene Richtung Dorf und überlegte, wie sie sich an der Schriftstellerin rächen könnte, die sie kurz zuvor noch verehrt hatte.

Sie würden dafür sorgen, dass alle Bücher dieser Stücke-schreiberin aus dem näheren Umkreis verschwanden, und zwar restlos. Sie würden dieser Frau in Tigliobianco nur verbrannte Erde hinterlassen, das hielt Irene für einen genialen Schachzug. Etwas Schlimmeres fiel ihr nicht ein.

»Wohin gehen wir?«, erkundigte sich Eleonora vorsichtig.

»Zu Ernesto.«

Die fünf Frauen in Irenes Schlepptau warfen sich vielsa-gende Blicke zu. Irene führte etwas im Schilde. Sollten sie ihr folgen oder nicht? Vor diesem Dilemma standen sie häufig, und sie hatten es immer gleich gelöst: Sie folgten Irene bis zum Äußersten.

Das Grüppchen rauschte an Agata vorbei, die mit einer aus Google Maps heruntergeladenen Karte von Tigliobianco und einem Notizblock herumstand. Im Haargummi ihres rechten Zopfes steckte ein Bleistiftstummel, der hinter dem Ohr ein-fach nicht halten wollte.

»Was ist denn mit denen los?«, fragte sie Agnese und Elvira, die dem Trupp noch hinterherblickten.

»Die haben die aus der Villa Edera belästigt, die Schrift-stellerin. Und die hat sie offensichtlich in die Flucht geschlagen. Haben es nicht anders verdient«, brachte Elvira die Sache schnörkellos auf den Punkt, wie man es von ihr gewohnt war.

»Genau«, bestätigte Agnese. Der Krieg zwischen ihnen hatte nahezu fünfzig Jahre gedauert, und nun wollte sie sich die Gelegenheit nicht entgehen lassen, den geschlossenen Frieden zu bekräftigen.

Agata bemerkte den Wandel, doch er war ihr ziemlich gleichgültig. »Ich wollte dir nur sagen, dass ich ganz Tigliobianco absuche. Bis jetzt habe ich deinen Dracula noch nicht gefunden, aber ich gebe nicht auf.«

Elviras Herz zog sich zusammen. Ihr kleiner Dracula ...

»Ich war sogar bei Penelope. Nur die Villa Edera habe ich noch nicht durchsucht«, fuhr Agata fort, »aber jetzt ist es wohl ein schlechter Zeitpunkt, um zu klingeln, oder?«, vermutete sie.

»Das ist es wohl«, brummte Agnese, »anderseits: Was soll der Kater in der Villa Edera?«

»Irgendwo muss er ja sein«, entgegnete die kleine Detektivin. »Und deshalb werde ich ihn auch finden!«

Während ihre sechs nagelneuen Feindinnen zu Ernestos Buchladen marschierten, zudem äußerst eilig, denn er würde in Kürze Mittagspause machen, setzte sich Priscilla voller Tatendrang an ihren Computer. Endlich hatte sie einen Weg aus dieser Zwickmühle gefunden, hatte das Hindernis, das ihr monatelang den Weg versperrte, überwunden. Sie verspürte sogar so etwas wie Dankbarkeit für diese überkandidelten Damen vom Buchclub. Nicht, dass sie tatsächlich eines ihrer Treffen besuchen wollte, auf gar keinen Fall, aber wenn sie sehr großzügig war, dann würde sie der Dorfbibliothek – wenn es denn eine gab – ein signiertes Exemplar von *Die Leidenschaft stirbt nie* überlassen.

Doch jetzt musste sie arbeiten. Calliope stand kurz vor ihrer Wiederauferstehung und würde sich stolz in all ihrer Pracht aus dem Nebel der letzten Monate erheben.

Priscilla hatte diese Figur erschaffen, sie über tausende von Seiten mit sicherer Hand durch Dramen und Leidenschaften geleitet, hatte sie aus jeder noch so misslichen Lage im letzten Moment befreit, sie jahrelang im Zwiespalt zwischen zwei Männern gelassen. Doch in ihrem Eifer, alles aus dem Dreieck Candy, Fersen und Captain Harlock herauszuholen, hatte sie für die geplagte Calliope nie einen Mann erschaffen, der die Abenteuerlust des Piraten und die Grandezza des Grafen in sich vereinte.

Und das würde sie jetzt tun. Einen Gebildeten mit gutem Humor, ja, warum eigentlich nicht. Einen Rhett Butler. Und einem Rhett Butler konnte niemand das Wasser reichen.

Es juckte ihr regelrecht in den Fingern, diesem perfekten Mann, der dem ewigen Kampf der beiden Schönlinge ein Ende bereiten würde, Leben einzuhauchen.

Den beiden ewigen Verehrern würde sie ein von Calliope mit fester Stimme ausgesprochenes »Nein« servieren, und ihre Protagonistin daraufhin mit einem hochgewachsenen, dunkelhaarigen Mann mit Schnauzbart nach New Orleans ziehen lassen.

So würde sie diese unselige Serie abschließen und sich mit einem neuen Künstlernamen – Prissy Chandler zum Beispiel – ganz dem Krimi-Genre widmen.

Zutiefst konzentriert und voller Freude über die wiedergefundene Kreativität, bemerkte sie gar nicht, dass dieses makellose Mannsbild in ihrem Kopf ein Abbild von Cesare Burello war. Wieder einmal.

In Tigliobianco gab es keinen richtigen Buchladen, nur das Geschäft von Ernesto, in dem es alles gab, was mit Papier zu tun hatte, von Heftklammern bis hin zu einer bunten Mischung an Romanen.

Der Besitzer war soeben dabei, die Rollläden herunterzulassen, um dann nach Hause zu gehen, wo ihn seine Frau mit Pasta und Pesto erwartete. Da schob sich ein Fuß zwischen Rollladen und Gehsteig, ein Fuß in einem Damenschuh mit lachsfarbenem Absatz.

Ernesto, der nur zu gut wusste, zu wem dieser Schuh gehörte, erschauderte. Da er aus verständlichen Gründen seinen Rollladen nicht einfach auf diesen Fuß knallen lassen konnte, stoppte er.

»Irene, ich schließe jetzt. Komm später wieder, tu mir den Gefallen.«

»Ganz bestimmt nicht«, entgegnete Irene forsch.

Ernesto gab sich augenblicklich geschlagen. Je mehr er versuchen würde sie loszuwerden, umso schlimmer würde es werden. Er zog den Laden also wieder hoch.

»Meine Güte, ihr seid alle hier?«, wunderte er sich, als er den ganzen Trupp erblickte.

»Wenn du mithilfst, dauert es nur eine Minute«, verkündete Irene.

Nicht zum ersten Mal dachte der Mann darüber nach, alles über Bord zu werfen und in Brasilien einen Piadine-Laden zu eröffnen.

»Du kennst doch diese triviale Stückeschreiberin Greenwood?«, setzte Irene an.

Ernesto war erstaunt. »War die nicht eure Heldin? Die größte Schriftstellerin aller Zeiten? Jane Austen nur ein billiger Abklatsch von ihr?«

Irene warf ihm einen vernichtenden Blick zu.

»Jetzt hassen wir sie«, erklärte Marisa, die Details liebte.

»Okay«, meinte Ernesto, »und jetzt?«

»Jetzt sind wir hier, um dir zu sagen, dass du ihre Bücher nicht mehr verkaufen darfst.«

Ernesto brach in ungläubig-ausgelassenes Gelächter aus. »Soll das ein Witz sein? Glaubt ihr wirklich, dass ich alle Bücher von der Greenwood, die ich – nebenbei gesagt – wie geschnitten Brot verkaufe, zurückschicke, weil ihr sie von heute an hasst?«

Irene blickte ihn drohend an. Wie konnte er es wagen? Die fünf Frauen hinter ihr hielten den Atem an.

»Ernesto«, ergriff Irene wieder das Wort, diesmal mit dieser ruhigen Stimme, die ihren Mann Osvaldo schon vor Langem das Fürchten gelehrt hatte, »du wirst ja wohl nicht gegen unseren Willen ihre Bücher in deinem Geschäft stehenlassen?«

»Oh doch, darauf kannst du Gift nehmen!«, begehrte dieser tatsächlich auf, übermütig geworden durch seinen Lachanfall und die Vorfreude auf die Pasta, die ihn zu Hause erwartete.

»Lass uns einen Kompromiss schließen«, fuhr Irene fort, die keinesfalls mit Widerworten gerechnet hatte. »Wie können wir dich überzeugen?«

»Signore, es gibt nur eine Möglichkeit, alle Bücher der Greenwood aus meinem Laden verschwinden zu lassen.«

»Und welche wäre das?« Irenes Gesicht war nun hassverzerrt.

»Ihr müsst sie alle kaufen«, lächelte Ernesto, überzeugt davon, diese Lösung wäre selbst den Buchclub-Damen zu widersinnig.

Doch die schäumende Irene nahm weder Ironie noch Widerspruch wahr. Und den Humor des Buchhändlers schon gar nicht.

Entschieden zog sie ihre Bankkarte hervor. »Kannst alle in eine Tüte stecken.«

Bevor Irene ihre Meinung noch änderte, tat der vollkommen entgeisterte Ernesto, was sie verlangte.

12

Da Tommaso den Tag mit *Kingdom Hearts* verbringen wollte, was seiner Spielerlaufbahn zweifelsohne die Wende in die richtige Richtung bescheren würde, war Virginia mit den Zwillingen und Margherita zusammen.

»Is feue mis so!«, kreischte Margherita und schlang ihre Ärmchen um Virginias Knie.

»Ich freue mich auch«, lächelte Virginia. »Was wollt ihr machen? Eine Partie Schach spielen?«

Die Kinder liebten Schach. Ihre Regeln hätten nicht einfacher sein können: Alles galt, und alle mussten Kriegsgeräusche machen, darunter auch Schreie der geschlagenen Figuren. Der siegreiche König wurde nach jeder Partie gekrönt, die Königin suchte manchmal mit dem gegnerischen König das Weite, was in ihrem Gefolge zu großem Aufruhr führte und eine unbarmherzige Jagd nach ihr mit sich zog, häufig unterstützt von der gegnerischen Königin, die sich mit dem Feind verbündete. Es waren großartige Spiele. Und da Virginia das Ganze mit allerlei Sagen garnierte, wussten die Kinder so ziemlich alles über trojanische Pferde und die heimlichen Geliebten des Zeus.

Hatten die vier einmal ein Spiel begonnen, ließen sie sich nur äußerst schwer davon ablenken. Etwa dadurch, dass eine aufgeregte Menschenmenge vor Anitas Bar herumgestikulierte.

»Was ist denn da los?« Tobia hob den Blick von einem leblosen Bauern. Er hatte soeben ein schwer verletztes Pferd erschlagen müssen, um es von seinem Leid zu erlösen.

Virginia, Andrea und Margherita folgten seinem Blick. Anita war gerade dabei, ein Glas Wasser aus der Bar zu tragen, wobei sie aufgeregt telefonierte. Alle Leute drumherum blickten auf denselben Punkt am Boden.

»Keine Ahnung«, antwortete Virginia.

»Kommt, wir gehen hin!« Tobia rannte gleich los, gefolgt von den anderen.

Vladimiro lag reglos auf der Erde.

»Gleich kommt der Krankenwagen«, versuchte Anita die Menge zu beruhigen.

»Na ja … Wenn wir Glück haben, ist er in zwanzig Minuten hier«, meinte Evelina nicht ganz zu Unrecht, und Rosamaria und Claretta schnauften zustimmend. Sie hatten ihre Stellung vor dem Tante-Emma-Laden verlassen, als Vladimiro gestürzt war, und würden sich nun für nichts auf der Welt wegbewegen.

»Am besten, wir rufen Ettore an!«, meldete sich Agata zu Wort, die sich mit ihrem Notizblock unter die Menge gemischt hatte. Ettore war immer noch ihr Held. Und außerdem war er ja auch Arzt.

»Aber Ettore ist doch Kinderarzt«, entgegnete Claretta, die ihn mindestens zweimal die Woche aufsuchte, es jedoch für angebracht hielt, auf seine genaue Berufsbezeichnung hinzuweisen.

»Na und?«, blaffte Agata, die nicht duldete, dass sich irgendwer einen Kommentar über ihre große Liebe erlaubte. »Ein Kinderarzt hat bestimmt mehr Ahnung als jeder von euch!«

»In Ordnung, rufen wir Ettore an«, meinte Anita und holte ihr Telefon wieder hervor.

»Vladimiro, Vladimiro, wach auf«, flüsterte Virginia, die

sich neben ihn gekniet hatte.»Was ist denn passiert?«, fragte sie in die Runde.

»Was soll schon passiert sein?«, meinte Rosamaria.»Der läuft bei dieser Hitze hier im Mantel herum, läuft der, ist doch nur normal, dass er irgendwann umkippt.«

Vladimiros Hund war aus dem Einkaufswagen gesprungen und hatte unter einem Tisch an der Außenwand der Bar Schutz gesucht.

»Ich ziehe dir mal den Mantel aus, okay, Vladimiro?«, sagte Virginia und machte sich erfolglos an ihm zu schaffen. Kurz darauf eilten ihr die Alten aus der Kartenrunde zu Hilfe und befreiten Vladimiro endlich von seinem Mantel.

»Da kommt Ettore!«, rief Agata, der ernsten Situation zum Trotz recht begeistert. Liebe ist Liebe, egal, was drumherum passiert.

»Lasst mich mal sehen.« Mit einem Selbstbewusstsein, das nur ein weißer Kittel hervorrufen konnte, bahnte sich Ettore mit Cesare einen Weg durch die Menge.

Agata legte bewundernd die Hände aneinander.

»Es ist nicht schlimm, er wacht schon wieder auf. Macht mal etwas Platz, na los. Vladimiro, bist du da? Komm, trink einen Schluck Wasser«, ordnete der Dottore an und führte ihm ein Glas an die Lippen.

Margherita streckte ihren Arm aus und pikste Vladimiro entschlossen mit ihrem Fingerchen in die Wange.»Is er bach?« wollte sie wissen.

»Ja, er ist wach«, bestätigte Virginia.»Keine Sorge.«

»Wir haben einen Krankenwagen gerufen«, informierte Anita Ettore.

»Gut. Wahrscheinlich ist es nur ein kleiner Hitzschlag, aber einige Tage im Krankenhaus werden ihm guttun. Ein paar Blutuntersuchungen, zwei, drei anständige Mahlzeiten am Tag …«

»Wir haben uns immer um Vladimiro gekümmert und ihm Essen gegeben«, protestierte Anita. Es gab nur diesen einen Obdachlosen im Dorf – als ob den jemand schlecht behandeln würde.

»Ich weiß, aber es wird ihm trotzdem guttun«, verteidigte sich Ettore.

»Und ob ihm das guttun wird!«, ergriff Agata gleich Partei für ihren Dottore, der ihr ein dankbares Lächeln schenkte.

»Kommt, wir bringen ihn rein, solange wir auf den Krankenwagen warten.«

Vorsichtig wurde Vladimiro hochgehoben und in die Bar gebracht, wo man ihn auf einen Stuhl bugsierte und ihm ein Glas Wasser mit Zucker und Zitrone vorsetzte.

»Willst du ein Tramezzino?«

»Ein Hörnchen?«

»Ein Panino mit Salami?«

»Sollen wir dir ein Stück Pizza holen?«

»Einen Apfel?«

»Einen Grappa?«

»Wie wär's mit einer Partie Rubamazzo?«

Alle, die sich zuvor draußen versammelt hatten, versammelten sich nun drinnen, außer der Hund, der unter seinem Tisch liegengeblieben war.

»Sollen wir deinem Hund Wasser geben?«

»Etwas Kochschinken?«

»Lasagne-Reste?«

»Ein Mittel gegen Flöhe?«

Nur zwei kleine Gestalten standen noch spitzbübisch vor der Bar. Zwei unerschrockene Sechsjährige in kurzen Hosen und Dinosaurier-T-Shirts, denen sich mit einem Mal die Gelegenheit ihres Lebens bot: Vladimiros Einkaufswagen stand, unbeaufsichtigt und zum Greifen nah, gleich vor ihnen.

Die beiden konnten ihr Glück kaum fassen und näherten sich mit aufgerissenen Augen dem Objekt ihrer Begierde. Gleich würden sie das Geheimnis um Vladimiros Einkaufswagen lüften. Vor Aufregung blieb den Zwillingen die Spucke weg, und es juckte ihnen in den Fingern. Blitzschnell waren sie beim Wagen, doch als sie gerade anfingen, darin herumzuwühlen, ertönte in der Ferne eine Sirene.

»Komm, wir bringen ihn weg!«, zischte Tobia. Und schon einen Moment später waren sie mitsamt dem magischen Wagen in der nächsten Gasse verschwunden. Nur Cesare blickte ihnen belustigt hinterher.

Als Claretta aus der Bar kam und den Krankenwagen mit den Worten »Ach, wie kommt es, dass ihr schon hier seid?« empfing, waren die Zwillinge mit ihrer Beute schon über alle Berge.

Erst als Vladimiro bei Bewusstsein, aber recht benebelt, fortgebracht wurde und wieder Ruhe einkehrte, bemerkte Virginia, dass nur noch Margherita bei ihr war. Suchend blickte sie sich um, und in wenigen Sekunden hatte sie eins und eins zusammengezählt. Die Zwillinge waren nicht da und der Einkaufswagen auch nicht. Das konnte ja kein Zufall sein.

Diese Schlingel, dachte sie nicht ohne Bewunderung.

»Komm, Margherita. Wir gehen deine Brüder suchen.«

Entschlossen wandte sie sich Richtung Fußballplatz. Dort würde sie die beiden finden, ganz sicher.

Priscilla schlenderte in ihrer Pause ziellos durch die engen Gassen von Tigliobianco. Dafür, dass der Ort so klein war, waren ziemlich viele Leute unterwegs. Und alle wirkten ein wenig aufgeregt. Dann sah sie den Krankenwagen auf der Piazza, in den der Typ mit dem Einkaufswagen geladen wurde.

Gedankenversunken warf sie der Szene einen Blick zu. Da

sah sie ihn. Als einziger vollkommen reglos inmitten dieses Gewimmels. Der Mann, der aussah wie Roger MacMillan, auf unerklärliche Weise einem ihrer Romane entsprungen. Das war mehr als gefährlich.

Er stand mit dem Rücken zu ihr, leicht nach vorn gebeugt, als würde er etwas auf dem Boden suchen. Obgleich sie die Gefahr witterte, wie ein Drogenhund das Päckchen Heroin, blieb sie stehen und beobachtete ihn neugierig. Was faszinierte sie so an diesem braungebrannten Mann hier in Tigliobianco? Wenn er Roger MacMillan gewesen wäre, dann läge dort ein verlassenes Neugeborenes, und er wäre ganz damit beschäftigt, es zu retten. Sollte das tatsächlich …

In dem herrschenden Durcheinander machte sie einige vorsichtige Schritte in seine Richtung, um ihn besser sehen zu können. Der Hund. Der Hund mit den Schlappohren, den sie im Einkaufswagen des Typen gesehen hatte, der jetzt im Krankenwagen verschwunden war, dieser Hund kauerte unter einem der Bartische. Der über ihn gebeugte Mann sah aus, als würde er ihm gut zureden.

Es ist bemerkenswert, was in kleinen Gesten stecken kann und wie viel sie ausmachen. Winzige Gesten. Lautlose. Priscilla näherte sich diesem Mann wie magnetisch angezogen, da streckte Cesare die Hand aus, streichelte dem Hund zärtlich über das Schlappohr und flüsterte ihm einige Worte zu. Das sah sie. Sie nahm nicht einfach die Geste wahr, sie *sah* es. Sie sah einen Mann, der sich eines ängstlichen und verwirrten Hundes annahm, sich neben ihn kniete und ihm etwas Zeit widmete, damit er sich nicht so einsam fühlte. Ein Mann, der sich um den Hund eines Obdachlosen kümmerte, was war das für einer? Er rettete keine Kinder aus einem brennenden Schulgebäude wie Roger MacMillan, und doch lag in dieser kleinen Geste, diesem Streichen über ein weiches Ohr und einigen gemurmelten Worten, so viel Wärme, dass Priscilla vollkommen ergriffen war.

Die Wunde, die der in ihrem Herzen eingenistete Dorn hinterlassen hatte, schloss sich mit einem Mal, und als das Kind in ihr reglos darauf starrte, spross ein winziger Keim schüchtern daraus hervor.

Wenn man bedachte, dass sein Bruder behauptete, in Tigliobianco sei überhaupt nie etwas los … Cesare war erst seit zwei Tagen hier, und in dieser Zeit war ein Liebesbrief aufgetaucht, ein Mann ohnmächtig zusammengebrochen und ein Einkaufswagen gestohlen worden. Und die Frau wie aus einem viktorianischen Roman, die ihn von Weitem, aber nicht allzu Weitem reglos anstarrte, sah aus, als hätte sie einen Geist gesehen. Es war die Emo-Pippi-Langstrumpf aus dem Laden von Claretta, die ihren Einkauf fast wütend auf den Tresen hatte plumpsen lassen, als er aufgetaucht war. Heute hatte sie keine Zöpfe, aber sie war es. Er hatte sie also gefunden!

Cesare blickte sie ebenfalls an, dann ging er langsam auf sie zu. Ganz sachte, damit sie auch ja nicht weglief. Ein solches Wesen verschwand nur allzu leicht in Nullkommanichts auf Nimmerwiedersehen. Er musste jetzt ganz vorsichtig sein. Und tatsächlich riss Priscilla die Augen auf, drehte sich um und nahm die Beine in die Hand. Aber …

»Wer ist das?«, fragte Cesare, an niemand Bestimmtes gewandt.

»Die Schriftstellerin, die die Villa Edera gemietet hat«, antwortete Rosamaria prompt. »Schinken ohne Konservierungsstoffe wollte die haben. Da hört doch alles auf, alles.«

»Gewagt, gewagt«, befand Cesare.

»Hat sie nicht gekriegt«, fügte Claretta hinzu.

»Weiß irgendjemand etwas über sie?«

»Nein. Nicht das Geringste.«

»Auch nicht, wie sie heißt?«

»Doch. Verdebosco heißt die, Priscilla«, informierte ihn Evelina.

»Aber sie benutzt auch einen falschen Namen«, fuhr sie verschwörerisch fort. »Amanda weiß alles darüber.«

Da würde Cesare wohl der Bibliothek einen Besuch abstatten müssen.

13

Tobia und Andrea konnten es kaum glauben. Verborgen hinter den Bäumen am Rand des Fußballplatzes, hatten sie den Einkaufswagen durchwühlt, und alles, was sie fanden, war einfach großartig: Ein Radio, das sie nicht ans Laufen bekamen – bestimmt hatte Vladimiro es benutzt, um mit Außerirdischen zu reden –, einen angeschlagenen Nachttopf, den Andrea sich sofort über den Kopf zog, eine kleine Pferdefigur, die je nach Temperatur die Farbe wechselte, eine Espressokanne, eine Plastikblume, einen Ein-Kilo-Joghurtbecher Waldbeere voller Schrauben und Bolzen, einen Wollschal, ein Exemplar des *Corriere della Sera* von 1988, eine Decke und ein Paar Schuhe in Größe dreiundzwanzig.

Virginia und Margherita überraschten die beiden, als sie gerade erfolglos versuchten, die Espressokanne aufzuschrauben.

»Ich wusste doch, dass ihr dabei die Finger im Spiel habt.«

Erschrocken fuhren die Blondschöpfe der Zwillinge in die Höhe. Vor ihnen stand Virginia, aufgerichtet zu ihren ein Meter und fünfundsechzig und blickte auf sie herab.

»Also, was?«, fragte sie.

»Also, was?«, plapperte Margherita entrüstet nach und richtete sich ihrerseits zu vollen zweiundneunzig Zentimetern auf.

Die Zwillinge warfen sich fragende Blicke zu. Was für eine glaubhafte Geschichte konnten sie jetzt auftischen? Die Situation war wirklich vertrackt, auch für die beiden, die sonst um keine Ausrede verlegen waren.

»Also, was habt ihr da gefunden?«

»Bas habt ihr desunden?«

Sofort fiel der Schreck von den Jungen ab und wich freudiger Erregung.

»Guckt mal!«, krakeelten sie im Chor und zeigten auf die im Gras aufgereihten Dinge.

Virginia und Margherita hockten sich neben die Zwillinge, und Tobia zog etwas Neues aus dem Wagen.

»Oh«, rief die Babysitterin, »*Wer die Nachtigall stört*, das muss ich in den Ferien noch lesen ... das leiht Vladimiro mir bestimmt gerne.« Sie riss dem Kind das Buch aus der Hand und fragte:»Was ist denn sonst jetzt noch drin?«

Die Kinder holten Folgendes hervor: einen Holzkreisel, einen rostigen Topf, einen leeren Sechser-Eierkarton, einen Trachtenhut und zwei weitere, dünne Bücher.

Virginia nahm sie in die Hand.»Hm, *Alles über Ufos* ... super! Das ist bestimmt was für euch. Und das andere ... Steht nichts drauf. Das ist ja auch gar kein Buch, eher ein Heft.«

Sie öffnete das schwarze Heft, ein schlichtes liniertes Notizbüchlein, ziemlich abgegriffen. Auf der ersten Seite stand in eleganter Schrift aus fernen Zeiten der Name der Besitzerin: Luisa Bottini. Es folgten Zutaten und Zubereitungshinweise für Reispudding mit Karamell, Ricottakuchen mit Schokolade, Mürbeteig mit Butter, Mascarponecrème, kandierte Orangenschalen ... ein Heft der Köstlichkeiten.

»Ein altes Rezeptbuch!«, rief sie bewundernd.

Das, was Virginia da in vollkommener Unschuld in den Händen hielt, war das verlorene Rezeptheft der Pfarrhaushälterin Luisa. Und in ebendieser Unschuld war sie überzeugt, dass es sich bei einem Heft voller Rezepte aus den siebziger

Jahren nur um eines aus dem Antiquariat handeln konnte. In ihrer Zerstreutheit hatte sie noch nicht begriffen, was sie da soeben in die Finger bekommen hatte.

Während Virginia und die drei Kinder Vladimiros Einkaufswagen durchstöberten, schlenderte Cesare gemächlich zur Bibliothek – er war ja schließlich im Urlaub. Sein Ziel war es, etwas über diese Bücherfrau herauszubekommen. Und das war nun wirklich nicht alltäglich: Wann machte er, Cesare Burello, sich schon auf die Suche nach einer Frau?

Diese Emo-Pippi-Langstrumpf jedoch lockte ihn mit ihrem Auf- und Abtauchen aus der Reserve. Sie war wie ein Schatten, leuchtend und düster zugleich. Und versteckte sich. Cesare wusste nicht, warum, doch sein ganzer Körper sagte ihm, dass an dieser Frau etwas war, das er in keiner zuvor je gefunden hatte. In seinen Gedanken formten sich Strähnen ihres kupferfarbenen Haars lautlos zu kleinen weichen Nestern. Wie alle Dorfbewohner hatte er keine Ahnung von den Öffnungszeiten der Bibliothek, weshalb er bei seiner Ankunft vor verschlossenen Türen stand. Und nicht anders als Claretta, Evelina und Rosamaria dachte er, dass er doch vielleicht trotzdem reinkönnte, wenn Amanda schon da wäre. Und ebenso wie die drei Damen hatte er die hervorragende Idee, erst einmal durch das Fensterchen in der Tür zu spähen.

Gegen das Regal mit den Reiseführern – von denen die meisten nicht nach 1993 das Licht der Welt erblickt hatten – lehnten Amanda und ihr nigelnagelneuer Freund in einem innigen Kuss vereint. Und was für einem Kuss … Sie spürte nicht einmal die Ecke des gebundenen Ozeanien-Reiseführers, der flach im Regal lag und gegen ihr linkes Schulterblatt drückte. Als die beiden kurz innehielten, entfuhr ihr ein genüsslicher Seufzer.

In diesem Moment hörte sie ein zartes Klopfen gegen das Fenster und erschrak zu Tode. Hatte etwa jemand sie gesehen? Sie erblickte Cesare, der in gespielter Entrüstung den Kopf schüttelte: sein Bruder und die Bibliothekarin? Das war ja nun wahrlich eine Überraschung!

Kurz darauf saßen sie an dem einzigen Tisch in der Bibliothek, und Amanda starrte ihre Schuhe an. Sich von Cesare ertappen zu lassen war doch wirklich etwas für Anfänger. Damit würde er sie noch bis in alle Ewigkeit foppen.

»Was in kleinen Dorfbibliotheken nicht alles so vor sich geht …«, witzelte Cesare auch gleich.

»Hör auf«, unterbrach ihn Ettore mit erhobenem Zeigefinger.

»Warum macht ihr das heimlich? Na ja, so heimlich nun auch wieder nicht.«

»Machen wir gar nicht«, antwortete sein Bruder und nahm Amandas Hand.

Die errötete. »Na ja, vielleicht schon ein wenig«, meinte sie.

»Schämst du dich für meinen Bruder? Das verstehe ich gut«, alberte Cesare.

»Ach was. Es geht um etwas anderes«, entgegnete Amanda.

»Um was denn?«

»Lass sie in Ruhe«, ergriff Ettore das Wort.

»Amanda?«, hakte Cesare nach.

Sie schnaubte. »Ich muss erst noch etwas erledigen, bevor ich mit ihm Hand in Hand über die Piazza schlendern kann, okay?«

»In Ordnung. Aber dann solltet ihr euch nicht gleich hinter dem Fenster küssen, ich meine ja nur … Wenn ich jetzt Claretta gewesen wäre, dann würdet ihr schön in der Tinte sitzen.«

Auf Amandas Gesicht zeichnete sich das pure Grauen ab, und Ettore legte einen Arm um sie.

»Was machst du eigentlich hier?«

»Ich suche die Romane von der, die die Villa Edera gemietet hat.«

»Du auch!«, rief Amanda alarmiert, ehe sie sich wieder beruhigte.

»Wer denn noch?«, erkundigte sich Cesare.

»Claretta und die anderen beiden. Die wollten wissen, wer sie ist.«

»Na seht ihr, ihr seid Claretta nur um Haaresbreite entkommen. Gibst du mir die Bücher?«

Die Bibliothekarin zeigte hinter ihn. »Da im Regal, die mit den goldenen Buchrücken.«

»Aber das sind ja Dutzende!«, stellte Cesare fest.

»Es sind sieben. Ich habe aber mehrere von jedem Band, die sind nämlich ziemlich beliebt«, erklärte Amanda. Dann fügte sie vielsagend hinzu: »Ich hätte nicht gedacht, dass du dich dafür interessierst.«

»Eigentlich interessiert mich nur die Schriftstellerin«, antwortete Cesare, der sich tatsächlich überhaupt nicht für Literatur interessierte. »Versteht mich nicht falsch, aber diese Frau starrt mich immer so komisch an, und gleich darauf verschwindet sie mitsamt ihren roten Haaren auf Nimmerwiedersehen.«

Ettore verdrehte die Augen. »Und das ist dir wahrscheinlich noch nie passiert, oder?«

»Genau. Ich werde jetzt also einen ihrer Romane lesen in der Hoffnung, so etwas mehr über sie herauszufinden. Soll ich irgendeinen nehmen oder mit einem bestimmten anfangen?«, wollte Cesare wissen, der nun vor dem Regal stand und ein Buch herausgezogen hatte, auf dem eine halb nackte Blondine zu sehen war. Er warf einen zweifelnden Blick auf den Umschlag: Sollte er wirklich einen Liebesroman lesen, und dann auch noch mit einem solchen Cover? Das musste er sich noch gut überlegen.

»Der erste heißt *Auf den Wogen der Leidenschaft*«, erklärte Amanda und betrachtete vergnügt, wie Cesare den Roman in seinen Händen misstrauisch hin und her drehte. »Mit dem musst du anfangen, sonst verstehst du die Geschichte nicht.«

Auf der Suche nach dem ersten Band ließ Cesare einen Finger über die Buchrücken gleiten.

»Sag mal, hast du überhaupt einen Bibliotheksausweis?«, erkundigte Amanda sich hämisch, und Ettore grinste.

14

Da Vladimiro im Krankenhaus war, um wieder auf die Beine zu kommen, eroberte sein Hund die Bar. Sämtliche Versuche von Cesare, ihn mit nach Hause zu nehmen, waren erfolglos. Sein Herrchen war dort verschwunden, und ebendort würde der Hund auf ihn warten.

Anita stellte ihm ein behagliches Körbchen vor das Lokal unter einen Tisch gleich neben der Tür, und zufrieden machte der Hund es sich dort gemütlich. Ein putziges weiß-braun geflecktes Wesen voller Flöhe.

Elvio saß wie jeden Morgen pünktlich um sechs Uhr dreißig an jenem Tisch und war ganz in sein Kreuzworträtsel vertieft.

»Nun sag schon, Anita, elf Buchstaben: William, britischer Dramaturg.«

»Hab keine Zeit, Elvio. Ich muss Tramezzini und das Essen für das Tierchen vorbereiten.«

»Für den Hund?«

»Ja, der von Vladimiro. Der noch keinen Namen hat …«

»Culatello würde zu ihm passen. Wie der Schinken.«

Anita warf ihm einen vernichtenden Blick zu.

»Tramezzino?«

Sie schnaubte. »Lass gut sein. Hast du schon Hunger?«

»Wenn du dem Hund jetzt ein Tramezzino gibst, und er isst das, dann nennen wir ihn Tramezzino, sonst geben wir ihm einen Hundenamen wie Bobby oder Fido.«

Anita dachte kurz nach, dann verschwand sie in der Bar.

»Machst du das Tramezzino?«, erkundigte Elvio sich und schob den Plastikstreifenvorhang, der durchaus schon bessere Zeiten gesehen hatte, zur Seite.

»Ja, aber nur, weil ich noch Schinken von gestern übrig habe«, rief Anita.

Elvio grinste und beugte sich zu dem Hund hinab.

»Pass mal auf, wenn du nicht magst, was sie gleich rausbringt, dann esse ich es.«

Einige Minuten später erschien Anita mit einem mit Schinken, Mozzarella und Rucola belegten Tramezzino in der Hand.

»Ich hab es genauso gemacht wie für einen Menschen. Jetzt wollen wir mal sehen …«

»Na los, Champion! Zeig der Signora, was in dir steckt!«, feuerte Elvio den Hund an, der gleich den Kopf hob und schüchtern mit dem Schwanz wedelte.

Anita bückte sich und hielt ihm die Mahlzeit unter die Nase.

»Willst du das?«

Das Tier schnupperte mit seiner feuchten zitternden Nase, dann nahm es vorsichtig einen Happen. Kurz darauf hatte er alles restlos verputzt.

»Tramezzino!«, triumphierte Elvio und strubbelte dem Hund über die Schlappohren.

»In Ordnung. Dann eben Tramezzino«, seufzte Anita, die es verstand, eine Niederlage mit Würde zu tragen, »aber hör auf zu schreien, du weckst ja die ganze Piazza auf.«

Doch Elvio beachtete sie gar nicht. Er blickte wieder auf sein Kreuzworträtsel und rief: »Anita, sag mal: eine Karavelle mit vier Buchstaben.«

***

Elvira war wie gewöhnlich bei Sonnenaufgang aufgestanden, und wie gewöhnlich sammelte sie gleich die Eier von Clara, Bella, Ginevra und Circe ein. Doch an diesem Morgen wollte sich die gewohnte Zufriedenheit nicht einstellen. Obgleich sie mittlerweile überzeugt war, dass Dracula nicht mehr zurückkommen würde, blickte sie doch pausenlos umher und hoffte, ihn hinter der nächsten Ecke auftauchen zu sehen, von wo er gleich zu ihr laufen und kohlrabenschwarz um ihre Beine streichen würde, gleichermaßen auf Liebkosungen wie Sardinen aus. Und weil man ja nie wissen konnte, hatte sie noch am Tag zuvor einige Dosen davon besorgt. Doch der Kater war wie vom Erdboden verschluckt.

Niedergeschlagen ging sie mit den Eiern in der Schürze ins Haus zurück, wo plötzlich die kleine Agata vor ihr stand. Kerzengerade in einem hellgrünen Kleid, das karottenrote Haar zu zwei unordentlichen Zöpfen gebunden.

»Elvira! Ich gehe jetzt zur Villa Edera und suche dort nach Dracula. Den Rest vom Dorf habe ich schon bis in den letzten Winkel durchstöbert.«

Elvira blickte sie liebevoll an. »Lass gut sein, mein Schatz.«

»Poirot hat noch nie irgendwas gut sein gelassen. Und ich auch nicht«, rief das Kind stolz. »Ich gehe jetzt!« und damit wandte sie sich um.

»Halt!«, rief Elvira. »Es ist doch erst acht Uhr morgens. Um diese Uhrzeit klingelt man noch nicht bei anderen Leuten. Erst mache ich dir ein schönes Frühstück, und wenn du dann immer noch willst, kannst du gehen. Aber ich fürchte, du verschwendest deine Zeit ...«

Unentschlossen blickte Agata sie an. In Krimis legte niemand während einer Ermittlung eine Essenspause ein. Galt das auch für ein Frühstück?

Elvira schien ihre Gedanken zu erraten. »Was hältst du von

einem Glas Milch und einem Stück von dem Kuchen, mit dem ich an der Gara Fragolina teilnehmen werde?«

Das ließ Agata sich nicht zweimal sagen. Ein Stück Erdbeerkuchen hätte selbst Miss Marple nicht abgelehnt.

Wie alle in Tigliobianco frühstückte auch Don Casimiro mehrere Stücke Erdbeerkuchen, die für die Gara Fragolina zur Probe ins Rennen geschickt werden sollten. Er hatte sogar noch sechs Stück davon im Kühlschrank, mit denen man ihn – erfolglos – hatte bestechen wollen.

Eine der wenigen Ausnahmen vom Kuchen machte Amanda, die mit einer Schüssel Müsli vor dem Fernseher saß und die Wiederholung eines Films aus der *The Quest*-Reihe ansah.

Sie hätte heulen können. Der Haupt-Bibliothekar Flynn Carsen – gespielt von dem Schauspieler, der bis vor Kurzen noch in *Emergency Room: Die Notaufnahme* den jungen Arzt gegeben hatte – suchte auf der ganzen Welt nach verlorenen Schätzen und heiligen Reliquien, wobei er gegen Ninjas und seelenhungrige Dämonen kämpfte. So ein Leben wollte sie auch haben. Sie wollte auch eine Bibliothek, die das Turiner Grabtuch beherbergte, dreitausend Jahre alte Manuskripte mit dem Siegel König Salomons und das Schwert Excalibur.

Die traurige Wahrheit aber war, dass sie sich mit regalweise zerfledderten Romänchen und den Buchclub-Tanten herumschlagen musste. Von dem Volontär, den ihr die unendlich gütige Gemeinde dann auch noch aufgehalst hatte, ganz zu schweigen. An einem einzigen Nachmittag war es ihm gelungen, den Fotokopierer außer Gefecht zu setzen und ein gutes Dutzend Bücher so zu verlegen, dass sie unauffindbar waren. Außerdem hatte er die ziemlich seltsame Angewohnheit, grundlos und plötzlich zu erstarren, einige Minuten ins Leere zu blicken und dann die Stirn gegen eines der Regale zu lehnen. So verharrte er mit geschlossenen Augen zwei bis zwanzig Minuten. Amanda hatte auf die Uhr gesehen. Sie war niedergeschlagen. Jetzt musste sie nicht nur Irene und ihr Gefolge in Schach halten, sondern auch noch den Volontär. Der *Librarian* aus dem Film hingegen trieb sich auf archäologischen Ausgrabungsstätten herum und rettete die Welt. Mit Gerechtigkeit hatte das alles herzlich wenig zu tun.

»Was machst du denn da?«, ertönte plötzlich die Stimme ihrer Mutter Carolina, die auch gleich mit ihrem Rollstuhl ins Zimmer kam. »Musst du nicht arbeiten?«

»Ich muss …«

Ihre Mutter blickte sie zweifelnd an. »Ich finde dich in den letzten Tagen etwas seltsam, meine Liebe. Du hast doch irgendwas.«

»Es ist alles in Ordnung, Mamma. Mir geht es gut, wirklich«, versuchte Amanda sie zu beruhigen.

Während Flynn Carson eine geheime Kammer in einer antiken römischen Ausgrabungsstätte entdeckte, von einem seltsamen Freimaurer den Schlüssel zu König Salomons Minen erhielt sowie den rätselhaften Befehl, nach Kenia zu fahren und sich dort auf die Suche nach den Brüsten Shivas zu begeben, schaltete Amanda den Fernseher aus und gab Carolina einen Kuss. Sie musste zur Arbeit. Sollte er doch verlorene Schätze suchen, sie hatte anderes zu erledigen.

Langsam band Amanda ihre Schuhe zu und dachte, dass sie ihrer Mutter früher oder später von Ettore erzählen musste. Und davon, dass sie bei ihm einziehen wollte. Aber wie sollte ihre Mutter ohne sie zurechtkommen? Amanda hatte schon immer die lästige Angewohnheit gehabt, ewig über einem Dilemma zu brüten, ohne je zu einer Lösung zu kommen. Dieses Mal war eine Lösung aber tatsächlich alles andere als einfach.

Von wegen geheime Kammern und König Salomon – *das hier* waren richtige Probleme.

Zufrieden und satt verließ Agata Elviras Haus und machte sich auf den Weg zur Villa Edera.

Sie war überzeugt, dass sie Dracula dort finden würde, er konnte nirgendwo sonst sein. Ihr detektivischer Instinkt hatte sie noch nie im Stich gelassen. Und außerdem war das der einzige Ort, an dem sie ihn noch nicht gesucht hatte.

Bei ihrer Ankunft verließ Romeo, der Mann für alles, gerade das Anwesen.

»*Ciao!*«, begrüßte Agata ihn erfreut.

Sie mochte diesen Mann. Er redete so gut wie nie und konnte tausend Dinge, die sie auch gerne können würde: Fahrradketten wieder anbringen, Häuser anstreichen und verständnisvoll mit Pflanzen sprechen.

Sie bestürmte ihn sogleich mit Fragen: »Warst du in der Villa? Wie ist die Schriftstellerin? Was schreibt sie? Hast du den schwarzen Kater von Elvira gesehen?«

Romeo dachte einen Moment nach. »Kein Kater, mein Kind. Hab mir das hintere Törchen angesehen, die Signora hat gesagt, dass es quietscht. Aber ich hab überhaupt nichts quietschen gehört. Hab's trotzdem geölt.«

Die kleine Detektivin versuchte noch einmal ihr Glück: »Lässt du mich rein? Ich muss mit der Schriftstellerin sprechen. Weißt du, was sie gerade schreibt?«

»Keine Ahnung. Auf jeden Fall hab ich mir das Tor schon angesehen, bevor die herkam. Da hat es nicht gequietscht. War gar nicht nötig, die Signora Ludovica anzurufen. Ich glaub, die hat was anderes quietschen gehört. Bestimmt nicht das Törchen.«

Agata lachte freundlich und betrat schließlich flink den Weg.

Priscilla saß an ihrem üblichen Platz auf dem Balkon und

hämmerte auf die Tastatur ihres Laptops ein. Wie mir das gefehlt hat!, dachte sie zwischen zwei Absätzen. Aus der Asche ihrer brachliegenden Kreativität war die goldgelockte Calliope wie ein Phönix auferstanden und tobte sich nun Seite für Seite aus.

Und Priscilla erschuf den perfekten Mann. Einen, mit dem jede ihrer romantischen Leserinnen einverstanden sein würde: Selbstbewusst, übermütig, und schurkenhaft genug, um die Bewunderinnen von Jack Raven zufriedenzustellen. Vornehm, schmachtend und romantisch, um auch denen des Grafen Edgar Allan zu genügen.

Warum nur war sie nicht früher darauf gekommen? Das ewige Dreieck würde zu einem Viereck werden, von dem Calliope sich triumphierend am Arm ihres neuen – und letzten – Liebhabers loslösen würde.

Die beiden trafen sich auf einem Maskenball. Calliope trug ein prächtiges Kleid aus Spitze und Brokat, dessen großzügiger Ausschnitt einen tiefen Blick auf ihre alabasternen Brüste gewährte, und eine silberne Maske mit Federn. Eine wahre Augenweide. Priscilla dachte gerade darüber nach, was der perfekte Mann bei seinem ersten Auftritt tragen sollte, als es läutete.

Konnte man hier eigentlich nie seine Ruhe haben?

Kurz überlegte sie, sich einfach totzustellen und das Läuten nicht zu beachten, irgendwann würde es schon aufhören. Und wenn es wieder diese Verrückten vom Buchclub waren?

Doch dann hörte sie eine Kinderstimme, ganz deutlich.

»Signora Schriftstellerin, können Sie mir bitte öffnen?«

Priscilla schnaubte, erhob sich und blickte von ihrem Balkon hinunter. Vielleicht konnte sie den Besuch – wer auch immer das sein mochte – ja noch abwenden.

Ein Rotschopf und zwei blaue Augen sahen zu ihr herauf.

»Entschuldigen Sie die Störung, Signora, Romeo hat mich

reingelassen, und wo ich schon mal hier bin, kann ich Ihnen gleich sagen, dass er das Törchen geölt hat, obwohl das gar nicht gequietscht hat. Haben Sie vielleicht einen schwarzen Kater hier in der Nähe gesehen?«

Priscilla musste gegen ihren Willen lächeln.

»Er ist schon seit Tagen nicht mehr nach Hause gekommen, ich suche ihn überall. Nur hier war ich noch nicht. Dracula wohnt ganz in der Nähe, ich müsste mal nachsehen, ob er hier in der Gegend vielleicht irgendwo hineingeraten ist, wo er nicht mehr herauskommt. Darf ich?«

»Der Kater heißt Dracula?«, erkundigte Priscilla sich, und sogleich keimte eine Idee in ihr.

»Ja, genau. Weil, er ist nämlich ganz schwarz«, erklärte das Mädchen.

»Wie heißt du?«

»Agata. Wie Agatha Christie. Die war Schriftstellerin, wie Sie! Haben Sie das gewusst?«

Priscilla lachte. Dieses Mädchen war ihr äußerst sympathisch. »Ja, das wusste ich. Warte mal, ich komme runter und mache dir auf.«

Ein Vampirkostüm, natürlich, dachte sie und stieg die Treppe hinunter. Wo doch bis vor wenigen Jahren noch alle Jugendlichen – und nicht nur die – verrückt nach Edward Cullen gewesen waren.

Das hatte sie dem Mädchen mit dem roten Haar zu verdanken. Vielleicht war dieser Aufenthalt in Tigliobianco ja doch ganz brauchbar. Sogar die Frauen vom Buchclub waren für etwas gut gewesen, wenn auch ganz schön schrill.

Priscilla öffnete die Tür. »Willst du einen Eistee, Agata?«

Schon im nächsten Moment saß das Mädchen kerzengerade mit den Händen auf den Knien auf einer Sofakante in der Villa Edera und beobachtete die junge Frau, die gar nicht mal so viel älter wirkte als sie selbst. Zumindest zog sie sich so an wie sie. Eine Schriftstellerin, die hatte Agata sich ganz anders vorgestellt. Die da hatte kurze Jeans und ein T-Shirt an, auf dem eine qualmende Pistole abgebildet war …

»Ich habe Sie nicht geweckt, oder?«, fragte sie leicht verschüchtert, was sie zuvor im Garten keineswegs gewesen war.

»Ach was, ich arbeite schon seit einer ganzen Weile«, beruhigte Priscilla sie und füllte ein Glas.

»Danke, Signora«, lächelte Agata.

»Priscilla. Priscilla Greenwood«, gab die Schriftstellerin eine James-Bond-Interpretation. »Nenn mich gerne so.«

»Das ist ein sehr schöner Name! Bisschen komisch vielleicht …«, meinte das Mädchen.

»Eigentlich Priscilla Verdebosco.«

»Ach so. Warum haben Sie dann Greenwood gesagt?«

»Das ist ein Pseudonym. Wer meine Bücher liest, glaubt, ich bin Amerikanerin und lebe auf einer Ranch in Kalifornien«, erklärte Priscilla zwinkernd.

»Ein Pseu… Was?«

»Ein Pseudonym. Ein Künstlername. Er steht auf meinen Büchern. Dafür habe ich ihn ausgesucht. Und jetzt erzähl mir mal von dem verschwundenen Kater.«

Agata entspannte sich ein wenig, nahm einen Schluck Tee und holte ihr Notizbuch hervor. »Der Kater heißt Dracula und ist pechschwarz. Elvira, sein Frauchen, vermisst ihn schon seit Tagen, und sie ist sehr traurig. Und weil ich mal Detektivin werden will, wie Poirot, suche ich ihn für sie.«

»Du liest also gerne?«

»Ja, sehr. Ich habe alle Kinderbücher gelesen, die Amanda in der Bibliothek hat, und jetzt lese ich alle von Agatha Christie, die sind echt toll! Schreiben Sie zufällig Krimis?«

Priscilla lächelte. »Nein, ich schreibe Liebesgeschichten.«

Agata riss die Augen auf und zeigte auf Priscillas Shirt.

»Mit so einem T-Shirt?«

Priscilla senkte den Kopf und blickte auf die qualmende Pistole. Da hatte das Kind nicht ganz Unrecht.

»Wo sich Leute verlieben und küssen und so'n Kram?« Das Mädchen verzog das Gesicht.

»Mehr oder weniger«, gab Priscilla zu. Eine ziemlich treffende Beschreibung, die sollte sie auf das Cover ihres neuen Romans drucken lassen.

»Ach so, solche finde ich nicht so gut. Da werden immer alle ohnmächtig. So eine bin ich nicht.«

»Was bist du denn für eine?« erkundigte Priscilla sich vergnügt.

»Eine, die Nachforschungen anstellt. Wie Poirot oder Nancy Drew.«

»Nancy Drew … Du magst also ziemlich altes Zeug. Wie schön! Aber ich glaube, es gibt da eine Sache über deine Lieblingsschriftstellerin, die du gar nicht weißt.«

Agata warf ihr einen misstrauischen Blick zu. »Was denn? Dass sie einmal für elf Tage verschwunden ist und niemand wusste, wo sie war? Das weiß ich. Hab ich im Internet gelesen.«

»Aber vielleicht weißt du nicht, dass Agatha Christie auch Liebesromane geschrieben hat. Wie ich.«

Das Mädchen starrte sie aus großen Augen an, und die Kinnlade klappte ihr herunter. In ihrem Alter war ihr jede noch so kleine Anspielung auf irgendwelche Liebesangelegenheiten zuwider, und dass ihre großartige Lieblingskrimischriftstellerin sich in den Sphären der Liebesromane herumgetrieben haben sollte, verstörte sie zutiefst.

»Das stimmt nicht!« Ihre Gesichtszüge entgleisten.

»Doch, das stimmt. Sie hat diese Bücher unter einem anderen Namen geschrieben«, erklärte Priscilla.

Agata schwieg.

»War aber nicht so ganz ihr Ding«, fügte Priscilla rasch hinzu, als sie den Gesichtsausdruck des Mädchens sah.

»Also, wenn sie das nicht so gut konnte, hat sie es vielleicht ja nur kurz versucht, und dann aber schnell wieder aufgegeben.«

»Ja, sie hat nur ein paar geschrieben, und die sind wirklich sehr schlecht«, bestätigte Priscilla. »Man muss sie nicht gelesen haben.«

»Und Ihre, liest die jemand?«, erkundigte sich Agata ein wenig beleidigt.

»Ziemlich viele sogar. Aber ich bin auch gut im Liebesgeschichtenschreiben. Auch mit diesem T-Shirt.«

»Und Agatha Christie nicht?«

»Die war immerhin die Königin des Krimis.«

Doch Agata gab noch nicht auf. »Und wenn ich jetzt zufällig eine Liebesgeschichte von Agatha Christie lesen wollte?« Ihrer Heldin zuliebe könnte sie es doch einmal ausprobieren.

Priscilla lächelte. »Dann könnten wir dir eine besorgen.« Plötzlich hob sie den Kopf und schnaubte. »Da, hörst du das? Das Törchen quietscht immer noch! Von wegen geölt, die ganze Nacht hat das Ding Geräusche gemacht.«

Agata regte sich nicht, nur in ihren Augen blitzte es jetzt. Sie lächelte triumphierend.

»Signora Schriftstellerin, das ist gar nicht das Tor.«

Auch Virginia war schon in aller Früh auf. Sie hatte gerade die drei Kinder abgeholt und sich mit ihnen auf den Weg zu Anitas Bar gemacht, um nach dem Hund von Vladimiro zu sehen und Neuigkeiten über seinen Besitzer zu erfahren.

»Ich hab Mortadella dabei«, schrie Andrea.

»Ich Hackfleisch«, rief Tobia.

»Is einen Apfel«, krakeelte Margherita und zeigte stolz auf eine rote Frucht in einem Körbchen, das sie eng an sich drückte.

Die Zwillinge hatten ihre Gaben in Vladimiros Einkaufswagen gelegt, den sie ihrem ursprünglichen Besitzer nun wiedergeben wollten. Zumindest wollten sie ihn in Anitas Bar stellen, dort konnte Vladimiro ihn ja abholen.

Virginia trug *Wer die Nachtigall stört* in ihrer Tasche, und das alte Rezeptheft hatte sie auch eingesteckt, die altertümliche Schrift gefiel ihr einfach so gut. Sie wollte es noch ganz durchsehen, bevor Vladimiro zurückkam, dann würde sie es ihm zurückgeben.

»Da!«, rief Margherita, als sie den Hund im Körbchen erblickte. »Er is im Törbsen!« und in Windeseile stolperte sie auf ihren properen Beinchen zu ihm. Die Brüder rannten hinter ihr her.

»Das is sön im Törbsen, oder?«, kraulte sie ihn am Kinn.

»Wir haben dir Mortadella mitgebracht«, verkündete Andrea.

»Und Hackfleisch!«, rief Tobia.

»Das Hack müssen wir aber vorher durchbraten«, ergriff Anita das Wort, die vom Lärm angezogen nach draußen gekommen war. »Wir haben ihn Tramezzino getauft.«

»Tramezzino?«, riefen die Zwillinge im Chor.

»Tramezzino?«, echote Margherita.

»Ich habe eine Wette gegen Elvio verloren, und jetzt heißt er so. Hätte schlimmer sein können, oder?«

»Stracchino, zum Beispiel!«, krähte Andrea.

»Oder Ossobuco!«, grölte Tobia.

»Oder Sritella!«, quietschte Margherita.

Virginia lächelte, verstrubbelte der Kleinen das Haar und sagte: »Also ich finde Fritella einen wunderbaren Namen.«

»Wie auch immer, jetzt heißt er erst einmal Tramezzino. Wenn Vladimiro wiederkommt, dann fragen wir ihn, wie der Hund wirklich heißt.« Damit wischte sie sich die Hände an der Schürze ab und fragte, ganz Barfrau: »Hörnchen für alle? Kommen gerade aus dem Ofen.«

In diesem Moment erschien Don Casimiro, der Vladimiro im Krankenhaus besucht hatte.

Es gehe Vladimiro ganz gut, sagte er. Der Alte war sogar rasiert. Don Casimiro hatte ihm erzählt, dass es dem Hund gut ging und alle ihn mit Mortadella und Hack verwöhnten, und da hatte Vladimiro fast gelächelt. Er musste noch einige Tage im Krankenhaus bleiben, bis er wieder ganz bei Kräften war.

Gutgelaunt betrat der Pfarrer die Bar, und das Erste, was er hörte, war ein recht lebhafter Fluch, gefolgt von einem vergnügten: »Oh, 'tschuldigung, Don, ich konnte ja nich wissen, dass Ihr gerade jetzt reinkommt.«

Don Casimiro faltete die Hände und blickte gen Himmel. »Elvio, Gottes Namen sollte man niemals ohne Grund aussprechen.«

»War ja nich ohne Grund! Der hier hat eben das Ass gespielt«, rechtfertigte Elvio sich und zeigte auf Vittorino.

Seufzend wandte Don Casimiro sich an die Anwesenden. »Ich bin nur hergekommen, um mitzuteilen, dass es Vladimiro schon wieder besser geht, und er in einigen Tagen nach Hause kommen kann.«

»Sehr gut!«, freute Anita sich, die hinter der Theke in einer Schüssel Thunfisch und Mayonnaise vermengte. »Das ist für den Hund«, erklärte sie. »Er liebt auch Tramezzini mit Thunfisch.«

Der Pfarrer warf einen Blick auf das Tier, das sein Körbchen verlassen hatte und nun unter dem Tisch lag, an dem Elvio, Vittorino und Cesare Karten spielten. Irgendjemand hatte ihm ein rosafarbenes Tuch mit der Aufschrift *Kiss me. I'm fabulous* um den Hals gebunden. Und er schien sich pudelwohl zu fühlen.

Cesares Karten hätten nicht besser sein können, er saß in der Ecke, die Jacke über der Stuhllehne. Das Papier, das aus der Jackentasche herausschaute, hatte er noch nicht bemerkt.

Auch nicht die Frau, die ihn von Weitem, mehr schlecht als recht hinter einem Baum verborgen, beobachtete.

15

Zu Hause setzte Virginia sich an den Küchentisch, durch das geöffnete Fenster drangen die Geräusche der Piazza, die Kinder saßen gespannt um sie herum, gemeinsam blätterten sie durch das Rezeptheft. Sie wollte es mit Keksen versuchen, damit würde sie die drei hier auch ein wenig beschäftigt halten.

»Wir können doch alle Rezepte ausprobieren«, schlug Tobia vor.

»Ich glaube, das schaffen wir nicht«, zweifelte Virginia. »Viele von denen sind echt kompliziert. Lasst uns mal mit Keksen anfangen.«

»Aber wir schaffen auch die schwierigen Rezepte!«, versicherte Andrea.

»Denau!«, bestätigte Margherita.

»Also gut, dann fangen wir mit Keksen an, und wenn die gut werden, machen wir morgen noch etwas anderes aus dem Heft. Aber ich habe keine Ahnung, was Weinstein ist, das sage ich euch gleich, und das stand mindestens dreimal da drin.«

»Hört sich an, wie was, das sich bewegt«, sinnierte Tobia.

»Oder laut ist«, warf Andrea ein.

»Sowas wie ein Krieger«, schlug Tobia vor.

»Vielleicht explodiert es?«

»Ich glaub, es stinkt.«

»Steht auch was ohne Weinstein drin?«

»Hm, ein Schokoladenkuchen, ein Nusskuchen und Mandelkrokant.« Virginia blätterte weiter.

»Trotant!«, krähte Margherita.

»Und dann noch … Pudding, Mürbeteig, Erdbeerkuchen …«
Die Zwillinge sprangen auf und schrien: »Virgi!«

Vor Schreck fiel Margherita fast vom Stuhl.

»Was ist denn los?« Auch Virginia war zusammengezuckt und überprüfte erst mal in der Runde, ob alles in Ordnung war.

»Erdbeerkuchen!«, krakeelten die Zwillinge.

Kurz schwieg Virginia, dann dämmerte es ihr. »Ihr wollt doch wohl nicht, dass ich an der Gara Fragolina teilnehme?«

»Nein, du nicht«, erklärte Tobia.

»Wir!«, begeisterte sich Andrea.

Virginia bedachte die drei Kinder, die sie mit glänzenden Augen ansahen, mit einem langen Blick.

»In Ordnung«, stimmte sie schließlich zu. »Wir machen einen Kuchen!«

Der Jubel war bis zum Laden von Claretta zu hören, die abschätzig den Kopf schüttelte: Die da hatte doch wirklich keine Ahnung, wie man mit Kindern umging.

Agata war rasch aufgesprungen und rannte nun durch den Garten zum Hintertörchen. Angesteckt von der Aufregung des Mädchens, folgte Priscilla ihr und wusste selbst nicht, warum sie so vergnügt war.

Vor dem hortensienumstandenen Tor blieb Agata stehen.

»Es ist zu, sehen Sie?«, rief sie aufgeregt. »Das Tor kann gar nicht gequietscht haben, Signora Schriftstellerin.«

»Hm, stimmt«, gab Priscilla nachdenklich zu.

»Das Geräusch muss also von irgend etwas anderem kommen. Auf jeden Fall aber hier aus der Richtung, sonst hätten Sie ja nicht geglaubt, dass es das Törchen ist.«

»Stimmt. Was ist denn hier noch?«

»Die Garage und der Geräteschuppen«, triumphierte Agata.

»In der Garage kann er nicht sein, die habe ich aufgemacht, als ich hier angekommen bin, und wenn er da drin gewesen wäre, hätte er gleich das Weite gesucht und wäre jetzt schon zu Hause, der schwarze Kater.«

Agata dachte kurz nach. »Stimmt, dann sehen wir doch mal im Schuppen nach.«

Sie wandte sich schon in die Richtung, als Priscilla zu bedenken gab: »Romeo muss doch auch in den Schuppen reingegangen sein, wenn er das Tor geölt hat.«

Die kleine Detektivin seufzte. »Können wir trotzdem nachsehen? Im Schuppen und in der Garage?«

»Na klar.« Priscilla legte der Kleinen tröstend eine Hand auf die Schulter. Das Mädchen war so enttäuscht, sie hätte es am liebsten in den Arm genommen.

In der Garage war Dracula nicht. Dort standen viele Kartons herum, die Agata der Reihe nach sorgfältig untersuchte, ein Fahrrad lehnte an der Wand, außerdem gab es Regale voller Farbeimer, Pinsel in Gläsern und ein Ölkännchen.

Agata nahm es und wandte sich an Priscilla. »Aber wenn das Öl hier ist, dann …«

Doch Priscilla war schon unterwegs zum Schuppen, Agatas Eifer hatte sie angesteckt. Sie mussten den Kater einfach finden.

Mit dem Ölkännchen in der Hand rannte Agata hinterher, ihre Zöpfe hüpften auf und ab, und das Herz schlug ihr bis zum Hals. Vor dem Schuppen blieben sie stehen.

»Diese Ehre gebührt dir«, meinte Priscilla feierlich.

Agata sah sie an, dann drückte sie vorsichtig die Tür auf.

* * *

Elvira saß auf einem Hocker vor der Küche. Sie hatte das Gefühl, dass sie schon seit Ewigkeiten dort saß, und man konnte es ihr nicht verdenken. Seitdem Dracula verschwunden war, verbrachte sie die meiste Zeit dort auf diesem Höckerchen, von wo aus sie Straße, Hof und Hühnerstall im Blick hatte. Dort saß sie, doch mit jeder Stunde, die verging, schwand ein Stück ihrer Hoffnung. Sie hatte nicht das Herz gehabt, der kleinen Agata abzuraten, auch in der Villa Edera und dem Garten dort zu suchen. Denn mittlerweile war ihr klar: Sie konnte es drehen und wenden wie sie wollte, ihr Dracula war weg. Nie wieder würde sie seine schwarze Gestalt durchs Gras schleichen sehen, ihn niemals mehr zusammengerollt auf dem Sessel vorfinden, nicht mehr sein forderndes Miauen hören, wenn er nach Essen verlangte, als hätte er schon seit Tagen nichts mehr bekommen.

Sie war so an die Anwesenheit des Katers gewöhnt, daran, mit ihm zu reden, dass sie sich nun vollkommen leer fühlte. Wer hätte jemals gedacht, dass ein Kater so wichtig sein konnte? Sie auf jeden Fall nicht. Wo sie aufgewachsen war, wurden die Hunde im Hof angekettet und die kleinen Katzen in einen Sack gesteckt. Und heutzutage schlief sie mit dem zusammengerollten Dracula in einem Bett. Elvira wunderte sich selbst über ihr sanftes Herz. Damals, das waren andere Zeiten, dachte sie nun.

Grübelnd stand sie auf, es hatte keinen Sinn, es war an der Zeit, die Hoffnung ein für allemal aufzugeben. Doch als sie in die Küche ging, spürte sie plötzlich etwas Weiches an den Beinen. Und da hörte sie auch schon Agata schreien: »Ich hab ihn gefunden!«

Es war tatsächlich der pechrabenschwarze Dracula, der mager und struppig um ihre Beine strich. Etwas verstört blickte er sie an und stieß ein lautes *Miauuuu* aus.

Agata kam angelaufen, die roten Zöpfe nahezu aufgelöst, hinter ihr ähnlich zerzaust die Schriftstellerin. Elvira gab einen seltsamen Laut von sich und brach schließlich in Tränen aus. Auf der anderen Seite des Zauns lächelte Agnese so breit, als hätte sie soeben die Gara Fragolina gewonnen. »Heute seid ihr alle bei mir zum Essen eingeladen. Auch die Signora Schriftstellerin. Und der Kater«, rief sie hinüber. Dann beeilte sie sich ins Haus, denn auch sie konnte die Tränen nun nicht mehr zurückhalten.

Nach der Partie Karten hatte Cesare in seiner Jackentasche den fliederfarbenen Papierbogen bemerkt, auf dem stand: *Alles an dir ist Männlichkeit, du wahrlich prächtiges Mannesbild*, was ihn verständlicherweise kurz irritierte. Darauf beschloss er, eine morgendliche Joggingrunde zu drehen.

Beim Laufen konnte er sich entspannen, und in Anbetracht der Tatsache, dass er normalerweise zwölf Stunden am Tag arbeitete, war das ziemlich viel wert, denn Zeit für sich selbst blieb ihm ansonsten kaum. Das Laufen war für ihn eine Art Zuflucht geworden, während er sich ausschließlich auf Füße, Atem und seinen beschleunigten Herzschlag konzentrierte. Eine Art kleiner Urlaub. Und wenn er lang genug lief, dann flossen die Gedanken über seinen Alltag immer weiter ab, bis hinunter in die Turnschuhe, und er fühlte sich wirklich frei.

Heute würde er die Strecke laufen, die er in Tigliobianco immer lief, ein Rundweg durch die kleinen Gässchen und schließlich über die Straße, die aus dem Ort führte, bis zur Villa Edera. Das dauerte ungefähr vierzig Minuten.

Etwa auf halber Strecke, als seine Beine schon wie von allein liefen, hatte sich sein Kopf von allen Gedanken befreit, und Cesare lief leichtfüßig den Weg zu dem viktorianischen

Anwesen hinunter. Da erblickte er plötzlich eine Frau in Jeans-Short und einem T-Shirt, das schon bessere Zeiten gesehen hatte, das war sogar von hinten offensichtlich. Sie lief auf den Eingang zu, und Cesare erkannte in ihr gleich die Schriftstellerin, die regelmäßig vor ihm Reißaus nahm.

Jetzt kann sie mir nicht entkommen, dachte er und bereitete sich darauf vor, seinen gesamten Charme walten zu lassen. Er hatte angefangen, ihren ersten Roman zu lesen und fand nach und nach Spaß an Piraten und wallenden Kleidern. War es tatsächlich diese zerzauste Frau, die so kitschiges Zeug schrieb? Er musste lachen.

»Guten Tag.« Er überholte sie und blieb dann stehen.

Priscilla stockte. Sie fühlte sich wie früh morgens aus einem Traum gerissen – wenn man nicht richtig weiß, ob man schon wach ist oder noch schläft. Der Geist von Roger MacMillan stand hier vor ihr. Und jetzt?

Sie blickte ihn an wie einen Außerirdischen, der sie unter einem grau gesprenkelten Bart anlächelte.

»Guten Tag«, erwiderte sie. Mit einem einfachen Gruß konnte man ja nichts falsch machen.

»Sie sind die Schriftstellerin, die über den Sommer die Villa Edera gemietet hat, oder?«

Priscilla murmelte eine Bestätigung. Besser, nicht zu viel reden.

»Wir haben uns im Laden von Claretta schon gesehen. Erinnern Sie sich?«

»Ja. Bei dem alten Drachen.«

Er lächelte. »Genau bei der. Ich heiße Cesare.« Er hielt ihr die Hand hin.

Sie schüttelte sie. »Priscilla, freut mich.« Dann fragte sie: »Und Sie sind der Kinder-Herzchirurg?«

»Eigentlich Schönheitschirurg«, gab Cesare lächelnd zurück.

Priscilla sah ihn genauer an und blieb schließlich an der verschwitzten Haut zwischen Unterkiefer und Hals hängen. Zart und sanft, ein perfektes Dreieck.

Ihre Lippen würden sich dort wohlfühlen.

»Das ist ja noch schlimmer«, sagte sie in dem Versuch, barsch zu wirken.

Er aber, er lachte, verdammt noch mal.

»Wäre es Ihnen lieber, wenn ich Kinder-Herzchirurg wäre?«

»Überhaupt nicht. Bloß nicht!«

»Verstehe.« Dann schlug er vor: »Bekomme ich ein Glas Wasser von Ihnen, wenn ich Sie nach Hause begleite?«

Priscilla wusste nicht, wie sie hätte ablehnen können. Vielleicht wollte sie das auch gar nicht.

Kurz darauf saßen die beiden auf dem Balkon, zwischen sich den schmiedeeisernen Tisch mit einer Karaffe Zitronenwasser darauf. Zwei vollkommen Fremde, das Haar zerzaust und ein paar Schweißperlen auf der Stirn, von plötzlicher Nähe übermannt.

Priscilla schwieg und spürte, wie der Dorn in ihrer linken Brust sich regte. Wäre das ein Anzeichen für einen Infarkt, sie hätte sich gefreut.

Auch Cesare sagte kein Wort, er nippte an seinem Wasser, ließ den Blick umherschweifen, während er überlegte, warum diese Frau wohl zwischen Gegenwart und einer anderen Welt schwebte. Das Gefühl, das er dabei hatte, war kein besonders gutes.

»Gefällt es dir in Villa Edera?«, fragte er schließlich, denn irgend etwas musste er ja sagen. Und war dabei auch noch wie von selbst zum Du übergegangen.

Besonders gut hatte er sich nicht angestellt, keine Frage, und er blickte ihr wie gemaltes Gesicht an wie Superman ein Stück Kryptonit.

»Dieses Haus ist verzaubert. Hinter jeder Tür schlummern Ideen, und man spürt förmlich, wie Gedanken über die Flure kriechen«, antwortete sie verträumt.

Cesare stellte sein Glas ab. Aha. Sie zauberte die Worte hervor wie ein Gaukler bunte Bänder aus seinem Zylinder. Dachte Dinge, die es gar nicht gegeben hatte, bevor sie sie nicht aussprach. Irgendwo in seinem Inneren schnappte plötzlich ein kleines Schloss auf: *Klick.*

»Wusstest du, dass diese Villa aus Rache gebaut wurde?«, fragte er, allein um die Fassung bewahren zu können.

Priscilla spitzte die Ohren. Was war das für eine Geschichte?

»Hat dir noch niemand von Gualtiero del Pizzo erzählt?«, fügte er hinzu, als er den neugierigen Ausdruck auf ihrem Gesicht sah.

Sie schüttelte den Kopf. Gab es tatsächlich eine Geschichte zu diesem Haus, die sie nicht kannte?

»Wenn du willst, erzähle ich es dir. Aber dafür musst du mir verraten, warum du auf Kinder-Herzchirurgie fixiert bist, und warum du letztes Mal, als wir uns gesehen haben, Hals über Kopf weggelaufen bist.«

Priscilla schwieg und zog die Knie hoch. Wie sollte man jemandem erklären, dass man ihn mit einer Person aus einem Buch verwechselt hat?

»Ich habe dich mit jemandem aus einem Buch verwechselt.«

So einfach war das.

Damit hatte Cesare nicht gerechnet. Er hatte von Frauen wirklich schon alles zu hören bekommen, aber noch nie, dass man ihn mit einer Romanfigur verglich. Natürlich war er amüsiert und zudem äußerst geschmeichelt.

Priscilla blickte ihm in die Augen: »Jetzt bist du dran, erzähl.«

Erzähl, sagte die Frau, die Geschichten erschuf, und das Kind in ihr hörte auf zu weinen und wagte sich aus seiner Deckung hervor, immer weiter, bis es schließlich durch die Augen der Frau einen Blick riskierte.

Erzähl, sagte sie nur. Und doch schien es ihr, als hätte sie noch nie jemandem größere Macht über sich verliehen.

Und jetzt?

Und während Priscilla sich von Cesare eine Geschichte erzählen ließ, schrieb eine Frau mit zitternder Feder einen von Liebe durchtränkten Satz auf ein festes zartblaues Papier. Ein Papier, in das sie große Hoffnungen legte.

Die Entscheidung, die zukünftige Entwicklung ihres Liebeslebens auf edlen Papierbögen in Angriff zu nehmen, ging auf das unerwartete Auftauchen des Mannes zurück, den die Signora mit Haut und Haaren liebte, und zwar schon ihr ganzes Leben lang.

Doch in diesem Sommer hatte sie beschlossen, ihre Liebe zu Cesare in Form von bunten Papieren voller Leidenschaft zu offenbaren. Anonym jedoch musste es sein, denn sie fürchtete sein Urteil.

Wie ihr feiner Plan weitergehen sollte, wusste sie noch nicht. Schon diese Briefchen waren von unermesslicher Kühnheit. Eins nach dem anderen, sonst würde sie nur nervös werden.

16

Agnese bereitete einen Salat aus gekochten Eiern und frisch im Garten geerntetem Spinat zu. Schon dass die berühmte Priscilla Greenwood am Tisch saß, war keine Kleinigkeit, aber Elvira dort zu sehen, war schlicht ein Ereignis. Fast ein halbes Jahrhundert lang waren sie einander feindlich gesinnt gewesen, und nun saß sie ihr gegenüber und pellte ein Ei.

Agata war so glücklich, wie eine Zwölfjährige es nur sein kann, und rutschte aufgeregt auf ihrem Stuhl hin und her. Ihre Wangen waren rot gefärbt vor Stolz auf ihre erfolgreichen Ermittlungen. Endlich hatte sie es ihrem literarischen Idol gleichgetan.

Auch für Priscilla war das alles vollkommen unglaublich. Sie konnte kaum fassen, wie wohl sie sich fühlte, hier, mitten unter fremden Leute, mit denen sie gekochte Eier aß. Ausgerechnet sie, die sich schon schwertat, das Haus zu verlassen, um ihre besten Freundinnen zu treffen. Jahrelang hatte sie die gemeinsamen Restaurantbesuche nach überfüllten Buchpräsentationen gemieden, um Buchmessen einen großen Bogen gemacht, Einladungen ins Ausland ausgeschlagen, und nun saß sie bester Laune in einer fremden Küche neben einer Zwölfjährigen, die Detektivin werden wollte, und zwei älteren Damen, die sie verwundert und wohlwollend zugleich anblickten. Sie waren beide von solcher Herzlichkeit, wie Priscilla es selten erlebt hatte. Auch Elvira, der etwas ruppigeren von beiden, war der weiche Kern anzumerken: Die gerührten Blicke, die sie ihrem Kater Dracula zuwarf, verrieten sie, ebenso die großmütterliche Art, mit der sie immer wieder sicherstellte, dass Priscilla und Agata auch genug aßen. Ein wiedergefundener Kater konnte also Menschen zusammenbringen, unwiderruflich und umstandslos. Und außerdem verstand sich diese Agnese wirklich gut aufs Kochen.

Und dann war da noch Dottor Burello, den Agnese mit mütterlicher Begeisterung gleich miteingeladen hatte, ein Angebot, welches Cesare erfreut angenommen hatte. Nachdem er kurz zum Duschen und Umziehen nach Hause gelaufen war, kam er mit einer Flasche Rotwein wieder, was bei diesem Frauengrüppchen unterschiedlichen Alters auch fehl am Platz hätte wirken können. Doch er verhielt sich so natürlich, dass das Ganze den Anschein eines Familientreffens erweckte. Außerdem aß er mit ungemein gesundem Appetit, ein Umstand, der Agnese große Freude bereitete, und sie füllte seinen Teller in einem fort mit Gemüse aus ihrem Garten und frisch gebackenem Brot.

Auf Elviras Schoß lag Dracula. Hätte er noch ein paar Sardinen mehr gegessen, wäre er geplatzt, nun schnurrte er zum Steinerweichen, glücklich, endlich wieder zu Hause zu sein.

»Wusstet ihr, dass Signora Priscilla Liebesromane schreibt?«, fragte Agata in die Runde.

Mit einem scheinheiligen Lächeln blickte Cesare die Schriftstellerin an.

»Signora Priscilla schreibt die Calliope-Bücher!«, bestätigte Agnese, die seit Stunden darauf wartete, ihrer Lieblingsschriftstellerin ihre Hochachtung auszusprechen.

Priscilla wollte sich erst tot stellen, doch das würde wohl kaum funktionieren. Es gab keinen Ausweg.

»Ja, ich habe ein paar geschrieben, aber jetzt möchte ich aufhören …«

»Aufhören?«, riefen ihre beiden Fans aufgelöst im Chor.

»Ich kann nicht mein ganzes Leben mit Calliope auf meiner Schulter verbringen«, erklärte Priscilla mutlos und fragte sich im selben Moment, ob sie eine solche Vertraulichkeit gerade tatsächlich preisgegeben hatte? Und das gänzlich fremden Menschen gegenüber! Woher kam dieses Vertrauen?

Erst hatte Cesare ihr auf dem Balkon Dorfgeschichten erzählt, und jetzt das. Es fühlte sich an, als hätte sie es sich in einem vertrauten Eckchen gemütlich gemacht. In einem für sie bis dato vollkommen unbekannten Eckchen.

»Soll sie sterben?«, holte Cesare sie mit blitzenden Augen aus ihren Gedanken. »Na, bringst du sie im Stil von *Misery* um die Ecke?«

In diesem Moment klingelte sein Telefon.

»Entschuldigt, da muss ich rangehen. Ist die Gewebebank.« Er stand auf.

»Welche Bank?« Agata schmatzte mit vollem Mund.

»Ich glaube, er hat ›Gewebebank‹ gesagt …«, meinte Elvira.

»Aber er ist doch Arzt, wofür braucht er dann Stoff? Und dann von einer Bank?«, wunderte sich Agata weiter.

»Ich glaube nicht, dass es um Gewebe aus Stoff geht«, vermutete Priscilla.

Da kam Cesare auch schon zurück, das Geheimnis konnte also gelüftet werden.

»Was kaufst du bei der Gewebebank?«, erkundigte Agata sich.

Der Arzt zögerte, schließlich wollte er das Kind nicht verstören. Doch in Anbetracht ihrer Neugier, antwortete er: »Normalerweise ein Stück Haut, das jemand bekommt, der es braucht.«

Agata riss die Augen auf. »Haut? Wie in *Schweigen der Lämmer*?«

141

»Was weißt du denn von *Schweigen der Lämmer*, du bist doch kaum älter als zehn?«, gab Cesare verblüfft zurück.

»Ich hab den gesehen, und außerdem bin ich schon zwölf!«, entgegnete Agata und fragte weiter: »Und wie kriegst du die Haut dann?«

»Das sind Reste.« Priscilla konnte ein Lächeln nicht zurückhalten.

Cesare warf ihr einen überraschten Blick zu und grinste. In seinen Augen blitzte weder dieses blasierte Verständnis auf, das Männer oft für Frauen übrighaben, wenn sie – ihrer Meinung nach – etwas Seltsames sagen, noch die Überheblichkeit von jemandem, der keine Zeit für Dummheiten hat. Er lächelte einfach wie jemand, der sich bestens amüsierte.

»Reste?«, wiederholte Agata.

»Genau. Man geht in diese Bank, wo sie meterweise, ach was, kilometerweise Haut unter Verschluss halten«, erklärte Cesare. »Die liegt in Rollen da rum. Man sagt, was man braucht, also etwa: bernsteinfarbene Frauenhaut, jugendliche Pickelhaut ...«

»Aber ...«, stammelte Agata.

Cesare fuhr ernsthaft fort: »Dann nimmt der Verkäufer eine Rolle und erklärt die Eigenschaften. ›Diese hier ist erstklassig, diese hat einen kleinen Makel, und diese dort ist glatt und elastisch. Sonst haben wir auch diese da hinten im Angebot. Das ist ein Restposten mit einigen Leberflecken, aber sehr robust‹.«

Agata verengte die Augen wie jemand, der gerade bemerkt hat, dass man ihm einen Bären aufgebunden hat, doch Cesare verzog keine Miene, nahm sich ein weiteres Ei und pellte es seelenruhig.

»Das glaube ich nicht«, sagte das aufgeweckte Mädchen schließlich.

»Das solltest du aber! Ich gehe in einigen Wochen wieder dorthin, da kann ich dich mitnehmen.«

Priscilla hatte aufgehört zu essen, als Cesare zu seiner farbenfrohen Erklärung ausholte, und wartete gespannt. Konnte es sein, dass dieser Mann Fantasie und Humor zugleich besaß? Er hatte soeben aus dem Nichts heraus eine vollkommen surreale Geschichte aus dem Boden gestampft, eine, die aus einem Film von Tim Burton hätte stammen können. Priscilla befand sich also – vielleicht – in Gesellschaft eines der seltensten Wesen der Welt: einem Mann mit Fantasie.

Doch bevor sie bei *National Geographic* anrief, sollte sie das noch einmal nachprüfen.

»Und was für Haut holst du dir?«, forderte Agata ihn heraus.

Ohne zu zögern, antwortete Cesare: »Also, ich brauche unterschiedliche. Erst einmal zwei Meter gute jugendliche männliche Haut, aber ohne Pickel. Die ist allerdings sehr selten, ich warte schon seit Monaten darauf, und jetzt ist sie endlich da. Sie wird mich ein Vermögen kosten, aber was soll man machen? Seltenheit hat ihren Preis«, seufzte er. »Dann brauche ich noch Kinderhaut, nur einige Zentimeter, mehr nicht, nur, um eine Wange zu flicken. Und dann werde ich mir noch die Angebote ansehen, man kann nie wissen. Ein Stück mit einem perfekten Muttermal sollte man immer im Haus haben. Es gibt Leute, die würden ihr letztes Hemd dafür geben, wirklich.« Er zwinkerte Agata zu, die den Mund verzog.

»Ich wusste, dass du mich veräppelst!«, rief sie triumphierend.

»Nur ein bisschen«, grinste Cesare. »Aber eigentlich habe ich dir bloß eine Geschichte erzählt.«

Als Cesare Priscilla einen Blick zuwarf, sah er, dass sie verwundert lächelte.

»Aber wo waren wir stehengeblieben? Wird deine Heldin sterben? Planst du das? Na sag schon.«

Auch Elvira und Agnese starrten sie erwartungsvoll an, und in Priscilla blitzte kurz die Vorstellung auf, wie sie, an ein Bett gefesselt, von den beiden Damen mit einem Vorschlaghammer bedroht wurde.

»Nein, nein! Ich will sie gar nicht umbringen«, beruhigte sie die beiden und hob abwehrend die Hände. »Ich möchte ihr ein glückliches, würdiges Ende geben und sie ihrer Wege ziehen lassen ... begleitet von ihrer wahren Liebe.«

Die beiden blickten sie misstrauisch an.

»Ich schwöre!«, rief Priscilla.

»Mit der wahren Liebe ...«, ergriff Cesare das Wort, »das ist ja ganz was Neues.«

»Selber, selber lachen alle Kälber«, mäkelte Priscilla, ganz die erwachsene Frau.

Cesare wäre fast an seinem Bissen erstickt. Er schmunzelte. Dieser Urlaub wurde ja immer besser. Unerwarteterweise.

»Als Nachtisch gibt's Erdbeerkuchen«, verkündete Agnese und erhob sich. »Aber einen ganz normalen, nicht den, mit dem ich bei der Gara Fragolina antrete. An dem arbeite ich noch.«

»Aber es sind doch alle Erdbeerkuchen ganz normal«, meinte Elvira, »alle, außer die Suprema.«

Priscilla verstand nicht, worum es ging. »Welche Gara Fragolina? Und was ist die Suprema?«

Cesare brach in lautes Lachen aus. »Ach, die Suprema ... Sucht ihr immer noch nach dem Rezept?« Dann wandte er sich an Priscilla und erzählte ihr die Geschichte ausführlich. »Seit zweiunddreißig Jahren ist ganz Tigliobianco auf der Suche nach Luisas Rezeptheft, aber bis jetzt hat niemand es gefunden«, schloss er.

Priscilla staunte. Egal, wohin sie blickte, wen sie traf oder was sie tat, sie kam nicht umhin festzustellen, dass Tigliobianco eine wahre Quelle an unglaublichen Geschichten beherbergte.

Cesare entging ihre Verwunderung nicht. »Willst du mit mir zusammen dieses sagenumwobene legendäre Heft suchen?«

Als Cesare das fragte – so als wäre es die natürlichste Sache der Welt, ein verschollenes Rezeptbuch zu suchen – und sie dabei in diesem Durcheinander aus Eiern, Katern und Kindern in Agneses Küche ansah, bemerkte Priscilla, dass sie kurz davor stand, in einen Abgrund zu stürzen, in einen Abgrund der Liebe.

Und sie nahm all ihre Kraft zusammen, das nicht zu tun.

Eine Stunde später war Priscilla auf dem Weg zur Villa Edera, mit einer Tüte Tomaten aus Elviras Gemüsegarten in der Hand, welche die Signora ihr unbedingt hatte mitgeben wollen, und fragte sich verwirrt, wieso sie einem so abgedroschenen Klischee auf den Leim ging. Oder vielmehr, von wem sie sich da um den Finger wickeln ließ. War es: A) ein nahezu Fremder, B) ein notorischer Schürzenjäger, C) ein Schönheitschirurg? Naja, auf den Punkt gebracht wohl einfach ein fremder, schürzenjagender Schönheitschirurg. Abgeschmackter ging es ja wohl kaum.

Riskierte sie hier tatsächlich, einem Mann, der einem Roman entsprungen schien, hilflos zu Füßen zu liegen? Einem von der Sorte, der es nie und nimmer ernst meinen würde, und das garantiert?

So etwas passierte nicht einmal Calliope. Die liebte einen Piraten und einen Grafen. Und Priscilla? Die dachte an Cesares gebräuntes Gesicht unter dem Bart, an die dunklen Augen, an sein weißes Hemd, das seinen wettergegerbten Teint betonte, wie bei einem Piraten. Und an seine vornehmen Hände und die männliche und doch feine Art, eben wie ein verdammter Graf.

Und dann dachte sie, dass sie ja vielleicht, natürlich nur, wenn sie wollte, dieser schamlosen und unwiderstehlichen Versuchung nachgeben und sich dieser Romanfigur, für die sie entflammt war, hingeben könnte.

Sich in eine Romanfigur zu verlieben war einfach und brachte zahlreiche Vorteile mit sich. Etwa, dass diese Figur einen nie enttäuschen würde, konnte sie doch nur zwei Wege einschlagen: Einen gab ihre Schöpferin vor, den anderen die Fantasie der Leser. Ein vollkommen sicherer Hafen also, was man von Liebesangelegenheiten normalerweise nicht behaupten konnte. Die Kehrseite war, dass es sich bei einer solchen Beziehung um eine rein platonische handelte. Was sich verschmerzen ließ, denn schließlich war das der einzige Haken.

Verliebte man sich jedoch in jemanden, der wie durch Zauberhand einem Roman entsprungen war – davon gab es leider nur sehr wenige –, wurde es kompliziert. Vor allem, weil man nicht wusste, wie die Sache ausging. Und damit saß man auch schon in der Patsche. Wer garantierte einem das Happy End? Keine gnädige Feder schrieb die übliche Handlung fort, und den sogenannten Erwartungshorizont, wesentlich für jede Liebesgeschichte, konnte man sich an den Hut stecken. Wenn sich die Dinge dann überschlugen, konnte man nicht darauf vertrauen, dass Schmerz von Glück übertroffen wurde. Ganz und gar nicht, denn am Ende stand nicht das Glück. Schicksal war Schicksal. Das Leben verlief nicht immer glatt, vor allem ging es nicht immer gut aus. Manchmal verheddterte sich eben alles, einfach so, und man musste zusehen, wie man zurechtkam.

Sollte Priscilla tatsächlich in diesem gottverlassenen Nest gestrandet sein, um sich zu verlieben? Nach so vielen Jahren, in denen sie sich verschanzt und in Sicherheit geglaubt, sich tapfer gegen den Rest der Welt gewehrt hatte? Sollte etwa nach all dieser Zeit aus heiterem Himmel die Liebe zu einem

Mann sie getroffen haben, den sie kaum kannte – wie in einem romantischen Liebesdrama?

Plötzlich überkam sie die Lust zu schreiben, neue Worte zu finden, nur für ihn. Worte, die niemand kannte, die nicht einengten, sondern Freiraum schufen. Sie spürte kleine Risse in den Mauern, die sie um ihr Herz gezogen hatte, spürte, wie diese Festung langsam anfing zu bröckeln. In ihr war Leere, denn Hoffnung und Angst hatten begonnen, sich miteinander zu messen.

Seufzend betrachtete sie die Tomaten in der Papiertüte, als erwartete sie von ihnen Trost. Wenn sie sich schon verlieben musste, dann richtig, mit allem Drum und Dran. Sie wollte sich vor Leidenschaft verzehren, vor Liebe glühen. Sich zögerlich erobern lassen, und sich dann bedingungslos hingeben. Sich halb zu verlieben, das hatte keinen Sinn.

Vielleicht konnte sie erst einmal ganz unschuldig so tun, als ob nichts wäre und abwarten, wie die Schlacht zwischen Angst und Hoffnung ausgehen würde. Sie hatte es buchstäblich vor Augen: Die Hoffnung ganz in Weiß mit zwei riesigen Flügeln, die Angst ein formloses Wesen, das schwarz und klebrig alles durchdrang, was da war.

Einige Minuten versank sie in dieser Vorstellung. Dann seufzte sie erneut. Das sah gar nicht gut aus.

Vielleicht sollten sie erst einmal gemeinsam dieses Rezeptheft suchen.

Während Priscilla über ihre Herzensangelegenheiten sinnierte, marschierte Cesare zu Ernestos Schreibwarenladen. Er hatte fest vor, einen guten Sommerkrimi zu kaufen, als Gegenpol zu Calliope del Topazio. Eine schöne altmodische Kriminalgeschichte, in der die Verbrechen hinter verschlossenen Türen stattfanden.

Doch seine Gedanken waren ganz woanders: bei Priscilla, der Frau, die aussah wie eine düstere Elfe, aber kitschige Liebesgeschichten schrieb. Ein nicht gerade kleiner Gegensatz, wenn man es genau betrachtete. Vielleicht hatte sie sich gerade deshalb an diesem seltsamen Platz in ihm eingenistet: gleich am Eingang zum Ohr, wie ein winziges Insekt. Eines, das ein sehr leises, aber unaufhörliches Geräusch macht. Eine Tinnitus-Frau.

Er schüttelte den Kopf, um das Geräusch loszuwerden. Woher kam bloß dieses unbändige Verlangen, sie lächeln zu sehen? Und warum wusste er so gut, was in ihr vorging? Woher wusste er, dass sie danach dürstete, einen Roman zu leben? Und vor allem: Warum wollte er derjenige sein, der ihr Verlangen stillen durfte?

Cesare lächelte, als er ein seltsames Glück in sich aufsteigen fühlte.

In diesem Moment erklang aus dem Buchladen aufgeregtes Stimmengewirr. Was war diesen Sommer eigentlich los? Er betrat den Laden und blickte erstaunt in ein vollkommen aberwitziges Durcheinander: Sechs wutentbrannte Frauen fuchtelten dem amüsierten Ernesto mit Büchern vor der Nase herum. Romane, deren Cover eine blonde Frau zierte, die Cesare bereits hatte kennenlernen dürfen. Zwar verstand er nicht, worum es ging, doch etwas Vergnüglicheres hatte er selten zu Gesicht bekommen.

»Ich fordere eine Erklärung!«, schrie Irene kampfeslustig.

»Dies hier ist auch ein Buchladen, falls ihr das noch nicht bemerkt habt. Und das da sind Romane, meine Damen. Romane, die sich gut verkaufen, und die ich deshalb im Sortiment habe, wie euch bekannt sein dürfte. Ihr habt ja erst vor zwei Tagen zwei Tüten voll davon gekauft.«

»Das haben wir gemacht, damit du sie nicht mehr verkaufst!«

»Irene, hörst du dir selbst zu? Jetzt beruhig dich mal ...«, versuchte Ernesto, sie zu beschwichtigen.

»Ich beruhige mich überhaupt nicht!«, rief die Frau vollkommen außer sich. Ihr Gesicht war verzerrt, sogar die Wimperntusche verlief.

Ernesto fing Cesares Blick auf, der Mann schien sich von der Schwelle aus köstlich zu amüsieren. Er kannte ihn aus Kindertagen: Das Drama von außen zu betrachten und sich halb totzulachen, das war typisch für ihn. Ernesto hob den Arm zum Gruß, und Cesare grüßte mit einem belustigten Kopfnicken zurück.

»Wenn du mal aufhören könntest, alles so wahnsinnig komisch zu finden ...«, rief Ernesto ihm zu und versuchte, sein eigenes Lachen vor der wutentbrannten Irene zu verbergen.

Wie an einer Schnur gezogen, wandten alle sechs Frauen gleichzeitig die Köpfe, aufgebracht, aber neugierig, wer da wohl hinter ihnen stand. Als sie den Arzt erblickten, beruhigten sie sich augenblicklich, und ihre Wut schlug in schrilles Willkommensgezwitscher um.

»Was kann so wunderschöne Damen denn derart in Rage versetzen?«, turtelte Cesare sogleich los. Übung machte schließlich den Meister.

Hinter der Theke tat Ernesto, als stecke er sich einen Finger in den Hals und müsse sich übergeben. Cesare zwinkerte ihm zu.

»Man behandelt uns hier wie das Allerletzte!«, stieß Irene stellvertretend für alle hervor, eindeutig voller Hoffnung, in dem schönen Dottore einen Verbündeten zu finden.

»Jetzt mal langsam«, verteidigte Ernesto sich.

»Los, gestehe«, witzelte Cesare, »was hast du den schönen Damen hier angetan, du herzloses Ungeheuer?«

Ernesto verdrehte nur die Augen und zeigte auf Irene, als

wollte er die Erklärung ihr überlassen. Diese ließ sich nicht zweimal bitten und erging sich in einer Ausführung darüber, wie zuerst diese undankbare Stückeschreiberin Priscilla Greenwood sie und ihren Buchclub beleidigt hatte, woraufhin die Damen vom Club übereingekommen waren, sämtliche ihrer Romane verschwinden zu lassen und schließlich Ernesto in haarsträubender Dreistigkeit alle Bücher einfach neu bestellt hatte. Eine Unverschämtheit sondergleichen. Ob es denn gar keinen Respekt mehr gab?

Äußerst höflich hörte Cesare sich die Geschichte geduldig an, nickte ernst und verständnisvoll an den richtigen Stellen, während Ernesto ihn kopfschüttelnd beobachtete, mit den Lippen Schimpfwörter formte und sich alle Mühe gab, nicht in lautes Gelächter auszubrechen.

»Das reicht, meine Damen. Jetzt weiß ich, worum es geht. Euer Ärger ist mehr als verständlich. Ich finde es schändlich, dass die besagte Schriftstellerin eure sicherlich hervorragenden Ratschläge nicht in Betracht gezogen hat. Wie konnte sie sich nur erlauben, eure Ideen zugunsten ihrer eigenen zu verwerfen? Eine bodenlose Frechheit«, machte er sich lustig.

Fünf Köpfe nickten überzeugt, nur Irene witterte die hinter den Worten verborgene Ironie.

»Von Ernesto ganz zu schweigen!«, fuhr der Dottore fort und blickte den Buchhändler anklagend an. »Dass er sich auch noch mit weiteren Büchern dieser unsäglichen Signora hat beliefern lassen, obgleich er es doch besser hätte wissen müssen! Ich bin ganz auf eurer Seite und habe auch schon einen Plan.«

»Und welcher wäre das?« Misstrauisch verschränkte Irene die Arme vor der Brust.

»Um euch meine absolute Solidarität zu beweisen, werde ich hier und jetzt alle Romane von Priscilla Greenwood kaufen, die Ernesto schändlicherweise neu bestellt hat.«

Erst hielten die Frauen den Atem an, dann entrang sich ihnen ein kollektiver Seufzer.

Nun hielt Ernesto es nicht mehr aus. Er ließ den Kopf auf die auf der Ladentheke gekreuzten Arme sinken. Und lachte.

17

In Tigliobianco war es tiefe Nacht. Agata schlief, stolz, dass sie Dracula gefunden hatte, Dracula schlief, zusammengerollt neben Elvira, die ihrerseits schlief, mit der Hand auf dem schwarzen Kater. Die Zwillinge schliefen in ihrem Etagenbett, und Margherita schlief, einen Stoffhasen mit langen, weichen Ohren fest im Arm.

Auch Cesare schlief, neben dem Bett ein Berg Liebesgeschichten, und vielleicht hatte er genau deshalb im ersten Morgengrauen einen Traum. Er träumte, dass alle Frauen, mit denen er je zusammen gewesen war, und das waren einige, in einem Ballsaal versammelt standen. Ein Aufmarsch wunderschöner Aschenputtel in Abendkleidern. Doch irgendetwas störte ihn. Zu gerne wäre er dem Zauber ihrer Juwelen, ihrer Augen, ihres Charmes erlegen, doch er verspürte nichts als … Unmut. Vollkommen verwirrt wachte er auf.

Und während er da im Bett lag und draußen das Dorf erwachte, wurde ihm klar, dass alle diese Frauen wunderschön waren, aber keine von ihnen ihm ein prickelndes Geheimnis zur Entdeckung hatte bieten können.

Zerstreut blickte er an die Decke und dachte, dass Priscilla hingegen eine Frau war, in der sich ganze Labyrinthe und verschlungene Wege zu befinden schienen, Türen und Wendeltreppen, von Bücherregalen verborgene Geheimgänge, ein ganzes Zauberschloss. Und sie, sie war im höchsten Turm versteckt, jenseits der tiefsten Gräben, denn – und dessen war sich Cesare sicher – sie hatte Angst, gefunden zu werden.

Seltsam, aber dieser Gedanke stimmte ihn unerwartet glücklich.

18

Einige Tage später war es in Anitas Bar am Morgen ungewöhnlich voll, Grund dafür war die bevorstehende Briscola-Meisterschaft, an der sich fast alle Männer aus dem Dorf beteiligten. Wer nicht spielte, kam wenigstens vorbei, nicht zuletzt, um Neuigkeiten über Vladimiro zu erfahren, denn Don Casimiro war im Morgengrauen ins Krankenhaus gefahren und sollte bald zurück sein.

Zwischen Kaffee und Weißwein plätscherten die Stunden dahin, und die Hitze wurde immer unerträglicher. Gegenüber der Bar saß vor dem *Reich der Köstlichkeiten* das Dreierklübchen, die Damen fächelten sich auf ihren Hockern eifrig Luft zu und ließen die Straße zur Piazza nicht aus den Augen. Für nichts auf der Welt würden sie die Ankunft von Don Casimiro verpassen.

»Seht mal, wer da kommt.« Claretta deutete mit dem Kinn auf Cesare, der leichtfüßig mit einem Buch in der Hand über die Piazza ging. Die anderen beiden folgten ihm mit dem Blick und nickten zufrieden, als sie den hochgewachsenen Dottore erblickten.

Lächelnd hob er die Hand mit dem Buch darin und grüßte.

»Was hat er denn da?« Evelina kniff die Augen zusammen.

»Ein Buch«, antwortete Rosamaria grimmig. »Der jetzt auch noch. Vielleicht isses ja sogar von der Schriftstellerin.«

Die drei grauen Köpfe bekundeten in einer einzigen Bewegung ihren Abscheu. Damit kamen sie weiß Gott nicht klar, mit dieser Schriftstellerin.

Es war tatsächlich ein Buch von Priscilla, das Cesare dabeihatte, und zwar der erste Band, den er sich in der Bibliothek ausgeliehen hatte und den er Amanda nun zurückgeben wollte, schließlich hatte er ja alle Bände bei Ernesto gekauft. Vorher jedoch machte er – wie immer in Tigliobianco – einen Abstecher in die Bar, wo man ihn geradezu jubelnd begrüßte.

»Dottore, wie wär's mit einer Runde Briscola? Na, komm schon, wir spielen hier gerade um die Meisterschaft!«, rief Vittorino und zog einen Stuhl für ihn an den Tisch.

Mit einem Seufzer der Zufriedenheit nahm Cesare Platz. Das war ein Leben! Entspannte Tage ohne Stress, er war weit fort von allem, und niemand erwartete irgendetwas von ihm, außer vielleicht, dass er an einer Briscola-Meisterschaft teilnahm. Er sollte wirklich öfter herkommen.

Einige Tische weiter saßen die Damen vom Buchclub, die den gestrigen Triumph verdient mit Cappuccini und Hörnchen feierten, und musterten Cesare mit Argusaugen: Das Buch, das der Dottore dabeihatte, war das vielleicht eins von der Stückeschreiberin? Tatsächlich?

Irene schnaubte entrüstet, sofort imitiert von ihren Begleiterinnen. Doch nicht von allen: Eine von ihnen hatte beim Auftauchen des schönen Dottore wie immer das Atmen so gut wie eingestellt und hochrote Wangen bekommen.

Ob er ihren Brief gelesen hatte? Ahnte er, dass die Briefe von ihr waren? Sollte sie noch einen schreiben? Sich ihm offenbaren? Ihre Liebe und glühende Leidenschaft gestehen? Oder ihm in eine düstere Gasse folgen und ihn küssen, ehe er wusste, wie ihm geschah? Warum hatte Cesare ein Buch von der Greenwood dabei? Diese Schriftstellerin, die hat uns gerade noch gefehlt, dachte sie und umklammerte mit zitternden

Fingern ihren Cappuccino mit Sojamilch. Sie zwang sich, den Blick abzuwenden, und traf dabei geradewegs auf den aufmerksamen Blick von Agata, die nicht weit entfernt saß und die weichen Ohren von Tramezzino kraulte, der sich allmählich zu einem sauberen, wohlgenährten Hund entwickelte.

Mit ihr am »Kindertisch«, den man guten Gewissen so bezeichnen konnte, saßen Virginia, die Zwillinge und auf dem Boden Margherita, die ohne Punkt und Komma auf Tramezzino einredete. Worum es dabei ging, verstanden wohl nur die beiden, es musste allerdings recht wichtig sein, denn das Mädchen hockte schon eine ganze Weile neben ihm, in ihrem mit Sonnenblumen bedruckten Kleidchen, aus dem ihre pummeligen Beine und die nackten Füße hervorsahen. Die Kleine hasste es, Schuhe zu tragen, und hatte ihre Sandalen irgendwo im Lokal ausgezogen und liegengelassen.

Agata runzelte die Stirn. Warum saß die eine vom Buchclub, diese Laura, warum saß sie da so für sich? Unverhohlen heftete Agata den Blick auf sie, schließlich wollte sie sich als gute Beobachterin nichts entgehen lassen.

Dass sich hier niemand einfach um seinen eigenen Kram kümmern kann, dachte Laura, vor allem nicht der sommersprossige Rotschopf da hinten. Sie senkte den Blick auf ihre Tasse und beobachtete Cesare aus den Augenwinkeln. Er war so wunderschön, und das weiße Hemd hob seinen gebräunten Teint noch hervor. Sie wünschte nichts sehnlicher, als von diesen starken Armen umschlungen zu werden. Vielleicht, ja, vielleicht sollte sie ihm noch einen Brief schreiben ...

Da betraten Agnese und Elvira die Bar, jede mit einer Tüte Auberginen beladen.

»Wo ist Don Casimiro?«, erkundigte sich Agnese.

»Noch nicht zurück«, antwortete Anita, während sie den x-ten Cappuccino des Tages zubereitete. »Setzt euch, dann bringe ich euch was zu trinken. Ist ja eh schon das ganze Dorf hier, dann warten wir eben alle zusammen, er müsste gleich kommen.«

Die beiden setzten sich an einen Tisch neben dem Eingang, so hatten sie die Straße gut im Blick. Elvira tippte Cesare auf die Schulter. »Na, Dottore, Urlaub zu Hause? Ist doch auch ganz schön, oder? Ich habe dir eine Kiste Zucchini aus meinem Garten fertiggemacht. Kannst du dir nachher abholen.«

Cesare lächelte sie an, und Laura durchlief ein Schauder. »Danke, Elvira, das ist sehr nett!«

»He, Liebesdottore«, scherzte Vittorino, als Anita Cesare einen Keks brachte, »du kannst gerne mitspielen, aber wenn du hier nur rumsitzen und dich von allen Frauen verwöhnen lassen willst, dann sag es einfach.«

»Entschuldigung!« Cesare lachte.

»Wie läuft es denn so mit den Frauen?«, zwinkerte Elvio.

»Tja, die Frauen, also …«, raunte Cesare verschwörerisch, und sogleich erschien Priscillas Gesicht vor seinem inneren Auge. Wenn er ihr über die Wange streichen würde, ginge dann ein Alarm los, ähnlich wie im Museum bei einem Kunstwerk, das man berührte? Keine Frau, die er bisher kennengelernt hatte, und auch keine der Frauen, die momentan in Venedig geduldig auf ihn warteten, hatte etwas Derartiges in ihm ausgelöst. In Priscillas Augen verbarg sich ein Magnet.

Laura hatte Elvios Frage natürlich gehört, vor allem auch die Antwort von Cesare. Kerzengerade saß sie da und spitzte die Ohren. Welche Frauen? Wo? Wer genau? Und vor allem: Wie viele?

In diesem Moment war von draußen deutlich das Klappern eines Fahrrads zu hören. Agnese steckte den Kopf aus der Tür und sah den Postboten die Steigung zur Piazza heraufstrampeln.

»Dumbo kommt!«, verkündete sie lauthals.

»Muss doch furchtbar anstrengend sein mit solchen Segelohren auf dem Rad, die flattern ja die ganze Zeit im Wind«, lachte Vittorino. Der Weißwein zeigte langsam Wirkung. Offiziell hieß der Postbote Oreste, doch seine riesigen Segelohren hatten ihm den Namen Dumbo eingebracht, und es gab in ganz Tigliobianco niemanden, der ihn anders nannte.

Seit Kindertagen hasste Dumbo seinen Spitznamen ebenso sehr wie seine Ohren, und zwar aus tiefstem Herzen. Sein ganzes Leben schon litt er unter diesen weit abstehenden übergroßen Hörorganen. Nach und nach hatte er sich traurig in sein Schicksal gefügt und beklagte sich nicht mehr über den Spottnamen, doch tief im Inneren träumte er von zwei wohlgeformten zierlichen Öhrchen.

Außer Atem und mit sonnenverbranntem Gesicht stieg Oreste von seinem Fahrrad und lehnte es an die Mauer der Bar. Bevor er bei dieser Hitze durch das Dorf radelte, wollte er einen schönen Eistee trinken.

»Gebt Dumbo was zu trinken, der Arme fällt gleich tot um!«, rief Elvira, als der Postbote die Bar betrat. Sie musterte ihn und sagte dann kopfschüttelnd: »Warum du aber auch bei diesem Wetter eine Jacke trägst … Ein Schlaufuchs bist du ja nicht gerade.«

»Die Jacke ist doch Dumbos Uniform«, warf Ettore ein, der gerade hereinkam und auf seinen Bruder zuging.

Als Agata ihn sah, schlich sich ein Leuchten in ihre Augen. Er war zweifellos der schönste Mann auf Erden. Und mit einem Mal begriff sie, was da zuvor in Lauras Blick gelegen hatte: Liebe! Laura hatte Cesare mit der gleichen Anbetung angeblickt wie sie soeben Ettore.

Anita stellte einen Zitroneneistee vor Dumbo ab. »Hast du Post für mich?«

»Fast das ganze Dorf ist hier, wenn du gut wirfst, kannst du alles im Sitzen ausliefern«, fügte Elvira grinsend hinzu.

Die prall gefüllte Posttasche stand neben Oreste am Boden, und nun hob er sie auf seine Knie und holte ein Bündel Briefe hervor.

»Elvira, hier habe ich etwas für dich«, er reichte ihr einige Umschläge. »Und außerdem ...«

Plötzlich stand Agata vor ihm. »Soll ich vielleicht die Namen aufrufen? Dann kannst du in Ruhe deinen Tee trinken?«, schlug sie vor.

Oreste war einverstanden.

Agata war sehr stolz auf ihre neue Aufgabe und fing an, das Bündel durchzusehen.

In Sekundenschnelle standen die Zwillinge neben ihr.

»Dürfen wir dir helfen?«, bettelte Andrea.

»Meinetwegen. Ich rufe die Namen auf, und ihr bringt den Leuten die Post, okay?«

Die beiden Blondschöpfe nickten begeistert.

»Dieser hier ist für Anita«, fing Agata an.

Die Zwillinge rannten mit dem Umschlag hinter die Theke: »Tut uns leid, ist eine Rechnung!«

»Dieser hier für Evelina, die sitzt mit den anderen beiden draußen. Wartet mal, vielleicht hab ich auch was für die ... Wer ist Amaranta Viola?« rief Agata und warf einen misstrauischen Blick auf den Umschlag in ihrer Hand. Jemanden mit diesem Namen kannte sie nicht, und so drehte sie den etwas abgegriffenen Umschlag unschlüssig in ihren Händen hin und her.

»Amaranta ist die alte Penelope«, erklärte Agnese.

»Der Brief kommt aus Amerika.«

Plötzlich war es totenstill. Alle Augen waren auf Agata und den Umschlag in ihren Händen gerichtet. Man konnte sogar Tramezzino unter dem Kindertisch schnarchen hören.

»Was ist los?«, erkundigten sich Tobia und Andrea, denen die Erwachsenen einfach ein Rätsel waren.

»Ja, das wüsste ich auch gerne«, meinte Agata. »Kann Penelope etwa keine Briefe bekommen, oder was?«

»Gib mal her.« Elvira streckte die Hand aus. »Kommt aus einem Ort namens Wisconsin«, las sie vor und blickte in die Runde.

Jetzt richtete Oreste sich auf seinem Stuhl auf. »Das reicht jetzt. Ich hab's geahnt. Gib mir die Briefe wieder!«

»Sei still, Dumbo!«, wies Elvira ihn zurecht. Sie dachte gar nicht daran, den Brief herzugeben. »Verstehst du denn gar nichts?«

»Wir verstehen hier auch nichts!«, beschwerte sich Tobia, für den Geduld mit seinen sechs Jahren noch immer ein Fremdwort war.

»Dann lebt die alte Penelope also noch?«, wollte Cesare wissen.

»Natürlich! Sie lebt so vor sich hin und wartet«, meinte Anita.

»Kann uns mal jemand erklären, worum es geht?«, empörte sich Agata.

Agnese richtete sich auf dem Stuhl auf. »Als sie jung war, hieß die alte Penelope Amaranta«, begann sie. »Später haben dann alle hier im Dorf sie Penelope genannt, weil sie immer darauf wartete, dass ihr Liebster zurückkommt. Wie die Penelope von Odysseus.«

»Ich weiß, wer Penelope ist«, warf das Mädchen ein.

»Fein. Na ja, als Amaranta so zwanzig war, da war sie verlobt mit einem, der hieß Francesco. Sie hat ihn über alles geliebt, doch eines schrecklichen Tages ist er ab nach Amerika. Er wollte da Arbeit suchen und sie holen kommen, wenn er ein bisschen was angespart hätte.«

»Und er ist nie zurückgekommen?«, fragte Virginia, jetzt mit Margherita auf dem Schoß.

»Nie«, antwortete Agnese. »Am Anfang schrieb er noch Liebesbriefe, schrieb, wie sehr sie ihm fehlte, und dass er es gar nicht abwarten könnte, sie wieder in seine Arme zu schließen. Aber nach und nach wurden die Briefe weniger, und die Liebe wohl auch, und irgendwann kam dann gar nichts mehr. Francesco ist verschwunden, und weder Amaranta noch irgendwer sonst hat jemals wieder etwas von ihm gehört.«

»Oh nein«, flüsterte Agata. »Ist ihm was passiert?«

»Das weiß keiner. Amaranta hat nie aufgehört, auf ihn zu warten – und ist geworden wie Penelope. Aber im Gegensatz zu Odysseus ist er nie wiedergekommen. Seit siebzig Jahren nicht.«

»Wir wissen doch alle, dass er eine hübsche Amerikanerin gefunden und Penelope vergessen hat! Nur sie will nicht daran glauben«, warf Vittorino ein.

Virginia überlegte. »Dann könnte dieser Brief ja …«

»Von dem Halunken Francesco dell'Aglio sein!«, brachte Elvira es wieder einmal auf den Punkt.

Im Raum war es nun mucksmäuschenstill. Man hätte eine Stecknadel fallen hören können. Es war einer dieser seltenen Momente, in denen alles offen war, in denen eine Geste, ein Atemzug ein ganzes Leben verändern konnten. Und immer ging diesen besonderen Momenten Totenstille voraus.

In Anitas Bar, wo das ganze Dorf auf den verspäteten Don Casimiro wartete, senkte sich ein solcher Moment zwischen Kaffeetassen und Weingläsern herab.

Er dauerte keine Minute. So rasch konnten Entscheidungen getroffen werden, die, aus der Ferne, aus einem anderen Moment betrachtet, mehr als nur ein Leben verändern konnten.

Und diese Entscheidung traf Agata. Ein zwölfjähriges Mädchen mit einem unordentlichen karottenroten Zopf. Sie sagte nur vier Worte.

»Das können wir nicht.«

Das war alles. Es hätte heißen können: Das können wir nicht machen, wir können nichts machen, wir können nichts dagegen tun, uns nicht in Penelopes Leben einmischen, wir können nicht gegen das Schicksal ankämpfen. Alle in der kleinen Dorfbar wussten, dass es nicht diese Art von »Das können wir nicht« bedeuten sollte.

Sondern eigentlich das Gegenteil. Agata hatte soeben ausgesprochen, dass sie an diesem Morgen, an diesem Ort, das Schicksal nicht allein entscheiden lassen durften.

Anita reagiert als Erste: »Gib mir den Brief.«

»Du rührst ihn nicht an!«, befahl Dumbo, stand auf und hielt Elvira, die den Umschlag noch umklammert hielt, die geöffnete Hand hin.

Da erhoben sich alle Männer, außer Cesare, vom Briscola-Tisch, und drei von ihnen drückten den bemitleidenswerten Postboten energisch auf seinen Stuhl zurück.

»Das könnt ihr nicht machen!«, rief Dumbo, in Verteidigung seines Amtes und der Privatsphäre seiner Kunden. Vergeblich.

»Gib mir den Brief«, wiederholte Anita. Elvira bahnte sich einen Weg durch die Tische zu ihr.

»Ettore, wenigstens du!«, bat Oreste kläglich.

»Der Brief wird gelesen«, entgegnete Ettore. »Penelope ist über neunzig, das Letzte, das sie zu Gesicht bekommt, sollte nicht ein unheilvoller Brief sein. Das Risiko können wir nicht eingehen.«

»Aber ...«

»Nichts aber. Als behandelnder Arzt von Penelope habe ich

162

das Recht, ja, die Pflicht, das Wohlbefinden meiner ältesten Patientin im Blick zu haben.«

»Bravo, Bruderherz!«, rief Cesare. »Kannst es kaum erwarten. So gefällst du mir!«

»Aber wir können den Umschlag doch nicht einfach aufreißen«, gab Agnese zu bedenken.

Agatas Augen leuchteten: »Wir könnten ihn mit Wasserdampf öffnen, das machen sie in Filmen auch immer«, schlug sie begeistert vor.

»Ich setze Wasser auf«, verkündete Anita prompt und ging in die Küche.

Kurz darauf standen alle um einen Topf mit kochendem Wasser versammelt. Anita hielt den Umschlag in den Dampf darüber.

»Funktioniert das denn?«, wollte Tobia wissen, dessen Kopf unter Anitas Armen auftauchte.

Es dauerte gut zwanzig Minuten, und in diesen zwanzig Minuten geschahen drei Dinge.

Erstens nutzte Laura das allgemeine Durcheinander, um sich neben Cesare zu schleichen, dort tief einzuatmen und ihm dann einen rosa Brief in die Tasche zu stecken.

Zweitens beobachtete Agata Laura dabei.

Drittens kam Don Casimiro endlich, und zwar genau in dem Moment, als Anita den mittlerweile nahezu durchfeuchteten Umschlag öffnete. Niemand hatte mehr an den Pfarrer gedacht, der plötzlich in das allgemeine Durcheinander rief: »Was ist denn hier los?«

Dutzende von schreckensgeweiteten Augen blickten ihn an. Auf frischer Tat vom Pfarrer ertappt, Halleluja!

Schließlich brach Agnese das schuldbewusste Dorfschweigen: »Don, ganz im Ernst: Hölle hin oder her, diesen Brief, den lesen wir jetzt.«

Fünf Minuten später war der Pfarrer über den Plan informiert, Besserung war gelobt und die Gemeinde darüber informiert, dass Vladimiros Genesung voranschritt und er bald nach Hause kommen würde. Anita setzte sich an einen Tisch, mehr als ein Dutzend Köpfe beugten sich über sie, und sie las laut vor:

Amaranta,

ich schreibe dir diesen Brief, weil ich bald sterben werde und nicht in der Hölle schmoren will.

Seit meinem letzten Brief sind mehr als siebzig Jahre vergangen, und ich weiß gar nicht, ob du noch lebst, aber bevor es mit mir zu Ende geht, muss ich dir etwas sagen. Ich habe mich hier in Wisconsin in eine andere Frau verliebt. Wir haben geheiratet und drei Kinder bekommen, mittlerweile haben wir acht Enkelkinder und neunzehn Urenkel. Vielleicht hätte ich es dir früher sagen sollen, aber du weißt ja, wie es im Leben zugeht. Verzeih.

Dein Francesco

»Ende.« Anita schluckte.

»Ende? Das war's?« Virginia konnte es kaum glauben. »Penelope wartet seit siebzig Jahren und er ... Ist das alles?«

»Ich hab schon immer gesagt, dass er ein Lump ist«, zischte Vittorino, der Francesco gut gekannt hatte.

Agata war außer sich. Was war das denn für eine Geschichte? Sie wusste, dass Geschichten nicht so enden. Es musste doch ein schöneres Ende geben, musste doch andere Worte geben, die zu einem glücklicheren Ende führen würden.

»Dieser Brief darf keinesfalls ausgehändigt werden«, überraschte Don Casimiro sie alle.

»Sogar der Pfarrer mischt dabei mit«, jammerte Oreste. »Ich muss diesen Brief aushändigen, versteht ihr das nicht?«

»Vielleicht ja nicht genau diesen …«, murmelte Agata.

»Was hast du gesagt?«, wollte Elvira wissen.

»Ich meine, dass er durchaus einen Brief austragen kann, aber es muss ja nicht *dieser* sein. Es könnte doch ein schöner Brief sein. Einer, der Penelope glücklich macht.« Mehr als ein Dutzend Augenpaare blickten sie gespannt an.

»Wir können das Ende der Geschichte doch verändern, oder? Das können wir doch?«, rief sie mit aller Hoffnung, die eine Zwölfjährige aufbringen konnte.

Elvira und Agnese nickten sich mit einem stolzen Lächeln zu.

»Sehr gut, Kleine, das ist eine wunderbare Idee!«

»Wir sollen einen anderen Brief in den Umschlag schmuggeln?«, raunte Cesare, dessen Herzschlag sich spürbar beschleunigte.

»Aber wie? Wer von uns kann denn aus dem Stegreif einen Brief schreiben, der über siebzig Jahre schmerzvollen Wartens hinwegtröstet?«, gab Anita mutlos zu bedenken.

»Von uns kann das keiner, aber vielleicht …« Der Dottore zwinkerte Agata zu.

»Die Schriftstellerin!«, schrie das Mädchen. »Priscilla! Priscilla kann das!«

»Ich warne euch«, ergriff nun Oreste das Wort, der sich nicht von seinem Stuhl erheben konnte, »wenn ihr einen anderen Brief in den Umschlag steckt, einen falschen, dann zeige ich euch an. Und zwar alle, auch die Kinder!«

»Krass!«, begeisterten sich die Zwillinge.

Da stand Cesare auf und ging mit langsamen Schritten auf den Postboten zu.

»Dumbo, Dumbo, Dumbo«, sagte er und schüttelte den Kopf. »Diese Ohren sind wirklich ein Fluch, oder? Ich wette, dass sie dich schon dein ganzes Leben lang stören.«

Oreste sah ihn stumm an.

»Ich meine, es ist doch bestimmt schlimm, schon seit Kindertagen immerzu gehänselt zu werden, Spottnamen und Streiche zu ertragen … Stell dir vor, du wachst eines Tages auf, und deine Segelohren sind weg.«

Oreste war wie vor den Kopf geschlagen. Was redete der Typ denn da?

Ettore ließ, direkt am Tisch daneben, sein Gesicht in die Hände sinken. Meinte sein Bruder das ernst? Nur Cesare konnte versuchen, den Postboten mit einer Gratis-Schönheitsbehandlung zu bestechen.

»Genau dafür könnte ich sorgen. Ich kann deine Segelohren in normale kleine Öhrchen verwandeln, in Nullkommanichts. Und danach wird dich nie wieder irgendjemand Dumbo nennen. Also, wenn du uns diesen Brief schreiben lässt, dann hättest du schon bald neue Ohren! Du würdest diesen Brief ausliefern, der eine Frau überglücklich machen wird. Was ist, hast du denn kein Herz? Oder sowas wie Moral?«

Und Oreste wurde schwach. »Na gut, dann schreibt halt diesen dummen Brief, wenn euch das so wichtig ist!« Im darauffolgenden Jubel hörte man den Postboten murmeln: »Und dass sie auch ja perfekt werden, meine neuen Ohren.«

Cesare war zufrieden mit seinem Einsatz und klopfte dem Mann freundschaftlich auf die Schulter. Das war geschafft.

»Dann gehen wir jetzt zu Priscilla und fragen sie, ob sie den Brief schreibt?« Agata war überglücklich.

Anita ergriff das Wort: »Ich mache die Bar jetzt zu, und wir gehen alle zur Villa Edera. Nehmt auch den Hund mit.«

Die Menge ergoss sich auf die Piazza, misstrauisch von dem Dreierklübchen beäugt, das dort auf drei Hockern saß und das Dorf kontrollierte. Nichts war ihren aufmerksamen Blicken je entgangen.

Nichts – außer dieses eine Mal, als in einer schlichten Bar voller Kaffeetassen und mit einem schlafenden Hund unterm Tisch entschieden wurde, ein Schicksal umzuschreiben.

Wodurch sehr zufällig – aber genau so ging es im Leben zu – der Weg zweier weiterer Schicksale ebenfalls eine Wendung erfuhr.

19

Und nun standen sie alle miteinander vor dem Tor der Villa Edera, auch Dumbo, der zwar ein schlechtes Gewissen hatte, sich aber auf seine hübschen neuen Ohren freute und wissen wollte, wie die Geschichte weiterging.

»Gehen wir jetzt rein, oder wollt ihr hier Wurzeln schlagen?«, rief Agata und drückte das Tor zum Anwesen auf.

Sie konnte es gar nicht erwarten, Priscilla alles zu erzählen und ihr beim Schreiben zuzusehen. Ganz sicher würde Priscilla wissen, wie der alten Penelope zu helfen war.

Dem zwölfjährigen Mädchen, dem halb Tigliobianco durch den herrschaftlichen Garten folgte, ging in diesem Moment das erste Mal auf, dass es manchmal eine Lüge brauchte, um die Wahrheit ertragen zu können. Penelopes Leben würde in neuem Glanz erstrahlen, ein samtener Schimmer würde an die Stelle der bisherigen Dunkelheit treten. Süße Trauer an die Stelle quälender Pein. Und all der vergangene Schmerz würde an Grausamkeit verlieren. Kummer hätte Penelope immer noch, doch er wäre erträglich und weniger demütigend. Agata wusste, dass der neue Brief Penelopes Leben wieder mit einem Sinn erfüllen würde. Nicht mehr und nicht weniger.

Priscilla saß auf dem Balkon und schrieb, als sie plötzlich lautes Stimmengewirr und Fußgetrappel hörte.

»Glaubt ihr, sie wird wütend, wenn wir da alle zusammen reinplatzen?«

»Ich glaube schon.«

»Bird sie bütend?«

»Nein, ich glaube nicht.«

»Seid ihr sicher, dass sie sowas schreiben kann? Ich meine, so richtig gut?«

»Wenn nicht sie, wer dann?«

»Wenn sie's nicht macht, können wir den Brief auch direkt so ausliefern, wie er ist.«

»Sie kann das!«

»Und wenn sie nicht will?«

»Dann überzeugen wir sie.«

»Vielleicht können wir sie bezahlen. Hat jemand Geld dabei?«

»Die verkauft ihre Bücher auf der ganzen Welt. Über die paar Kröten, die wir hier zusammenkratzen, lacht die sich doch tot.«

»Wahrscheinlich.«

»Wer fragt sie denn?«

»Wir müssen ihr auf jeden Fall die ganze Geschichte erzählen. Also die von Penelope. Sonst hält sie uns für verrückt und lässt sich nicht in die Sache reinziehen, ist ja sogar illegal, ist das.«

»Dann erzählen wir ihr alles, von A bis Z!«

»Pass doch auf, du trittst auf die Gladiolen!«

»Die Zwillinge sind schon vor mir draufgetreten.«

Priscilla, die gerade mit den Ellbogen an der Brüstung lehnte, traute ihren Ohren kaum. Was zum Teufel …

Schon im nächsten Moment bahnte sich eine Schar Menschen unterschiedlichsten Alters einen Weg zwischen Hortensien und Magnolien hindurch und blieb dann unter ihrem Balkon stehen. Zwischen Akazie und Magnolie.

»Ist das so eine Art ein Überfall?«, fragte Priscilla lächelnd.

»Irgendwie schon«, brummte irgendwer.

»Mehr oder weniger …«

Da ergriff Anita das Wort: »Was redet ihr denn da. So verschreckt ihr sie nur.«

»Es ist kein Überfall, das schwören wir!«, versicherte Elvira.

»Dürfen wir bitte reinkommen?«, bat Agnese. »Wir müssen Sie etwas fragen.«

»Ob Sie einen Brief für uns schreiben«, meinte Vittorino.

»Wir wollten ihr doch die ganze Geschichte erzählen und erst dann fragen«, stöhnte jemand auf.

»Es geht um Leben und Tod!«, rief Agata.

Priscilla hatte noch nie von einer Geschichte gehört, die eine Frage um Leben und Tod war, außer bei Scheherazade in *Tausendundeine Nacht.*

»Die Tür ist offen«, hörte sie sich selbst sagen.

Gleich darauf stand die ganze Schar in ihrem Wohnzimmer, außer Margherita, die auf dem Boden hockte und ihre Sandalen von sich warf.

Cesare war natürlich auch mitgekommen. Er musterte Priscilla schmunzelnd. Ob sie zustimmen würde? Und wenn ja: Was würde sie sich ausdenken?

Als sich ihre Blicke trafen, machte Priscillas Herz einen kleinen Sprung, hier, in aller Öffentlichkeit. Verschämt wandte sie ihren Blick ab und straffte sich, recht geschickt, wie sie fand.

»Dann erzählt mal«, forderte sie. Und Agata erzählte.

***

Die Einzigen, die es nicht einmal im Traum zur Villa Edera zog, waren die sechs Damen vom Buchclub. Von Anita vor die Tür gesetzt, saßen sie nun pikiert auf den Bänken der Piazza.

»Jetzt wird die noch zur Nationalheldin gekürt, wartet's ab. Wahrscheinlich benennen sie eine Straße nach ihr.«

Die sechs hatten bereits eine lange, grimmige Diskussion mit dem Bürgermeister vor Augen, als Laura plötzlich in Tränen ausbrach. Fünf Köpfe wandten sich dem verzweifelt schluchzenden sechsten überrascht zu.

»Was ist denn los?«, fragte Lovisa sanft.

»Laura, warum weinst du?«

Irene tippte ihr auf die Schulter. »Jetzt sag schon, was ist passiert? Man heult doch nicht einfach so los!«

»Ist es, weil alle zur Greenwood gegangen sind, nur du nicht?«

»Ich hasse siiie«, schluchzte Laura.

»Ja gut, wir auch, aber weinen hilft ja nichts.«

»Ihr versteht das niiicht ...«

»Also wirklich. Was denn genau?«, mäkelte Irene ungeduldig, die eindeutig nicht über krankenschwesterliches Gespür verfügte.

Vielleicht fürchtete Laura Irenes Zorn, vielleicht gab sie auch bloß einem Moment der Schwäche nach, aber plötzlich senkte sie die Hände, hob das tränenüberströmte und mascaraverschmierte Gesicht und stieß heiser hervor: »Ich liebe ihn so sehr!«

»Aha«, meinte Lovisa. »Aber wen denn bloß?«

Das war der traurige Moment, in dem Laura den Freundinnen von ihrer quälenden ewigen Liebe für Dottor Cesare Burello erzählte, seines Zeichens Schönheitschirurg auf Heimaturlaub.

Die bestürzten Freundinnen quittierten die Offenbarung der bemitleidenswerten Laura jedoch mit einigen Minuten eisigen Schweigens, was dazu führte, dass die in Liebe Entbrannte sich wünschte, niemals ein Wort darüber verloren zu haben.

Eigentlich wollten alle bloß wissen, wie Irene darüber

dachte. Solange die sich nicht äußerte, wussten die anderen nicht, wie sie sich verhalten sollten. Also warteten sie schweigend ab, während Laura sich mit dem Rocksaum die Nase abwischte.

Irene ihrerseits war ratlos. Einerseits fand sie es vollkommen unangebracht, dass ein so trübes Wässerchen wie Laura auch nur ansatzweise davon träumte, bei diesem Mann, sicherlich dem schönsten weit und breit, punkten zu können. Anderseits war Laura eine von ihnen, sie war einfach zu lenken und zu kontrollieren, die Schriftstellerin hingegen war der Feind Nummer eins. Irene steckte in der Zwickmühle: Was war das kleinere Übel? Dass Laura glaubte, auf Augenhöhe mit Cesare Burello zu sein, oder dass die Stückeschreiberin ihn kriegte? Das war wahrlich eine Bredouille.

Priscilla schwieg – anders als die Buchclub-Damen – nur kurz und genoss den angenehmen Schauder, der sie, wie bei jeder guten Geschichte, durchlief.

Dann murmelte sie: »Das ist doch Miss Havisham ...«

»Und wer soll das sein? Eine Freundin?«, warf Claretta als Frage in den Raum.

Priscilla lächelte. »Eine Figur aus einem Roman von Dickens, *Große Erwartungen*. Miss Havisham wird bei ihrer Hochzeit sitzengelassen, schließt sich daraufhin noch in ihrem Hochzeitskleid zu Hause ein und legt dieses jahrelang nicht ab. Insekten machen sich über ihr Hochzeitsbankett her, das mit der Zeit verwest.«

»Das ist ja widerlich.« Agata erschauderte. Aus Liebe ein ganzes Bankett vor die Hunde gehen zu lassen, das war doch Irrsinn.

Priscilla musste nicht lange überlegen. »Dann lasst uns diesen Brief schreiben«, rief sie in die Runde.

»Ich wusste es, ich wusste es!«, triumphierte Agata, während alle Anwesenden die Schriftstellerin umringten und versuchten, ihr wohlwollend auf die Schulter zu klopfen.

»Okay, okay, Ruhe jetzt erst mal, eine halbe Stunde müsst ihr mir schon geben, in Ordnung?«

Gespannt nickten alle.

»Wir warten.«

»Natürlich warten wir.«

»Dumbo, du hattest doch sonst nichts zu tun, oder?«

»Ich wollte sagen«, versuchte Priscilla es noch einmal, »dass ihr leise sein müsst. Wie soll ich aus dem Stegreif einen Brief schreiben, wenn ihr alle gleichzeitig auf mich einredet?«

»Da hat sie wohl recht«, sagte irgendwer.

»Stimmt ...«, warf jemand anderes ein.

»Dann sind wir also jetzt alle mucksmäuschenstill«, rief Agnese.

»Ja, mucksmäuschenstill. Wir gucken nur zu«, meldete sich eine neue Stimme zu Wort.

»Nein, bitte nicht zugucken!«, wehrte Priscilla ab. »Ihr bleibt hier oder sonst irgendwo im Haus oder im Garten, ich gehe auf den Balkon, allein, und schreibe den Brief. Aber seid leise, einverstanden?«

»Leise«, flüsterte Elvio den anderen zu. »Psssst ...«

»Wenn es dir nichts ausmacht, putz ich mal durch deine Küche. So mit den Händen im Schoß, das ist nichts für mich«, brummte Elvira.

»Wir könnten doch Pasta für alle machen?«, schlug Dumbo vor.

»Nun hör sich den einer an. Jetzt hat er auch noch Hunger ...«

Die Frau des Hauses versuchte erneut, die Aufmerksamkeit auf sich zu ziehen: »Ihr könnt machen, was ihr wollt«, ergriff sie das Wort, »ihr müsst mich nur eine halbe Stunde allein lassen. Kocht Pasta, fegt Blätter zusammen, aber stört mich nicht.« Kurz darauf waren alle – mehr oder weniger – verschwunden. Priscilla kehrte auf ihren Balkon zurück, band sich das Haar zusammen und dachte nach.

Virginia und die Kinder unterhielten sich lebhaft, aber leise unter der Akazie, und Cesare und Agata saßen in andächtigem Schweigen auf einer Steinbank unter der Magnolie. Sie blickten beide nach oben. Um genau zu sein: auf Priscillas zu drei Vierteln abgewandten Nacken.

Agata dachte, dass es in Tigliobianco noch nie etwas so Unglaubliches wie Priscilla gegeben hatte. Es war ihr egal, dass die Schriftstellerin nur Liebesromane schrieb, sie war trotzdem eine großartige Frau. Agata konnte es kaum erwarten zu lesen, was Priscilla sich ausgedacht hatte.

Cesare dachte mehr oder weniger das Gleiche, stellte sich jedoch zudem eine nicht unwichtige Frage: Wie es wohl wäre, sich über diesen Nacken zu beugen, mit den Lippen darüber zu streichen, eine Reihe zarter Küsse darauf zu tupfen und schließlich ein wenig daran zu knabbern?

Nun ja, diese Frau brachte ihn vollkommen durcheinander, das war nicht zu leugnen. Davon abgesehen, hatte sie sich mithilfe irgendeiner Magie in seinem rechten Ohr eingenistet. Und dort summte und brummte sie. In einer schlechten Mischung aus kratzig und weich. Außerdem hatte ihn noch nie irgendjemand mit einer Romanfigur verglichen, auch das hatte einen ganz eigenen Charme. Er hatte den Eindruck, dass sie von undurchdringlichen Mauern umgeben war, Mauern, die sie selbst errichtet hatte, und es spornte ihn an, einen Zugang zu ihr zu finden. Wie überwand man solche Mauern? Wie erreichte man das Zimmerchen im höchsten Turm?

Zurückgelehnt auf der schattigen Bank, rief Cesare sich

seine bisherigen Eroberungsstrategien ins Gedächtnis. Allesamt viel zu banal für diese Greenwood.

Agatas Stimme riss ihn aus seinen Gedanken. »Hörst du mir zu?«

»Was? Entschuldige ...«

»Ich habe gesagt, dass da was in deiner Hosentasche steckt. Ich glaube, Laura hat einen Zettel reingeschoben.«

Cesare stand auf, tastete die Hosentaschen ab und zog schließlich aus der rechten einen rosafarbenen Zettel hervor.

»Sag ich doch. Was ist das?«, fragte der karottenrote Schopf und beugte sich über das Papier.

Du bist mein Leben. Unter deinem Blick entflammt mein Körper, deine Hände erwecken mein Feuer.

»Wow«, rief das Mädchen.

Cesare musste die Nachricht mehrmals lesen. »Wer hat mir das in die Tasche gesteckt?«, fragte er verwundert.

»Laura. Eine aus dem Gefolge von Irene. Die vom Buchclub. Weißt du, wen ich meine?«

Cesare überlegt kurz. Und staunte. Dann war es also die kleine graue Maus Laura, die ihm diese Briefchen schrieb.

»Und was willst du jetzt machen?«, erkundigte Agata sich.

»Keine Ahnung«, antwortete er.

»Aber das musst du doch wissen, du bist schließlich erwachsen!«

Cesare sah sie an. »Glaubst du, Erwachsene wissen immer, was zu tun ist?«

»Meine Mamma schon.«

»Mammas vielleicht. Ich nicht.«

»Aha«, murmelte Agata. »Dann hast du jetzt ein Problem. Magst du Laura?«

»Nein, nicht wirklich. Sie ist überhaupt nicht mein Typ.«

»Ich mag sie ehrlich gesagt auch nicht.« Und dann nahm das Mädchen ihren Mut zusammen. »Wen magst du denn?«

Ohne nachzudenken, hob Cesare den Blick zum Balkon.

»Stimmt.« Agata lächelte wissend.

»Wie würdest du ein kleines Insekt anlocken?«, fragte Cesare. Kinder hatten ja manchmal erstaunliche Ideen.

Agata schien sich noch nicht einmal über die Frage zu wundern. Sie dachte kurz, aber ernsthaft nach. »Mit Licht, wenn es eine Motte oder eine Mücke ist. Oder mit etwas Süßem vielleicht? Man sagt doch, dass man mit Honig Fliegen fängt, oder? Oder mit Blumen? Die ziehen doch Bienen und Schmetterlinge an.«

»Licht, Süßigkeiten und … Blumen«, murmelte Cesare, während in seinem Kopf langsam ein Plan Gestalt annahm.

Blumen für Priscilla Greenwood? Zu einfallslos, möglicherweise. Aber wenn es ganz bestimmte waren? Nachdenklich kratzte Cesare sich am Bart.

In diesem Moment stand Priscilla auf und verkündete: »Der Brief ist fertig.«

Amaranta, meine Liebste,
Schmetterling und Nachtvogel, Schatten und Samt, Welle
und Netz, all das bist du, Amaranta.

In deinen Armen habe ich mein Leben verbringen wollen,
an deine Seele gebettet. Und habe verzweifelte Schreie gen
Himmel und an Gott gesandt, die mir dies verwehrt haben.

Meine Amaranta, Spiegel, Mond und Muschel. Kein Tag
ist vergangen, an dem ich nicht an deine Lippen, den zarten
Schwung deines Nackens, deine samtene Wange an meiner
Hand, dein weiches Haar zwischen meinen Fingern gedacht
habe.

Ich mag verschwunden sein für dich, Amaranta, nicht aber meine Liebe zu dir. Ich war eingesperrt, bin tausend Male ertrunken, verbrannt, zum Geist geworden. Alle Worte habe ich verloren.

Nichts kann die dahingegangenen Jahre ungeschehen machen. Doch bevor ich für immer gehe, stelle ich mich dem Schicksal entgegen und sende dir diese meine letzten Worte.

Für dich werfe ich die Ketten ab, die mich siebzig Jahre lang gefangen hielten, befreie mich von der Scham und spreche zu dir, denn ich möchte nicht, dass das letzte Geräusch zwischen uns die Stille ist. Diese dröhnende Stille, die jahrzehntelang zwischen uns herrschte.

Nun bin ich alt, Amaranta, und ich erinnere mich an ein in hellem Glanz leuchtendes Mädchen. Nur diese Erinnerung an dich, die Hoffnung, dich noch einmal berühren zu dürfen, hat mich am Leben gehalten, während ich wartete. Wartete und mich nach dir verzehrte.

Ich erzähle nicht, erkläre nicht, bitte nicht um Verzeihung, die ich nicht verdiene. Aber nun, am Ende meiner Tage, biete ich dir meine Liebe dar, eine Liebe, die mich nie verlassen hat auf dem Weg, der von dir fortführte.

Amaranta, wenn die Flamme dieser Liebe dich noch wärmen kann, lege ich sie dir zu Füßen, wie ich es jeden Tag meines Lebens hätte tun wollen.

Nicht fehlende Erinnerung hat mich fern von dir gehalten, sondern Ketten. Ketten, die mir Wunden rissen an Seele, Herz und Armen.

Nichts in diesem Leben vermochte so tief in mich zu dringen wie die Erinnerung an dein strahlendes Lächeln.

Priscilla senkte das Papier und blickte auf ihr kleines schweigendes Publikum.

»Und?«, fragte sie ungeduldig. Sie war sehr stolz auf sich.

»Na ja«, meinte Cesare, »mal davon abgesehen, dass kein Mann aus Fleisch und Blut je so etwas schreiben würde, geht der Brief in Ordnung.«

»Dann solltet ihr das aber mal lernen«, wetterte Anita.

»Wunderschön.« Agnese wischte sich eine Träne von der Wange.

»Ja, wirklich«, fand auch Virginia. »Jetzt müssen wir ihn ihr nur noch überreichen. Machst du das, Dumbo?«

»Ihr dürft mich jetzt nicht mehr Dumbo nennen«, beschwerte sich dieser.

»Ja ja, aber noch hast du die neuen Ohren ja nicht.« Elvio zog ihm am Ohr. »Wir haben hier gerade eine Art Wunder vollbracht, du läufst jetzt einfach los und gibst ihr diesen Brief, Und das Wunder für deine Ohren, das vollbringt dann der Dottore. Na los, worauf wartest du noch?«

Anita wollte den Brief schon in den Umschlag stecken, als Agata plötzlich aufsprang: »Stopp!«

»Was ist denn jetzt noch?«, erkundigte Priscilla sich.

»Der Brief ist doch mit der Handschrift einer Frau geschrieben!« All die Kriminalromane mussten schließlich zu irgendetwas gut gewesen sein.

»Aber Penelope ist doch fast hundert Jahre alt, ob sie das überhaupt merkt?«, gab Virginia zu bedenken.

»Wer A sagt, muss auch B sagen«, entschied Elvira. »Dottore, schreib du das!«

»Welcher? Ich oder mein Bruder?«, fragte Ettore.

»Egal.«

»Gebt mir Papier und Stift«, ergriff Cesare das Wort.

»Was für eine Ehre …«, frotzelte Priscilla mit einem Lächeln.

»Sei still, du Schreiberseele.« Cesare gab ihr neckisch einen Klaps auf die Hand.

Priscilla blickte auf seinen Handrücken, dann in seine Augen und begann laut zu lachen.

»Morgen gehen wir gemeinsam das Rezeptheft suchen«, flüsterte er ihr zu.

Stumm gab sie ihr Einverständnis. Und ihr wurde klar, dass sie sich damit auch mit noch ganz anderen Dingen einverstanden erklärte.

20

Der Brief wurde also von einem glücklichen Dumbo ausgetragen. Daraufhin legte sich bleierne Erwartung über das Dorf, die alle Geräusche zu dämpfen schien. Sogar die Zwillinge senkten die Stimmen, wenn sie zögerlich an Penelopes Haus vorübergingen.

Doch nichts geschah. Tagelang regte sich nichts am Haus, kein Laut drang heraus, und das Warten wollte kein Ende nehmen. In der flirrenden Sommerhitze fragten sich alle dasselbe: Was, wenn tatsächlich nichts passieren würde? Nach all den Mühen – der Erpressung von Dumbo, dem Wasserdampf, mit dem sie den Umschlag geöffnet hatten, dem neuen Brief von Priscilla – sollte das alles für die Katz gewesen sein? Das war doch nahezu unmöglich.

Was Penelope in der unendlichen Einsamkeit ihres Hauses wohl dachte und tat? Darüber rätselten sie alle, es war ein die Luft durchtränkendes Geheimnis, welches sich mit dem des verschollenen Rezeptheftes von Luisa und ihrer Suprema verflocht.

Nur zwei Leute schienen keinen Sinn für die allgemeine Aufregung zu haben: Cesare und Priscilla. Cesare war mit dem Lesen von Priscillas Romanen beschäftigt und amüsierte sich köstlich. Außerdem brütete er noch über das, worüber er das erste Mal auf einer Bank in der Villa Edera nachgedacht hatte. Und Priscilla schrieb ihre neue Geschichte.

Bei all dem nicht zu vergessen: die Suche nach dem Rezeptheft. Priscilla und Cesare streiften tagelang durch das Dorf, überlegten hin und her.

Die neue Nähe zwischen den beiden war nicht unbemerkt geblieben, vor allem nicht vom Dreierklübchen. Mindestens dreimal täglich verkündete Claretta:»Hab ich's doch gesagt, gesagt hab ich's. Oder etwa nicht?«

Dass eine Fremde einfach herkam und den Mann verführte, der ohne jeden Zweifel *ihr* Dottore war, das empörte die drei anfangs maßlos, doch so sehr sie zunächst auch die Nasen rümpften, allzu bald waren sie Feuer und Flamme für diesen eigentümlichen Tanz, den sie sozusagen aus der ersten Reihe betrachten konnten.

So viel auf einmal war in diesem kleinen Dorf noch nie passiert. Aufgeregtes Flirren lag in der Luft, ganz besonders über dem Dreierklübchen, und damit einhergehend auch unbändige Neugier. Wann würde es so etwas schon noch einmal geben?

Anita hatte den dreien haarklein die Geschichte von dem Brief an Penelope erzählt, und nun lauerten sie geradezu auf weitere Sensationen – fassungslos darüber, dass man sie nicht zu Rate gezogen hatte, und sie darüber hinaus auch noch die einzige jemals in Tigliobianco begangene Straftat verpasst hatten.

Sehr viel weniger begeistert war Laura. Dass sie den Freundinnen ihr Geheimnis gebeichtet hatte, brachte sie in eine missliche Lage. Irene hatte lange darüber nachgedacht, welches denn nun das kleinere Übel wäre, sich zu guter Letzt aber für Laura entschieden und der Verbindung zwischen ihr und Cesare ihren Segen gegeben. Doch Laura musste an die Hand genommen werden, keine Frage, nie und nimmer wäre sie in der Lage, Entscheidungen über ihr eigenes Gefühlsleben zu treffen. Irene machte sich also daran, eine genaue Anleitung auszuarbeiten dafür, wie ein Mann wie Cesare zu verführen war, und brachte Laura in den fragwürdigen Genuss einer entsprechenden PowerPoint-Präsentation. Sie wusste nicht, ob sie nun traurig sein oder sich fürchten sollte.

Am meisten amüsierte sich Ettore. Seinem Bruder zuzusehen, wie er, wenn auch auf ungewöhnliche Art, um diese Frau herumscharwenzelte, war ein wahres Vergnügen. In der Villa war ihm, und allen anderen auch, aufgefallen, wie Cesare Priscilla anblickte. In diesem Blick hatte er Zuneigung gesehen und Neugier.

Endlich war sein Bruder einer Frau begegnet, die ihm und seiner schon in der Kindheit überbordenden Intelligenz und seinem Charme die Stirn bieten konnte. Er kannte Cesare nur zu gut und wusste, dass eine so unberechenbare Frau wie Priscilla für ihn so wundervoll wie ein frischer Windstoß war. Sein Bruder war ein Freigeist, auf der ständigen Suche nach etwas oder jemandem, der ihn in Erstaunen versetzen konnte. Cesare hatte sich nie zufriedengegeben. Genau wie er selbst.

Doch Ettore konnte abwarten, sein Bruder war dafür viel zu rastlos. Sein ganzes Leben lang hatte er das Unmögliche gesucht. Langeweile und Trott, ausgetretene Pfade, das war einfach nichts für Cesare. Er war gemacht dafür, zwischen den Normen hindurchzuschlüpfen, für ein Leben, in dem er sich nicht der Welt der anderen anpassen musste, sondern eine neue erschaffen konnte, aus Farben, die es bis dahin nicht einmal gegeben hatte. Hinter seiner eisernen Disziplin verbarg sich ein unverbesserlicher Idealist. Ein Mann, der seine unbändige Freiheitsliebe mit weißen Hemden und geschmackvollen Krawatten kaschierte.

Ettore beobachtete also, wie dieser seltsame Sommer voranschritt, und ein Mann, der immer versucht hatte, vorgefertigten Lebensmustern zu entkommen, durch unwahrscheinliche Zufälle auf eine Frau traf, die aus einer anderen Dimension zu kommen schien.

Er sah Cesare Liebesromane verschlingen – das hatte sein Bruder noch nie getan –, allesamt Geschichten, die Priscilla erschaffen hatte, sah, wie die beiden über Luisa rätselten, und schüttelte den Kopf. Was hatte sein Bruder mit der Schriftstellerin vor? Was führte er im Schilde?

Das Rezeptheft von Luisa war Cesare vollkommen egal, aber zuzusehen, wie Priscillas Fantasie entflammte, das war ein einzigartiges Schauspiel.

Sie saßen auf einer Bank auf der Piazza, vor ihnen befüllten Virginia, Agata und die Kinder Ballons mit Wasser aus dem Springbrunnen.

»Wer war denn da, als Luisa gestorben ist?«, wollte Priscilla wissen. »Wurde sie echt vom Blitz getroffen?«

»Mausetot umgefallen ist sie, mitten auf dem Kirchplatz, ich schwöre es dir«, sagte Cesare zum wiederholten Male. »Und das ganze Dorf war da.«

»Hm«, murmelte Priscilla nachdenklich, und Cesare sah zu, wie die kleinen Rädchen in ihrem Kopf nach und nach ineinandergriffen. »Glaubst du, sie hatte das Heft immer dabei?«

»Im Kleid eingenäht?«, witzelte er.

»Ach Quatsch. Eher in der Tasche oder so. Oder hat sie es im Haus aufbewahrt? Wer wohnt denn jetzt dort? Weißt du, wer ihre besten Freundinnen waren?«

»Luisa war unausstehlich und kleinkariert bis zum Gehtnichtmehr. Niemand wollte mit ihr befreundet sein.«

»Aber mit irgendwem wird sie doch Kontakt gehabt haben!« Priscilla ließ nicht locker. »Ihr seid hier doch nur wenige Leute, irgend jemanden muss es da doch gegeben haben. Was ist mit Hobbys?«

»Neben der Feinbäckerei – wobei ›Fein‹ in Anführungszeichen steht –, hat sie sich ganz besonders gerne in die Angelegenheiten anderer Leute eingemischt, und zwar unter dem Deckmantel christlicher Nächstenliebe. Nur bei Vladimiro hat sie sich ehrlich Mühe gegeben. Den hatte sie in ihr Herz geschlossen, daran erinnere ich mich sogar noch.«

»Vielleicht hat sie es in einer Ecke im Garten vergraben? Oder sie hatte ein Geheimzimmer, hinter einem drehbaren Bücherregal? Oder hat es unter einer Bodendiele versteckt?«

»Priscilla«, mahnte er. Sie nahm diese Suche zu ernst.

»Worüber redet ihr?«, ertönte eine weibliche Stimme.

Die Zwillinge und Margherita standen vor ihnen, Virginia und Agata dahinter. Alle vollkommen durchnässt.

»Über das Rezeptheft«, antwortete Cesare. »Ihr kennt die Geschichte, oder?«

»Na klar!«, riefen alle gleichzeitig.

»Sucht ihr es immer noch?« Agata sah schon neue Ermittlungen auf sich zukommen. »Habt ihr Hinweise? Wenn ihr welche hättet, würde Agnese sie euch in Gold aufwiegen, wusstet ihr das?«

Priscilla seufzte. »Wir haben fast überhaupt keine. Im Haus ist es offenbar nicht versteckt, und Freunde, denen sie es hätte anvertrauen können, hatte sie nicht. Das Ganze ist und bleibt ein Rätsel.«

»Keine Freunde hatte die?«, rief Tobia. »Nicht mal einen?«

»Nur Vladimiro, sagt er«, Priscilla zeigte auf Cesare. »Der scheint der Einzige gewesen zu sein, mit dem sie etwas zu tun hatte.«

In diesem Moment machte es Klick in Virginias zerstreutem Kopf, und sie riss die Augen weit auf.

»Virginia?«, fragte Cesare und musterte sie besorgt.

»Ach …«, stieß sie schuldbewusst hervor. »War das Rezeptheft vielleicht schwarz?«

Priscilla hielt den Atem an. »Sag jetzt nicht …«

Als sich die zweite Sensation dieses Sommers offenbarte, blickte das Dreierklübchen, sich Luft zufächelnd, vom üblichen Standort aus herüber.

Und leider ahnten die drei auch diesmal nicht, was ihnen da soeben entging.

21

Nun saßen sie zu siebt um Virginias Küchentisch und betrachteten das schwarze Heft darauf. Ein schlichtes, unschuldiges Büchlein, das nicht den Eindruck erweckte, ein Dorf zweiunddreißig Jahre lang in Atem halten zu können.

»Hast du das Rezept für die Suprema schon gelesen?«, fragte Agata neugierig.

»Wir backen die Suprema!«, schrien die Zwillinge im Chor.

»Deshalb macht ihr bei der Gara Fragolina mit?«, rief Agata. »Das wird Agnese das Herz brechen.«

»Wir backen einen Erdbeerkuchen. Aber wir wussten nicht, dass es die Suprema ist, als wir uns angemeldet haben«, rechtfertigte Virginia sich.

»Verratet ihr es ihr denn jetzt?«, wollte Cesare wissen.

Schuldbewusst schwiegen Babysitterin und Kinder.

Cesare begann zu lachen. »Das wird einschlagen wie eine Bombe, und den Spaß solltet ihr euch nicht nehmen lassen, schließlich habt ihr das Heft gefunden.«

»Aber Agnese wird doch fuchsteufelswild werden, meinst du nicht?«, fragte Virginia zögernd.

»Ich finde, ihr solltet euren Coup genießen.« Cesare strich der kleinen Margherita lächelnd über den Kopf. »Und außerdem steht die Siegerehrung jetzt mal einer neuen Generation zu.«

Schon als Priscilla das erste Mal von der berühmten Suprema gehört hatte, war eine unbändige Neugier in ihr erwacht, und nun blätterte sie atemlos das sorgfältig mit der Hand beschriebene Heft durch.

Und da, da war es, das Rezept für die Suprema. Direkt vor ihren Augen.

Man braucht

Ein Schälchen Erdbeeren	*315 Gr. Mehl 405*
3 Eier	*1 Tütchen Hefe*
7 Esslöffel Zucker	*Akazienblüten*
1 Prise Salz	*Butter für die Form und die*
1 Becher Sahne zu 125 ml	*Flöckchen*
260 ml Milch	

Zubereitung

Zuerst die Blüten von den Rispen streifen, auch den Stielansatz entfernen.

Eier trennen.

Eigelb mit Zucker schlagen. Salz, Sahne und Milch dazugeben.

Mehl und Hefe fleißig sieben, ebenfalls beigeben und alles gut vermengen.

Eiweiß steifschlagen und unterheben, dabei immer schön von oben nach unten rühren, wie es sich gehört. Vorsichtig die Akazienblüten unterheben, sie sollen nicht kaputtgehen, und dabei weiter von oben nach unten rühren.

Den Teig in eine mittelgroße, gefettete Form geben, fünf große Erdbeeren oder sieben normal große Erdbeeren kleinschneiden und auf dem Teig verteilen, diesen zuvor mit Mehl bestäuben, so sinken sie nicht zu tief ein.

Alles mit Butterflöckchen und Zucker bestreuen, und dann ab in den Ofen.

Den Kuchen bei 180° eine Stunde lang backen.

Dann sollte er fertig sein, besser aber ist es, sich mit einem Holzstäbchen zu vergewissern.

Den Kuchen abkühlen lassen, mit Akazienhonig bestreichen und obenauf die schönsten Erdbeerspitzen setzen.

Wenn es mich überkommt, schneide ich den Kuchen waagerecht durch und streiche eine Creme oder kleingeschnittene Erdbeeren oder Marmelade auf die untere Hälfte. Ich tränke den Boden auch mit Erdbeersirup und Maraschino.

Wenn es mich überkommt.

»Akazienblüten«, murmelte Priscilla. »Genial. Wer kommt schon auf so etwas?«

»Ein Satan wie Luisa«, hauchte Agata bewundernd.

»Ich möchte euch die Stimmung nicht verderben, wirklich nicht, aber wo findet man im Juli noch eine blühende Akazie?«, fragte Cesare ganz pragmatisch.

Sechs Köpfe wandten sich ihm verständnislos zu.

»Im Garten der Villa Edera«, riefen alle im Chor, als wäre es das Natürlichste der Welt.

Tobia hielt es schließlich nicht mehr aus, stieß einen lauten Schrei aus und tanzte wild um den Tisch herum. Schon in der nächsten Sekunde taten es ihm alle Kinder gleich – große und kleine.

Und als dort in Virginias Küche alles wild lärmte und schließlich aus dem Zimmer tanzte, Priscilla jedoch mit großen leuchtenden Augen vor ihm sitzenblieb, da konnte Cesare sich nicht mehr zurückhalten. Vorsichtig streckte er die Hand vor zu ihrem Gesicht, so nah und strahlend, und legte den Daumen ganz sanft auf ihre Unterlippe.

»Ich sehe dich«, flüsterte er.

22

Am Morgen nach dem, was als »Der Große Fund« in die Geschichte eingehen sollte, lag Cesare auf einer Liege im Hof, vertieft in das dritte Buch der Calliope-Serie, *Flucht aus deiner Umarmung*. Nachdem er sie alle gekauft hatte, konnte er sie auch gleich lesen, außerdem vergnügte ihn die Lektüre. Er war ganz andere Bücher gewohnt, und die plüschige Welt der Calliope del Topazio voller bebender Leidenschaften war eine hübsche Abwechslung.

Liebe, Entführungen, Duelle, Verwechslungen, Tod – echt sowie vorgetäuscht … das volle Programm. Und seltsamerweise mochte Cesare die Romane. Nun verstand er, warum sich Leserinnen auf der ganzen Welt leidenschaftlich für diese Abenteuer begeisterten, und war selbst verwundert über die Frische, die eine solche Ansammlung literarischer Klischees versprühen konnte, wenn sie stilistisch so hervorragend und gut geschrieben war wie diese. Kein Wunder, dass in Priscillas blühender Fantasie gleich die Vorstellung aufgetaucht war, wie Luisa ihr Rezeptheft bei Nacht und Nebel unter einer lockeren Bodendiele versteckte.

Er hatte sie richtig eingeschätzt. In dieser Frau steckten gleich mehrere, und er wollte sie alle kennenlernen. Cesare kannte sich aus mit Frauen. Aus Erfahrung, sicher, aber auch, weil er wissbegierig war, sensibel und klug. Doch Priscilla war vollkommen anders, sie war einzigartig. Und mit einem Mal konnte er bis in den letzten Winkel ihres Innersten sehen, als wäre es zwischen den Zeilen ihrer Romane gedruckt. Er sah dieses Verlangen nach etwas jenseits des Alltags, das Bedürfnis, in den alltäglichsten Dingen Schönheit zu finden und sie damit zu etwas Besonderem zu machen. Zwischen den Zeilen steckten Träume und Wünsche, die sich Enttäuschungen und einer schalen Wirklichkeit entgegenstellten. Ein ungeheures Bedürfnis, auszubrechen aus den Mauern, zwischen denen die Menschheit eingepfercht war, ein gewaltiger leidenschaftlicher Schrei. Doch man musste auch in der Lage sein, ihn zu hören.

Diese Frau trug kein Herz aus Fleisch und Blut in sich, sondern eines aus Papier und Tinte. Sie war umgeben von verschlungenen Fantasien, Fantasien, aus denen sich ihre Bücher und Träume speisten. Und Cesare dachte, wie wundervoll es doch wäre, eine dieser bunten Fantasien aufzunehmen und ihr zu folgen, wohin auch immer sie führen mochte. Damit zu spielen und sie in den Schlaf zu wiegen. Wie wundervoll es doch wäre, der Mann zu sein, der diesen unsteten Geist anfachen und wieder zur Ruhe bringen konnte.

War er das? Auf der gemeinsamen Suche nach dem Rezeptheft hatte er das Gefühl gehabt, Priscilla beflügeln zu können, und es war ein Genuss gewesen, ihren immer fantasievolleren Vermutungen über den Verbleib des dummen Heftchens zu lauschen.

Vor seinem inneren Auge sah Cesare noch einmal ihr Gesicht vor sich, als sie begriff, dass das verlorene Rezeptheft aufgetaucht war. Wie sie die Augen aufriss und vor Aufregung errötete. Er schmunzelte.

Als sie das erste Mal das Rezeptheft in den Händen hielt, sah sie aus, als hätte sie ein verschwundenes Manuskript von

Shakespeare gefunden. Es war wundervoll gewesen, ihre kindliche Freude zu beobachten. Wie einen Wald, der sich plötzlich in eine Wiese voller blühender Mohnblumen verwandelte.

Und so kam es, dass Cesare über etwas nachdachte, das ihn ein wenig verwirrte, etwas, das Geben wie Nehmen gleichermaßen betraf. Er verspürte den starken Wunsch, dieser Frau im wirklichen Leben alles zu schenken, was sich ihre Fantasie ausmalte. Ja, er konnte es kaum erwarten, Priscillas Fantasien zu verwirklichen, jede einzelne.

Die meisten Leute verschlangen Priscillas Romane, um Alltag und Herzschmerz zu entfliehen, Cesare jedoch war beim Lesen aufgefallen, wie groß der Gegensatz zwischen Priscillas loderndem Inneren und ihrer Zurückgezogenheit war.

Und jetzt hatte er auch einen Plan.

Ob er wohl irgendwo eine Lichterkette herbekommen konnte? Und zu Ernesto musste er auch.

Ernesto und seine literarischen Kenntnisse waren unabdingbar, und so legte er nun das Buch zur Seite und nahm sein Telefon, das, wie er verwundert feststellte, schon wieder aus war – seit wann, wusste er nicht.

Agata hatte recht, auch mit den Blumen. Aber es mussten schon ganz besondere Blumen sein.

Priscilla saß im Schneidersitz auf dem Bett, eine Tasse Kaffee in den Händen, und konnte einfach nicht aufhören zu grinsen. Das war doch nun ein wahres Wunder: Das Rezeptheft war gefunden – nach jahrzehntelanger Suche. Zuerst Penelope und der Brief, jetzt das Rezeptheft, das Leben in Tigliobianco konnte wahrlich nicht von dieser Welt sein.

Als sie Luisas zerschlissene Sammlung in den Händen gehalten hatte, war sie zutiefst glücklich gewesen. Wie lange hatte sie sich nicht mehr so gefühlt? So ausgefüllt und sprudelnd vor Glück?

Und auch das Gefühl der Zugehörigkeit, das sie bei Agneses Essen zur Feier des heimgekehrten Dracula verspürt hatte, dieses Gefühl war wieder aufgetaucht, noch tiefer und aufwühlender.

Priscilla zog die Beine an, umschlang ihre Knie mit den Armen und blickte auf einen Akazienzweig vor dem geöffneten Fenster. Sie lächelte.

Lächelte in Gedanken an die um den Tisch versammelten Kinder, an das schwarze Heft, an das Gefühl, endlich irgendwohin zu gehören, und daran, wie Cesare sie angeblickt hatte, während fünf Kinder vollkommen begeistert durch das Zimmer getanzt waren. Daran, wie er mit dem Finger ihre Unterlippe gestreift hatte, als wäre es die natürlichste Sache der Welt.

»Ich sehe dich«, hatte er geflüstert.

Und Priscilla war reglos sitzen geblieben, mit diesem Heft in der Hand, seinem Fingerabdruck auf der Lippe, diesem Mann im Herzen, einem, der sie – endlich – wirklich sah. Zum Teufel mit der Liebe. Das hier, das war ein Wunder.

Das Dreierklübchen hatte Hummeln im Hintern.

Sie konnten schließlich nicht ewig hier warten. Als ob sie nichts Besseres zu tun hätten.

Diese beiden Turteltäubchen mussten langsam mal Nägel mit Köpfen machen, ein Plausch auf der Piazza würde sie nicht weiterbringen.

Als sie also sahen, wie Cesare in Richtung Ernesto lief, riefen sie ihn zu sich, um mal ein ernstes Wörtchen mit ihm zu reden. Claretta, die zwischen den beiden anderen saß, ergriff gleich grußlos die Initiative: »Und, was ist mit der Schriftstellerin? Hält ja kein Mensch aus, diese Warterei.«

Cesare war fassungslos. »Verstehe ich das richtig, dass ihr euch in mein Privatleben einmischen wollt?«

Die drei blickten ihn mit undurchdringlicher Miene an.

»Falls du nicht weiterweißt ...«, meinte Rosamaria entschuldigend und hob die Schultern.

»Vielen Dank«, gab Cesare zurück, überrumpelt von so viel Dreistigkeit.

»Geht doch«, freute sich Evelina. »Solltest du also nicht weiterwissen, dann kommst du zu uns.«

Cesare wusste natürlich ziemlich gut, wie er weiter erfolgreich vorgehen würde. Das war ihm schon hundertmal gelungen. Bloß dieses eine Mal wollte er nichts überstürzen. Er hatte keine Eile. Wollte ganz in Ruhe Priscillas Gesicht und die darauf vorüberziehenden Gefühle beobachten, die sie erfolglos zu verbergen versuchte.

Wenn er, wie die drei hier es vorschlugen, zur Tat schreiten würde, dann wäre dieses wundervolle Schauspiel dahin, und das wollte er auf keinen Fall. Cesare war ein empfindsamer Mann, einer, der Genuss zu bereiten und zu genießen verstand. Tief in seinem Inneren wusste er, dass auch Priscilla keine Eile verspürte, dass auch sie diesen Weg langsam und Schritt für Schritt gehen, den Dingen so viel Zeit wie nötig geben wollte. Das Ganze war in etwa so stabil wie ein Kartenhaus, das bei einer einzigen falschen Bewegung in sich zusammenstürzte – zu einem Schlachtfeld zerstörter Wünsche. Und so hielt er es für ratsam abzuwarten, bis dieses Ding aus seinem Kokon kommen, langsam die Flügel ausbreiten und dabei etwas – wie er hoffte – vollkommen Neues enthüllen würde.

Er wollte, dass Priscilla jedes Gefühl in sich zuließ, dass sie ihr Innerstes nach außen kehrte, diesen inneren Kern, den er so deutlich sehen konnte. Er wollte ihr dabei zusehen, wie sie sich nach und nach öffnete und die Angst verlor.

Cesare also wusste nur zu gut, wie man eine Frau eroberte, doch dieses eine Mal wollte er jede Sekunde bis dahin voll und ganz auskosten.

Und außerdem hatte er noch keine Lichterkette.

23

In den Regalen seines Ladens hatte Ernesto fast alle Bücher gefunden, die Cesare überraschenderweise haben wollte. »Darf man wissen, wofür du die brauchst?«, erkundigte er sich, als Cesare seine Bestellung abholte.

»Einer Frau aus Papier gebühren Blumen aus Papier«, gab Cesare geheimnisvoll zurück.

Nun hatte er alles, auch die Lichterkette. Auf Ettores Dachboden hatte er ein hoffnungslos verheddertes Exemplar aus den frühen achtziger Jahren in einem Karton gefunden, wahrscheinlich von Tante Flaminia, damit musste er sich zufriedengeben. Ernesto hatte die Bücher besorgt, und da Cesare soeben Wein und einige Lebensmittel bei Claretta gekauft hatte, stand der Umsetzung seines Plans nun nichts mehr im Wege.

Während er alles in einer geräumigen Sporttasche verstaute, fiel ihm ein, dass er doch noch etwas vergessen hatte: Kerzen. Und nun? Clarettas Laden hatte schon seit einigen Stunden geschlossen, also blieb ihm nur eine Möglichkeit.

Kurz darauf klopfte er mit geschulterter Sporttasche an der Tür des Pfarrhauses.

Don Casimiro öffnete. »Cesare? Ist alles in Ordnung? Hat dich die Frömmigkeit überkommen?« Er zeigte schmunzelnd auf die Tasche: »Sind deine Sünden da drin?«

»Don, habt Ihr Kerzen?«

»Kerzen?«

»Kerzen. Normalerweise gibt's die doch in Kirchen.«

Der Pfarrer seufzte. »Wofür brauchst du Kerzen?«

»Ich möchte eine Frau verführen«, antwortete Cesare schlicht.

»Aha. Reicht dir ein Paket mit zwanzig Stück?«

»Muss wohl.«

Der Pfarrer wandte sich um, dabei fiel sein Blick auf den Flaschenhals, der aus der Sporttasche hervorlugte. »Was für einen Wein hast du da? Doch wohl nicht den Merlot von Claretta, oder?«

»Na ja, Don, man muss nehmen, was man kriegen kann«, rechtfertigte Cesare sich.

Der Pfarrer schnaubte. »Also zwanzig Kerzen für dich und eine Flasche Sassicaia.«

»Wunderbar, Don, danke!« stieß Cesare hervor und schlug ihm auf die Schulter. »Ich erzähle Euch dann alles …«

»Jesus, bloß nicht«, ächzte der Pfarrer und holte Kerzen und eine Flasche aus seinem wohl gehüteten Vorrat.

Das hätte ihm gerade noch gefehlt.

Auf der Terrasse gegenüber vom Pfarrhaus versuchte Irene sich auf ihrem Mandala-Meditationsteppich an einem Mondgruß, den sie sofort unterbrach, als sie Cesare bei Don Casimiro klopfen sah. Der Mond konnte warten, jetzt gab es Wichtigeres zu tun. Wie etwa, das Pfarrhaus zu beobachten.

Was wollte Cesare dort um zweiundzwanzig Uhr achtzehn? Und warum hatte er eine Sporttasche dabei? Und vor allem: Warum gab der Pfarrer ihm Kerzen und Wein?

Das galt es herauszufinden. In Schlafanzug und mit einem Paar Crocs an den Füßen lief sie die Treppe hinunter und heftete sich an die Fersen des Dottore.

Da war doch etwas faul. Sehr faul.

Irene war nicht die Einzige, die so spät am Abend noch versuchte, sich Klarheit zu verschaffen.

Auch Laura war nachdenklich. An ihrem Küchentisch sitzend blickte sie sehnsüchtig auf einen Stapel noch unbeschnittener Papierbögen, farbig und handgeschöpft. Sie hatte nur drei oder vier benutzt, einige an Cesares Auto geklemmt und einige in seine Hosentaschen geschmuggelt. Doch Irene hatte sie davon überzeugt, andere Geschütze aufzufahren, und nun musste sie das hübsche Papier Papier sein lassen und weitaus bestimmter und verwegener vorgehen, als sie es zuvor getan hatte. Dabei hatte sie doch einen Packen zu hundert Stück gekauft. Der würde nun zumindest für alle Geburtstage, Weihnachten und Ostern der nächsten Jahrzehnte ausreichen. Traurig strich sie mit ihrer perfekt manikürten Hand darüber und seufzte.

Zur Tat zu schreiten war gar nicht so leicht. Denn: Was sollte sie überhaupt tun? Und was würde sie damit riskieren? Und vor allem: Woher sollte sie den Mut nehmen?

Sie tunkte einen weiteren zuckerfreien Haferkeks in das Nutellaglas auf dem Tisch und konzentrierte sich auf einen Punkt an der Wand; ihre Karma-Yogalehrerin sagte, die Konzentration auf eine nicht weiter definierte freie Fläche würde zu außergewöhnlichen spirituellen Erfahrungen führen. Also hatte Laura die Blümchenbilder von Ikea abgehängt und konzentrierte sich jetzt voll und ganz auf die leere Wand.

Ob wohl ein Geistesblitz bei ihr einschlagen würde?

Auch Priscilla saß vor einem Glas Nutella, doch sie tunkte gleich einen Löffel hinein. Erfolglos zappte sie sich auf der Suche nach einem Horrorfilm durch die Programme. Doch es lief überhaupt nichts. Dabei hätte ihr ein einfacher Zombiefilm gereicht, ein Serienkiller oder ein Geist, auch ein harmloser. Doch es liefen ausschließlich Feel-Good- und Familienfilme.

Sie kratzte den Rest Nutella auf dem Glasboden für einen tröstlichen letzten Löffel zusammen, ließ sich noch tiefer in die Sofakissen sinken und entschied sich für eine Folge von *Father Brown* mit dem verheißungsvollen Titel *Mord in der Sakristei*. Besser als nichts.

Doch tief im Inneren regte sich der Gedanke, dass ein Roman über das verschollene und wiederaufgetauchte Suprema-Rezept eine wirklich gute Idee wäre.

Bei der letzten Szene von *Father Brown*, genau fünfundzwanzig Minuten später, hörte Priscilla plötzlich von draußen eine Melodie: *Close to you* von den Carpenters. Wie kamen die Carpenters in ihren Garten? Sie zog einen Pulli über ihr T-Shirt und trat auf den Balkon.

Auf der Bank unter der Magnolie, im süßen Duft der blühenden Akazie, saß herausgeputzt Cesare, mit einer Flasche Sassicaia und zwei Gläsern in den Händen. Um ihn herum leuchteten Kerzen, eine Lichterkette glomm wie Glühwürmchen zwischen den Ästen, und aus dem iPhone sangen die Carpenters.

Priscilla starrte fassungslos nach unten und sagte schließlich nur: »Bist du verrückt geworden?«

»Komm runter, ich habe einen Fast-Mitternachtssnack vorbereitet«, gab Cesare vollkommen selbstsicher zurück, immerhin hatte er an alles gedacht, das Picknick war perfekt, nichts fehlte. »Komm, ich habe auch Schokolade dabei.«

Priscilla verdrehte die Augen gen Himmel. Die Aussicht auf Schokolade und ein Mitternachts-Picknick im Kerzenschein – selbst mit dem Risiko, alles in Brand zu setzen – war einfach unwiderstehlich. Und als sie in Jogginghose und Schlabberpulli hinunterging und schließlich unter der mit schimmernden Lichtern versehenen Magnolie saß, da dachte sie, dass alles, ja, verdammt noch mal alles, perfekt war. Auch Cesare, der ihr ein Glas Wein reichte. Auf der Bank lagen sieben Bücher, halb in Krepp-Papier gewickelt und mit Floristen-Schleifchen verziert.

»Was ist damit?«, wollte Priscilla wissen.

Cesares Augen blitzen. »Es gibt für jede Frau die passende Sorte Blumen.«

»Einen Bücherstrauß habe ich noch von niemandem bekommen«, murmelte Priscilla ergriffen.

Eines nach dem anderen nahm sie in die Hände: *Der Meister und Margarita, Die Kameliendame, Die schwarze Dahlie, Gabriela wie Zimt und Nelken, Der Name der Rose, Die schwarze Tulpe, Jasminhof.*

Und plötzlich erwachte das schlafende Schloss in ihr zum Leben. Die Magd mit dem Besen in der Hand erwachte und rieb sich die Augen, der Koch bewegte die mehlbestäubten Hände, und der Knecht lief wieder über den Hof. Die Katze streckte sich, und die Hühner pickten. Und ganz oben, im höchsten Turm, begannen die Flammen wieder zu tanzen, und das Feuer erfüllte den Raum mit vergessener Wärme. Da durchfuhr Dornröschen ein Zucken und sie öffnete verwundert die Augen.

Ungläubig nahm Priscilla das Glas, verloren in diesem Mittsommernachtstraum.

Begleitet von dem erwartungsvollen Flirren, das allen ersten Verabredungen eigen war, kosteten die beiden von dem Rotwein, ohne die Gestalt zu bemerken, die sie von der Steinmauer am Ende des Gartens beobachtete.

Irene war dem ahnungslosen Cesare gefolgt, hatte – nach mehreren erfolglosen Versuchen, das Tor zu überwinden – die rosafarbenen Crocs ausgezogen und war auf die steinerne Mauer der Villa Edera geklettert. Nun saß sie trotz schmerzender Finger und Glieder nahezu reglos da, an den Jasmin geklammert, der sie vor unerwünschten Blicken verbarg. Zunehmend fassungslos hatte sie Cesares Vorbereitungen verfolgt, hatte beobachtet, wie er Lichterketten über Äste warf, Don Casimiros Kerzen auf kleinen Tellerchen am Boden entzündete, hatte ihn nicht aus den Augen gelassen, während er aus der Sporttasche Wein, Gläser, Schokolade und Erdbeeren zauberte, sogar eine weiße Tischdecke und eine Schüssel Sahne hatte er mitgebracht! Lieber würde sie auf der Stelle tot umfallen, als auch nur eine Sekunde dieser unglaublichen Szene zu verpassen.

Von ihrem Versteck aus verfolgte sie, wie Cesare Priscilla aufforderte, Platz zu nehmen, mit ihr redete, wie sie die Knie anzog, sah, wie das erste Lächeln, dem viele folgen sollten, auf ihrem Gesicht aufblitzte. Beobachtete, wie er eine ihrer ungekämmten rostroten Haarsträhnen zwischen die Finger nahm. Bemerkte, wie der Abstand zwischen den beiden Zentimeter für Zentimeter schwand, und spürte, wie sich zitternd ein Duft erhob. Bemerkte das erwartungsvolle Zaudern. Verfolgte all das mit dem gleichen Gefühl, das sie bei einem unverschuldeten Unfall verspürt hätte. Wütend und schlecht gelaunt.

Schließlich wurde sie auch noch Zeugin dieses einen flimmernden Augenblicks, bevor sich alles löste, in dem alles begann oder endete. Cesare legte die Hände an Priscillas Wangen, seine Finger strichen durch ihr Haar, und Priscilla gab sich diesem Kuss hin als hätte sie in ihrem ganzen Leben nichts anderes getan.

Und bei diesem kleinen Wunder, denn das war jeder erste Kuss, hatte Irene nur einen einzigen Gedanken: Diesen beiden da, denen mache ich das Leben zur Hölle.

24

Der Morgen war so hell, wie es nur ein Julimorgen zu sein vermochte. Priscilla lag bei geöffnetem Fenster im Bett und reckte ihre Glieder.

Dies also war Leidenschaft: Eine von Sommerduft erfüllte samtene Nacht voller Seufzer.

Alle Worte, die sie je geschrieben hatte, waren aus den Büchern hervorgeschwebt und hatten die Wirklichkeit erobert. Doch das wurde ihr erst jetzt klar, zu verwirrt war sie von diesem Feuerwerk der Leidenschaft gewesen. Und die Erkenntnis versetzte sie in ein Staunen, das ihr den Atem raubte und sie so fröhlich stimmte, dass sie sich das Lachen kaum verkneifen konnte und Lust verspürte, bis in den Himmel zu schaukeln oder ausgelassen Seil zu springen.

Priscilla kauerte sich genüsslich unter der Decke zusammen, und ein kleiner, wohliger Schauder durchlief sie.

Ihre Fantasie, die schon immer Fenster, Bühne und Kerker gewesen war, explodierte nun in gleißendem Licht und ermächtigte sich der Wirklichkeit.

Zur gleichen Zeit saß Cesare im Garten seines Bruders, einen Kaffee in der einen Hand, sein ausgeschaltetes Telefon in der anderen. Es war jetzt schon zum dritten Mal von allein ausgegangen, er sollte sich ein für alle Mal ein neues besorgen. Er schaltete es wieder ein und schickte gleich eine Nachricht an Priscilla.

»Und, was hast du gestern Abend gemacht?«, wollte Ettore neben ihm wissen. »Hast du endlich die Schriftstellerin verführt?«

»So würde ich das nicht nennen«, schmunzelte Cesare. »Es ist eher eine neue Entdeckung. Vielleicht.«

»Tatsächlich? Dann hat es geklappt?«, witzelte Ettore. »Es gibt Dinge, über die redet ein Gentleman nicht.«

Ettore hob eine Braue und blickte ihn fragend an. »Dann magst du sie wirklich. Wer hätte das gedacht?«

»Sie ist ziemlich besonders, oder?«, murmelte Cesare wie zu sich selbst.

Und Ettore begriff das gesamte Ausmaß. »Sag bloß, du hast dich verliebt?« Er grinste unbarmherzig.

Und Cesare, Cesare lächelte sanft.

Die Nacht von Irene hingegen war nicht ganz so angenehm verlaufen. Düstere Gedanken hatten sie gehindert, Schlaf zu finden, und um zu retten, was zu retten war, verteilte sie nun eine Maske aus Calendula und Jojobaöl auf ihrem Gesicht. Vielleicht brauchte es auch noch eine abschwellende Augencreme.

Nachdem sie die Schamlosigkeiten beobachtet hatte, die im Garten der Villa Edera vonstatten gegangen waren, schwor sie sich, derart Verkommenes nicht zuzulassen.

Im Bademantel und mit weiß beschmiertem Gesicht griff sie nach ihrem Telefon und öffnete entschlossen den Chat des Buchclubs. Sie schrieb nur einen Satz: »In einer halben Stunde bei mir.«

Sie hatte eine Idee.

Während Priscilla glücklich unter ihrer Decke zusammenkauert lag, nahm Amanda an einem der Tische von Anitas Bar auf der Piazza Platz und kippte zwei Tütchen Zucker in ihren Cappuccino.

Ein Stückchen weiter saß Agata auf einer Bank und las in einem Buch mit grünlichem Cover, doch ihr war deutlich anzusehen, dass sie mit den Gedanken woanders war. Ihre Beine wollten nicht stillhalten, und immer wieder hob sie den Blick und sah verstohlen zu Amanda hinüber. Als Amanda ihr aufmunternd zuwinkte, sprang Agata gleich auf wie von der Tarantel gestochen.

»Alles in Ordnung?«

»Na ja«, antwortete das Kind leicht befangen.

»Was liest du da?«, erkundigte sich Amanda, die dachte, es ginge vielleicht um das Buch.

»Ach, nichts«, winkte die jedoch ab. »*Harry Potter und die Kammer des Schreckens*. Zum zwölften Mal.«

Amanda musterte sie nachdenklich. Sie kannte das Kind schon ewig und spürte, dass etwas nicht stimmte. Was war bloß los mit dem Mädchen? »Setz dich doch und trink einen Saft mit mir.«

Agata ließ sich auf den Stuhl sinken.

»Was hast du denn? Geht es dir nicht gut?«, fragte die Bibliothekarin. »Du kannst mit mir über alles reden, das weißt du.«

Agata warf ihr einen verzweifelten Blick zu.

»Na, komm schon«, ermutigte Amanda sie. »So schlimm kann es doch nicht sein.«

»Doch, ist es aber«, murmelte das Mädchen traurig.

Amanda musste fast lächeln, Niedergeschlagenheit wollte ganz einfach nicht in dieses sommersprossige Gesicht passen.

»Willst du mir denn nicht sagen, was los ist? Vielleicht kann ich dir helfen. Wir kennen uns doch schon so lange.«

Agata seufzte tief. »Wenn überhaupt, dann kann ich es dir erzählen. Aber sonst niemandem.«

»Dann los, raus damit!«, ermunterte Amanda sie lächelnd. Agata blickte sie bekümmert an und stieß dann inbrünstig hervor: »Ich bin verliebt.«

»Du auch?«, rutschte es Amanda heraus. »Aber das ist doch nicht so schlimm.«

»Nicht schlimm?« Agata war fassungslos. »Was kann denn noch schlimmer sein? Fünf Jahre dauert diese Qual nun schon.«

»Aber du bist doch erst zwölf.« Amanda lachte. Doch dann ging ihr auf, dass gerade das vielleicht ein Problem war. »In wen bist du denn verliebt?«

Agata blickte verschämt auf ihre Schuhspitzen.

»Schwörst du mir, dass du es niemandem verrätst?«

»Na klar.«

Das Mädchen holte tief Luft, dann nahm es sich ein Herz: »Ettore.«

»Oh …«, murmelte Amanda und zerbrach den Zimtkeks, der neben ihrer Tasse lag, in zwei Teile. Sie blickte Agata an und sagte: »Ich auch.«

Im selben Moment wurde ihr klar, was sie getan hatte. Wie dumm von ihr! Wie hatte sie nur Agata ihre Liebe zu Ettore gestehen können? Und jetzt?

Sie ließ die beiden Kekshälften fallen und blickte das Mädchen geradeheraus an. Die starrte zurück.

»Agata?«, fragte Amanda. »Agata, hör mal …«

Doch die unterbrach sie, schlug fest mit beiden Händen auf den Tisch und rief: »Aber das ist doch großartig!«

Amanda erstarrte. »Großartig?«

»Amanda! Liebt er dich auch? Das ist wunderbar! Ihr seid die beiden Figuren, die ich am liebsten mag, und ihr liebt euch!«

»Figuren?«, wiederholte Amanda ungläubig. Vielleicht sollte Agata aufhören, so viele Romane zu lesen, so langsam geriet die Sache außer Kontrolle.

»Heiratet ihr? Wann? Ladet ihr mich zur Hochzeit ein?«
Amanda versuchte, den Tisch mit einigen Servietten zu
säubern, was sich als hoffnungslos erwies.

»Klar laden wir dich ein. Aber ... So einfach ist das alles
nicht.«

»Warum denn nicht?«

»Weißt du, meine Mutter ... Sie ist allein und kann nicht
laufen. Wie soll das gehen?«

»Entschuldige bitte. Heißt das: Alle Töchter mit Müttern,
die nicht laufen können, heiraten nicht?«

Amanda gab den Kampf mit den Servietten auf und sah
Agata an. Da hatte das Mädchen wohl recht.

»Also, ich kann ihn nicht heiraten, und das ist okay. Aber
wenn du ihn nicht heiratest, weil deine Mutter nicht laufen
kann, dann ist das doch Quatsch.«

Amanda fiel ihr um den Hals und drückte sie fest an sich.
Und Agata begriff überhaupt nichts mehr.

***

Priscilla hatte am Morgen zwei Nachrichten von Cesare bekommen. In einer schrieb er, dass er sie vermisse. Die andere
zeigte nur ein Herzchen. Beide hatten ein Lächeln in ihr Herz
gezaubert und jeden anderen Gedanken vertrieben.

Dieses zarte, eindringliche Gefühl, war das Liebe? Fremd
und vertraut zugleich? Dieses sanfte Sprudeln tausender Blub-
berblasen im ganzen Körper? Der Wirbel, der sich in ihr auf-
getan hatte, als Cesare seine Hand in ihr Haar geschoben und
sein Gesicht dem ihren genähert hatte? Der Sprung, den ihr
Herz tat, als sie seine Lippen auf den ihren spürte? War das
Liebe? Denn wenn es das war, so leicht und glühend und einfach zugleich, dann hatte Priscilla sie bis dahin nicht gekannt.

Bevor sie an diesem Tag anfing zu schreiben, spazierte sie ins Dorf, mit leichtem Herzen und Schmetterlingen im Bauch. Auf dem Weg traf sie Agata und eine Frau.

Das Mädchen stellte die beiden vor. »Das ist Priscilla, die Schriftstellerin, die in der Villa Edera wohnt.« Dann wandte sie sich an Amanda. »Wie war noch mal dein Nachname? Ach, ist eigentlich auch egal. Das hier ist meine Freundin Amanda, sie ist Bibliothekarin, und sie wird Ettore heiraten, den Bruder von Cesare. Amanda, Priscilla ist diejenige, die den Brief an Penelope geschrieben hat. Ich hab dir davon erzählt. Schade, dass du nicht dabei warst.«

»Freut mich.« Amanda gab Priscilla die Hand.

»Mich auch! Es gibt in diesem kleinen Dorf also auch eine Bibliothek? Da komme ich mal vorbei.«

»Wann immer es passt, ich freue mich. Nur den Freitagnachmittag sollte man tunlichst vermeiden, da kommen die vom Buchclub«, warnte Amanda.

»Ich hatte bereits das Vergnügen.«

»Oh, nein.« Die Bibliothekarin lächelte.

»Um ehrlich zu sein, habe ich ihnen allerdings eine gute Idee für meinen Roman zu verdanken.«

»Erzählst du uns, welche?« Agata war Feuer und Flamme. Dann wandte sie sich an Amanda: »Sie schreibt nämlich Liebesromane!« Aber das wusste Amanda nur zu gut. »Und da sie sich in solchen Angelegenheiten echt gut auskennt, kann sie dir auch sagen, dass du Ettore heiraten sollst. Auch, wenn deine Mutter nicht laufen kann. Das sagst du ihr doch, oder?«

Priscilla lächelte. »Steckst du deine Nase immer in anderer Leute Angelegenheiten?«

»Ja, immer! Weil, ich weiß nicht, ob ich's dir schon erzählt habe, aber wenn ich groß bin, dann werde ich Privatdetektivin. Also, hab ich nun recht?« Agata ließ nicht locker.

»Na ja, so etwas kann man nicht sagen, ohne die ganze Geschichte zu kennen, und außerdem glaube ich, dass Amanda ganz gut allein entscheiden kann, oder?«, sagte Priscilla mit einem Zwinkern.

»Na ja …«, schnaubte Agata so abschätzig, wie es ihre zwölf Jahre zuließen.

Amanda lächelte, sie war wirklich gerührt, dass das Mädchen sich so viele Gedanken um sie machte. Dann blickte sie Priscilla an. »Besuch mich in der Bibliothek, wann immer du magst, du bist herzlich willkommen, aber erwarte nicht zu viel. Und jetzt muss ich gleich aufschließen. Ich hoffe, wir sehen uns bald. Kommst du mit, Agata?«

»Ja, ich komme mit«, rief das Mädchen.

Die drei verabschiedeten sich und gingen in verschiedene Richtungen davon.

Einen Kaffee und dann einen langen Spaziergang, genau das brauchte Priscilla jetzt.

25

Wenn Mauern sprechen könnten, hätten die der Villa Edera in den folgenden Tagen viel zu erzählen gehabt. Das neu geknüpfte Band zwischen Priscilla und Cesare wuchs, von Lachen, Worten und Seufzern erfüllt, bis in die letzten Winkel des Hauses. Wenn Priscilla kochte, lachte Cesare, aß dann alles auf und tat, als fände er es köstlich. Wenn sie schrieb, täuschte er einige Schritte entfernt vor zu lesen, betrachtete sie jedoch still und genoss es.

»Hörst du wohl auf damit?«, grinste Priscilla.

»Kümmere dich um deinen eigenen Kram. Solltest du dich nicht konzentrieren?«, lachte Cesare.

Priscilla kam sich vor wie im Paradies.

Wenn sie nicht gerade in Leidenschaft versanken, dann erzählten sie einander oder lachten sich halb tot. Cesare hielt sie beim Einschlafen eng umschlungen, sie frühstückten auf dem kleinen Balkon Kaffee mit gebuttertem, warmem Brot. Sie gingen spazieren, holten bei Claretta Marmelade, lachten über schlechte Witze, spielten mit den Kindern.

Es war, als hätte sich mit einem winzigen *Klick* alles ineinandergefügt, innerhalb und außerhalb von Priscilla.

Alles, was in der Vergangenheit schwer und kompliziert gewesen war, war nun so einfach, dass sie sich verwundert fragte, ob sie nicht irgendetwas falsch machte.

Unglaublich, was einem so durch den Kopf geht, dachte Priscilla, da läuft auf einmal alles wie am Schnürchen, und man denkt, man macht etwas falsch. Doch sie musste trotzdem lächeln.

Sie wagte nicht, über diese Julitage hinaus zu denken, denn sie wusste, wenn sie ihrer Fantasie freien Lauf ließ, dann würde sie jeden Tag neben Cesare aufwachen, während sich draußen Venedig sanft bewegte.

Und gerade als sie sich Cesare in ihrem venezianischen Zuhause vorstellte, fiel ihr auf, dass sie vor lauter Liebe und Lachen überhaupt nichts von seinem Leben außerhalb von Tigliobianco wusste. Wo und mit wem er lebte, was er in seiner Freizeit tat, und mit wem er sie verbrachte. Was, wenn er am anderen Ende von Italien wohnte? Sie in Venedig und er in Siracusa? Oder wenn er nach seinem Urlaub nach, sagen wir mal, Dubai zurückmusste? Dort war die plastische Chirurgie doch ziemlich gefragt.

»Cesare, wo wohnst du eigentlich, wenn du nicht in Tigliobianco bist?« Priscilla hob fragend den Blick von ihrem Puzzle: Tausend Teile Monet-Seerosen, nichts, das man an einem Vormittag fertigstellte.

Verwirrt sah er sie an. »Hm ...«, war alles, was er hervorbrachte.

»Genau. Das haben wir irgendwie vergessen«, meinte Priscilla.

»Jetzt könnten wir also herausfinden, dass ich in Tirol lebe und du im Süden von Sardinien oder so?«

»Mehr oder weniger den gleichen Gedanken hatte ich auch gerade«, murmelte Priscilla.

»Wir zählen bis drei, und dann sagen wir gleichzeitig unsere Heimatstadt?«

»Nein, du würdest pfuschen. Jeder schreibt die Antwort auf

einen Zettel und wir öffnen sie gleichzeitig.« Priscilla gab ihm einen Stift und ein Post-it.

Drei Sekunden später falteten sie ihre Zettelchen.

»Und wenn wir, sagen wir mal, weiter als hundert Kilometer voneinander entfernt leben?« Priscilla schluckte.

»Das wäre doch nicht schlimm. Stell dir vor, wir würden auf zwei unterschiedlichen Kontinenten leben«, meinte Cesare.

»Ich hab's gewusst: Du wohnst in Dubai!«, rief Priscilla, in deren Kopf Fantasie und Wirklichkeit eng beieinander lebten.

Cesare brach in lautes Lachen aus. »In Dubai, mein Schatz? Aber warum denn da?«

»Dein Beruf ist da ziemlich gefragt ...«

»Gib mir jetzt deinen Zettel, bevor das hier ewig so weitergeht.«

»Okay, aber bevor wir sie öffnen, geben wir uns einen Hinweis. Ein einziges Wort, das die Stadt charakterisiert, in der wir leben. Wenn du in Dubai lebst, könntest du zum Beispiel sagen: Ästhetische Chirurgie.«

Cesare verdrehte die Augen. »Und wenn ich in einem kleinen Dorf lebe? Nicht alle Orte haben ein typisches Merkmal. Wenn ich jetzt zum Beispiel irgendwo mitten in den Alpen wohnen würde?«

»Dann könntest du ›Heidi‹ sagen. Das würde ich sofort verstehen. Und wenn du in Frankfurt wohnst, sagst du ›Clara‹ oder ›Fräulein Rottenmeier‹.« Priscilla zuckte die Schultern.

Wie immer schwankte Cesare zwischen Fassungslosigkeit und Verzauberung.

»Na gut. Bei drei das Merkmal. Ein Wort. Und dann falten wir die Zettel auf, okay?«

Priscilla wollte etwas erwidern, doch Cesare hob mahnend den Finger und zählte: »Eins, zwei, drei! Gondel!«

»Tauben«, rief Priscilla gleichzeitig.

211

Sie blickten sich an.

»Sag nichts.« Cesare öffnete Priscillas Zettel.

»Du wohnst in Venedig?«, flüsterte Priscilla, ohne Cesares Zettel auseinanderzufalten.

Er blickte sie streng an. »Ich hoffe, du weißt, dass *Tauben* ein saublödes Merkmal ist, denn in den meisten italienischen, europäischen, ja sogar den meisten Städten der Welt gibt es Unmengen von Tauben. Nur zu deiner Information.«

Sie lächelte ihn ungläubig an.

Liebe mit dem Begriff *Magie* zu beschreiben ist wirklich abgedroschen, dachte Priscilla in diesen Tagen, wenn sie sich schläfrig an Cesare schmiegte. Aber wenn das hier nicht magisch war, was war es dann? Ehrlich gesagt, hatte sie selbst das Wort in jedem Calliope-Abenteuer verwendet, und zwar mehr als genug. Als wäre tiefe Liebe tatsächlich etwas Übernatürliches. Und wenn es wirklich so wäre? Wenn Liebe die einzige Magie wäre, derer Menschen fähig sind? Neben Geschichten erzählen, fügte sie in Gedanken hinzu. Auch eine gute Geschichte war magisch. Liebe und Geschichten hatten nichts mit der Wirklichkeit zu tun.

Und doch waren Cesares um ihren Körper geschlungene Arme Wirklichkeit, und ob, und so schmiegte sie sich noch enger an ihn.

Auf dem Nachttisch leuchtete auf Cesares Telefon die Nachricht einer gewissen Bianca auf: »Wann kommst du wieder? Du fehlst mir.«

Wer diese Bianca wohl ist, fragte Priscilla sich, und wieder wurde ihr klar, wie wenig sie eigentlich von Cesare Burello wusste.

Am nächsten Morgen geisterte ihr dieser Gedanke noch immer im Kopf herum.

Beim Frühstück mit Kaffee und gebuttertem Brot schwiegen beide. Priscilla, der eine Idee für eine Szene gekommen war, und Cesare, weil er müde war, vielleicht aber auch etwas fiebrig. Er stellte die Kaffeetasse ab, neigte sich über den Tisch und küsste Priscilla auf den Kopf. Die saß über ein Blatt Papier gebeugt und kritzelte hastig Notizen darauf.

»Ich komme später wieder und mache Abendessen, okay?«, flüsterte er.

Priscilla hob den Kopf und nickte lächelnd, dann war sie allein.

In dieser etwas abgetakelten, aus der Zeit gefallenen Villa fühlte sie sich zu Hause. Ein Ort jenseits der Wirklichkeit, magisch und mit der Vergangenheit verflochten. Ein wenig wie sie selbst.

Und plötzlich ging ihr auf, dass das schon immer ihr Schicksal gewesen war. Sie war einfach aus der Zeit gefallen. Dieses ständige Verharren in Dingen, die es nicht mehr gab, vielleicht nie gegeben hatte. Diese Starrköpfigkeit, mit der sie daran festhielt, tief im Inneren, und trotz Springerstiefeln und schwarzer Shirts, ein dreiseitiger Liebesbrief zu sein in dieser Welt, die mit einhundertsechzig Zeichen voranschritt. Ein würdevolles Haiku hätte es auch getan.

Priscilla ließ den Blick über die etwas verfallenen Wände gleiten, von denen sich an einigen Stellen der Putz löste.

Da drang plötzlich Agatas Stimme, die aufgeregt ihren Namen rief, durch das geöffnete Fenster herein. In der einen Hand hatte sie ein Körbchen Erdbeeren, in der anderen ein Buch, im Gesicht ein freudiges Lächeln.

Kurz darauf saßen die beiden am Küchentisch, schnitten Erdbeeren klein, und Priscilla erfuhr staunend, dass das Mädchen sie zu ihrer Mitstreiterin bei der Gara Fragolina erkoren hatte.

»Was hast du gemacht, bevor ich eben gekommen bin? Geschrieben, vielleicht?«, erkundigte sich Agata – weil sie neugierig war, nicht, weil sie fürchtete, gestört zu haben.

»Ich habe über mein Schicksal nachgedacht«, antwortete Priscilla. »Ich bin so etwas wie ein dreiseitiger Liebesbrief in einer Welt, die sich mit einhundertsechzig Zeichen pro Sekunde dreht.«

»Ach so. Twitter.«

»Genau. Und du, was hast du da mitgebracht?« Priscilla deutete auf das Buch, das achtlos auf dem Tisch lag. »Georgette Heyer ... Für dein Alter liest du ganz schön seltsames Zeug. Habe ich das schon mal gesagt? Vielleicht bist du auch eine antiquierte literarische Gattung.«

»Vielleicht. Wusstest du, dass Georgette Heyer auch Krimis und Liebesgeschichten geschrieben hat?«

»Und beides hervorragend, möchte ich hinzufügen.« Priscilla lächelte.

»Ich habe mir gerade *Der Mörder von nebenan* in der Bibliothek ausgeliehen. Kennst du das?«

»Ja. Ich habe fast alles von ihr gelesen. Auch die Liebesromane.«

Agata steckte sich eine Handvoll kleingeschnittener Erdbeeren in den Mund. »War ja klar. Und was für eine antiquierte literarische Gattung bin ich?«

»Weißt du, was antiquiert heißt?«, fragte Priscilla sicherheitshalber. Doch als Agata nur abschätzig die Augenbrauen hob, fuhr sie fort: »Entschuldige, natürlich weißt du das. Hm, lass mich mal nachdenken ...«

»Du bist also ein Liebesbrief?« Agata wischte sich die mit Erdbeersaft verschmierten Hände an der Jeans ab.

Priscilla gab ihr einen Lappen. »Ja, leider. Du nicht. Du bist eine Ballade. So ein langes, langsames Gedicht, das eine Geschichte erzählt. Weißt du, was ich meine?«

»Nicht richtig. Aber dann weißt du alles über die Liebe?«

»Gott bewahre, nein! Ich schreibe schon seit Jahren über die Liebe, aber verstanden habe ich sie kein bisschen, wirklich nicht. Dichter auf der ganzen Welt haben versucht zu ergründen, was die Liebe ist, und manchmal hat einer einen winzigen Teil davon beleuchtet. Vielleicht sollten wir auf sie vertrauen, auf die Dichter. Vielleicht müssen wir uns von der Poesie anderer helfen lassen, um die eigene zu finden. Ja genau, wir sollten der Poesie vertrauen«, meinte Priscilla nachdenklich. »Kennst du *Die Ballade vom alten Seemann*?«, fügte sie hinzu.

Agata schüttelte den Kopf.

»Sie handelt von einem Albatros, der unglücklicherweise von einem alten Seemann getötet wird. Es ist eine wundervolle Ballade, ich möchte hier nicht vorgreifen, du musst sie selbst lesen. Ich verrate dir nur, dass der Albatros das Motiv der Ballade ist. Erhaben in der Luft, doch am Boden plump und unbeholfen. Und so ist auch die Liebe. Wenn sie voller Poesie ist, dann vermag sie zu fliegen. Aber ohne Poesie schwankt sie und stürzt. Das ist das Einzige, was ich dir über die Liebe sagen kann: Nimm dich in acht vor poesieloser Liebe. Vor Liebe, die ihre Poesie verloren hat und sie nicht mehr findet. Am Boden zu bleiben, das ist ein furchtbares Unglück bei all dem Platz zum Fliegen«, erklärte sie abschließend.

Agata lauschte ihr staunend.

»Habe ich jetzt übertrieben?«

»Nein, das war toll«, versicherte Agata. »Und du, fliegst du?«

Priscilla überlegte. Nach allem, was geschehen war, hatte sie da noch das Herz, um zu fliegen? Oder war sie eine von den Menschen geworden, die anderen zu Dingen rieten, zu denen ihnen selbst der Mut fehlte? Sie blickte in die Augen dieser bemerkenswerten Zwölfjährigen und lächelte. »Wollen wir herausfinden, ob ich noch Flügel habe?«

Sie wusste, dass es stimmte. Dass sie – endlich – bereit war, wieder zu fliegen.

26

Wie so oft im Leben begannen große Geschichten mit einem winzigen Detail.

Diese begann damit, dass Cesare am Abend nicht wie versprochen in der Villa Edera auftauchte, und Priscilla versuchte, ihn zu erreichen. Erst mit neugierigen, dann verwunderten und schließlich besorgten Nachrichten. Doch keine davon erreichte ihren Empfänger.

Warum war Cesare nicht gekommen, und warum war sein Telefon ausgeschaltet? Priscillas Herz zog sich zusammen. Und mittlerweile war es auch zu spät, um noch ins Dorf zu laufen und an seine Tür zu klopfen.

Nach einem eher unangenehmen Abend ging Priscilla also ins Bett und dachte, dass sie morgen früh als Erstes zu ihm laufen würde.

Cesare hätte sie niemals versetzt, es musste etwas passiert sein.

Am nächsten Morgen hatte Priscilla noch immer nichts von Cesare gehört, und so eilte sie auf der Suche nach ihrem Dottore Richtung Bar. An einem der Tische saß Laura, die fröhlich mit ihren Freundinnen plauderte.

»Was muss das für eine glückliche Frau sein, die von Cesare«, schwärmte Irene, als die Greenwood an ihrem Tisch vorbeiging.

Die anderen nickten verträumt.

»Außerdem ist sie wunderschön und so unglaublich elegant. Aber es war ja abzusehen, dass Cesare sich so eine aussucht, eine ganz Besondere. Wirklich schade, dass sie so selten mitkommt nach Tigliobianco. Aber mit drei kleinen Kindern zu Hause ist das ja kein Wunder. Und Cesare ist doch wirklich ein fabelhafter Vater und Ehemann.«

Als Priscilla Cesares Namen hörte, spitzte sie die Ohren und blieb abrupt stehen, nachdem sich der Plastikstreifenvorhang zur Bar hinter ihr wieder geschlossen hatte.

Mit einem lauten *RUMMS* brach ihr Herz in zwei Teile.

Cesare war verheiratet? Hatte drei Kinder? Wer war diese Bianca von der Nachricht?

Die Magnolie mit den Lichtern, der Duft der Akazienblüten, die Flasche Sassicaia, die Worte, seine Hände, Lippen, der erste Kuss und all jene, die darauf gefolgt waren.

Die gemeinsamen Tage in der Villa Edera, die Liebe, ihre Arbeit, das gegenseitige Vertrauen, ihr Lachen, die Blicke, Vertraulichkeiten, Träume.

All das.

All das lag elendig hier in Anitas Bar am Boden, vor ihren Turnschuhen.

Einfach so. Von einem Moment auf den anderen.

Priscilla dachte kurz nach und versuchte, sich zu sortieren. Dann machte sie auf dem Absatz kehrt und verließ die Bar, ohne sich noch einmal umzusehen.

Das Feuer, das im Zimmer des höchsten Türmchens wieder fröhlich angefangen hatte zu tanzen, wärmte nun nicht mehr. Es brannte alles nieder.

Es gab Schmerzen, für die man keine Worte fand, nicht einmal Tränen; Schmerzen, unter denen man verharrte, wie betäubt. Etwa wenn man sich in den Finger schnitt, und wusste, wirklich wehtun würde es erst in einigen Sekunden.

Und genau das verspürte Priscilla: etwas Taubes, Stummes.

Die Schriftstellerin schloss sich in der Villa Edera ein und setzte sich fassungslos mit einer Tasse Tee in den Händen auf das Sofa.

Sie rührte sich nicht, weinte nicht. Sie blickte in ihre Tasse Tee und fühlte sich wie eine leere Hülle. Wenn sie Glück hatte, dann würde diese Betäubung anhalten, für immer. Doch sie wusste, dass dies nur der barmherzige Moment war, bevor der Schmerz über ihr zusammenschlagen würde. Er wartete förmlich darauf, sich über sie herzumachen, sie mit völliger Dunkelheit zu umhüllen und zu durchdringen.

Ich will nach Hause, dachte sie.

Doch ihr fehlte die Kraft, den Koffer zu packen und in den Zug zu steigen. Sie war zu schwach, um zu fliehen.

Langsam stellte sie die Tasse auf den Tisch und kauerte sich auf dem Sofa zusammen.

Sie würde in der Villa Edera bleiben, hinter verschlossenen Türen, und ihren Roman fertigschreiben. Abgeschottet von der Welt, wie Penelope.

Soll Cesare doch zum Teufel gehen, versuchte sie sich zu sagen, doch das, was sich da kantig zwischen ihre Rippen bohrte, hielt sich hartnäckig und schmerzte wie ein Vorgeschmack auf das, was noch kommen würde.

Wenn die Schwärze einmal über sie herfiel, dann konnte sie nur noch reglos darauf hoffen, ein bisschen unsichtbar zu werden.

Und so blieb Priscilla einfach dort sitzen, die Stunden verstrichen, ohne dass sie sich rührte oder einen Laut von sich gab, ohne, dass sie es bemerkte.

Der Morgen wurde zum Nachmittag und der Nachmittag zum Abend und der Abend zur Nacht. Ohne die Kleidung zu wechseln, ging Priscilla ins Bett, zog sich die Decke über den Kopf und wartete auf den Schlaf. Den Schlaf, der, wie fast alle wunderlichen Dinge, auf sich warten ließ.

Erst im Morgengrauen schlief sie ein und wachte schon wenige Stunden später wieder auf, doch der Schmerz erwartete sie schon. Gerade als sie sich fragte, warum es ihr so schlecht ging, fiel ihr alles wieder ein und sie blieb wie erstarrt liegen, geplagt von einer schrecklichen Gewissheit: Das also war Bianca, die Frau, die von Cesare wissen wollte, wann er wiederkäme. Seine Frau. Natürlich. Und sie hatte es nicht begriffen. Wenn Rebecca hier gewesen wäre, hätte die sie gewarnt, denn Rebecca hätte es sofort kapiert.

Doch Priscilla war allein und hatte sich von einer Magnolie mit ein paar Lichterketten einwickeln lassen. Von einem Bücherstrauß.

Von Cesares Blick, der ihr die Gewissheit gegeben hatte, etwas Besonderes zu sein, etwas Außergewöhnliches, einem Blick, der sie mit einem bis dahin ungekannten Gefühl erfüllte.

Genau das. Diese unendliche Dankbarkeit, etwas Außergewöhnliches gefunden zu haben, als sie eigentlich schon nicht mehr dran geglaubt hatte. Diese plötzliche Geborgenheit. Diese übersprudelnde Freude in ihr. Das, das hatte ihr das Genick gebrochen.

Schmerz und Enttäuschung breiteten sich nun in ihr aus, klebrig, düster und zähflüssig, bis sie vollkommen davon erfüllt war, sie konnte kaum noch atmen und wusste, es würde nie wieder vergehen. Sie würde den Rest ihres Lebens in dieser Dunkelheit verbringen müssen, in ihrem Schatten. Und das nur, weil sie einmal nicht achtgegeben hatte. Sie hatte sich gehenlassen, und daran geglaubt.

Doch das würde ihr nicht noch einmal passieren. Wer, wenn nicht sie, musste wissen, dass das Leben nie so war wie in einer Geschichte.

* * *

Vor den Toren der Villa Edera herrschte Gesprächsbedarf.

Agata hatte mehrfach aus dem Garten der Villa nach Priscilla gerufen, gestern und auch heute Morgen schon, doch die gab keinerlei Lebenszeichen von sich. Das ist doch seltsam, dachte Agata. Immerhin wollten sie die Gara Fragolina gemeinsam in Angriff nehmen und hatten abgemacht, mit dem Probebacken zu beginnen. Versammelt vor dem Tor standen nun also neben Agata auch Elvira, Agnese, Evelina und Rosamaria.

Claretta hatte nicht kommen können, aus dem einfachen, aber einleuchtenden Grund, dass sie das *Reich der Köstlichkeiten* hüten musste. Sie hätte dem Mädchen gern zur Seite gestanden, aber Arbeit war nun mal Arbeit. Und der Begriff Ruhestand war nicht Teil ihres Wortschatzes.

»Lassen wir sie in Ruhe«, meinte Evelina. »Vielleicht schläft sie nur.«

»Aber es ist doch schon zehn!«, entgegnete Agnese, die bereits seit mindestens fünf Stunden auf den Beinen war.

»Vielleicht ist sie ja so eine, die nachts schreibt und am Tag schläft. Vampire machen das auch so.«

»Mal abgesehen davon, dass wir sie bisher tagsüber immer gesehen haben, finde ich es seltsam, dass sie der Kleinen hier gar nicht antwortet«, gab Agnese zu bedenken.

Agata starrte zum großen Haus. Irgend etwas stimmte hier nicht.

»Wir können ihr ja etwas Schinken und zwei Brötchen bringen«, schlug Elvira vor. »Dann können wir gleich mal nachsehen, was los ist, denn mir ist das nich geheuer, is mir das nich. Die ist zwar seltsam, aber das Kind hat recht.«

»Lassen wir sie in Ruhe. Wenn sie sich bis morgen nicht blicken lässt, dann bringen wir ihr einen der Versuchskuchen«, erklärte Rosamaria abschließend.

»Was mir bei Versuchskuchen einfällt: Wie sieht es denn

bei euch so damit aus?«, erkundigte sich Agnese betont beiläufig.

»Das wüsstest du wohl gerne«, stichelte Elvira, die um
nichts auf der Welt ihre Geheimzutat verraten würde: Ahorn-
sirup.

»Apropos, ich brauche noch Hefe«, fiel Rosamaria ein. »Die
kaufe ich jetzt gleich.«

»Und ich Vanillin«, rief Evelina.

Und von Überlegungen über Hefe und Vanillin getrieben,
stob die kleine Gruppe wie der Wirbelwind auseinander.

Nur Agata blieb stehen, den Blick zweifelnd auf die Villa
Edera geheftet.

Was war hier los?

In diesem Moment kündigte hinter ihr das übliche Stimmengewirr Virginia und die Kinder an. Ganz offensichtlich
waren sie auf dem Weg zur Villa Edera.

Priscilla hegte keinerlei Absichten, das Haus zu verlassen. Sie
war aufgestanden, hatte geduscht und ein Shirt mit der Aufschrift *Satan is my Sugardaddy* angezogen. So langsam gewann
die Wut in ihr Überhand. Und Wut war um einiges besser als
Schmerz.

Sie wusste, dass dieser Zustand nicht lange anhalten würde,
und dass sich Wut und Schmerz wellenartig abwechseln würden,
lange, lange Zeit. Aber diese Momente waren Gold wert, sie
gaben ihr Zeit, durchzuatmen, bevor sich der Schmerz wieder
über sie hermachen würde. Bis nichts mehr von ihr übrig war.

Sie hatte Angst, das Haus zu verlassen. Was, wenn sie auf
Cesare traf? Oder auch nur auf Ettore? Priscilla umschloss fest
das Messer, mit dem sie gerade eine Scheibe Brot abschnitt, die
sie dick mit Nutella bestreichen würde. Dick genug, um ihrem
Liebeskummer etwas entgegenzusetzen. Um nichts in der Welt

würde sie rausgehen. Sie würde ihren Roman hier beenden, abgeschnitten von der Welt, ganz wie eine der großen alten Schriftstellerinnen, eine von denen, die in einem Landpfarrhaus geboren wurden, einige Romane oder Gedichte schrieben, die mit wehenden Fahnen in die Weltliteratur eingingen, und schließlich mit achtunddreißig starben, an einer vergessenen Krankheit, oder weil sie mit Steinen in den Rocktaschen in den Fluss stiefelten. Vielleicht würde Amanda ab und an für sie einkaufen können. Oder die Zwillinge erklärten sich mit der Aussicht auf ein Eis dazu bereit. Irgendwie würde sie es hinbekommen.

Plötzlicher Radau von draußen ließ sie aufhorchen, sie biss in das Nutellabrot und ging auf den Balkon, um nachzusehen, was los war.

»Was macht ihr da?«, fragte sie Virginia und die Kinder, die sich gegenseitig auf den Schultern trugen – und zwar kein bisschen wackelig oder unsicher – und die Hände nach den Akazienblüten ausstreckten.

»Entschuldige, wir wollten dich nicht stören. Wir nehmen uns nur ein paar Akazienblüten. Für das Rezept, erinnerst du dich?«, rief Virginia, auf deren Schultern Tobia saß, der gar nicht aufhörte, Blüten abzureißen. Ihr Blick verharrte auf Priscillas Gesicht. »Bist du traurig?«

»Bist du taurig?«, wollte nun auch Margherita wissen, die ihr Kleidchen vorne gerafft hatte, um es mit der Beute füllen zu können.

Priscilla nickte. Agata, die die Szene beobachtete, war besorgt und verspürte mit einem Mal einen Schmerz, den sie nicht verstand.

»Können wir die Blüten auch nehmen, wenn du traurig bist?«, stellte Andrea seine bemerkenswert große Sensibilität unter Beweis.

»Klar.« Priscilla nickte und blickte auf die Magnolie, deren Äste vor unendlicher Zeit einmal Lichterketten geschmückt hatten.

Bin ich denn nirgendwo sicher, fragte sie sich, und flüchtete ins Haus.

Zum Teufel mit Cesare und seinen Romanideen. Zum Teufel mit allen!

Und zur großen Verwunderung der Kinder verschanzte sie sich im Innern, und dort blieb sie.

Seltsam, wie ungleich schnell die Zeit verging, wenn man traurig oder glücklich war. Für Priscilla krochen die Stunden nur so dahin, und sie konnte nichts tun, als zu warten, dass die Wut wieder die Oberhand gewann. Was sie vielleicht nie wieder tun würde.

Und dann würde ihr nur das vollkommene Eintauchen in das Schreiben die eine oder andere Verschnaufpause verschaffen. Ja, dieses Mal würde es vielleicht für immer so bleiben.

Eine nach der anderen schleppten sich die Minuten dahin, und sie fragte sich, was sie Schlimmes getan hatte und warum es bei all den Fortschritten der modernen Medizin immer noch keine Pille gab, deren Einnahme alles vergessen machte, und die man zudem bequem online bestellen konnte. Eine Anti-Liebeskummer-Pille.

Der Tag zog vorüber, die Nacht ebenso, und endlich brach der Morgen an, doch diese Pille, die hatte immer noch niemand erfunden, und Priscilla blieb zusammengekauert und verwundet im Haus, ihr einziger Fluchtweg war ein Roman, den zu schreiben sie sich gerade schwertat.

Und Cesare? Was war mit Cesare?

Amanda und Ettore frühstückten gemeinsam im Bett, das erste Mal. Am Tag zuvor hatten sie heftig gestritten, so furchtbar schlimm, dass sie das erste Mal überlegten, die Sache zwischen ihnen beiden sein zu lassen. Der Grund war immer derselbe: Ettore wollte mit Amanda zusammenleben, sie sollte zu ihm ziehen, doch Amanda wollte ihre Mutter nicht allein lassen.

Sie war also nach Hause gegangen, hatte sich zur Mutter aufs Sofa gesetzt und die Wiederholung einer Folge von *Game of Thrones* mit angeschaut. Und während Arya Stark die zu beseitigenden Personen auflistete, fing Amanda an zu weinen. Auf die Frage, was denn los sei, tischte sie zuerst die gewagte Geschichte auf, ihr tue die Stark leid, mittlerweile eine erprobte Mörderin, doch als ihre Mutter nicht lockerließ, gestand sie ihre Liebe zu Ettore und ihre Schuldgefühle, denn sie wollte doch so gerne mit ihm zusammenleben, aber sie, ihre Mutter, doch nicht allein lassen. Was sie denn tun solle?

»Du Dummerchen!«, antwortete Carolina lediglich nach diesem dramatischen Gefühlsausbruch, der fast bis zum Ende der Folge gedauert hatte.

»Wieso?«, schniefte Amanda.

»Ich meine, dass ich mich sehr freue, dass du an mich denkst. Aber, falls du es noch nicht bemerkt haben solltest: Ich bin erwachsen.«

»Ja, aber du kannst nicht laufen.«

»Na und? Ich kann seit zwanzig Jahren nicht laufen. Hab mich dran gewöhnt.«

»Aber wenn ich ausziehe, dann bist du ganz allein ...«

Die Mutter schnaubte. »Ziehst du vielleicht in ein anderes Land?«

»Nein. Zu Ettore.«

»Und wohnt der nicht zufällig am anderen Ende der Straße?«

»Schon, aber ...«

Carolina schaltete den Fernseher aus, die Folge war zu Ende, außerdem hatten sie die ohnehin schon gesehen.

»Amanda, du packst jetzt ein paar Sachen, gehst zu deinem Freund und hörst mit dem Gejammer auf.«

»Mamma!«, rief Amanda entrüstet.

»Nichts da. Nun geh schon. Du bist am anderen Ende der Straße. Sollte ich irgend etwas brauchen, öffne ich das Küchenfenster und rufe dich, dann schaust du auch aus dem Fenster und wir können uns zuwinken.«

Amanda warf ihr einen überraschten Blick zu. Dann hatte das ganze Problem ausschließlich in ihrem Kopf existiert? Und sie und Ettore hatten unzählige Male wegen nichts und wieder nichts gestritten? Zeit, die sie mit viel schöneren Dingen hätten verbringen können?

»Gehst du jetzt?«, vergewisserte Carolina sich, und versetzte ihr mit der Fernbedienung einen Klaps.

Und Amanda fing wieder an zu weinen, einfach nur, weil sie so glücklich war.

»In Ordnung, dann packe ich jetzt einfach ein paar Sachen für dich. Beruhig dich und mach langsam, bist ja schon immer nah am Wasser gebaut gewesen«, brummte Carolina, wandte sich Richtung Amandas Zimmer und murmelte: »Armer Ettore.«

An diesem Morgen erwachte Amanda also glücklich und das erste Mal in Ettores Bett. Während sie in Ruhe frühstückten, fiel Ettore plötzlich auf, dass er schon seit zwei Tagen nichts mehr von seinem Bruder gehört hatte.

Während er versuchte, Cesare anzurufen, dachte er lächelnd, dass er ihn bestimmt bei Priscilla erwischen würde, doch seltsamerweise war Cesare überhaupt nirgendwo zu erreichen. Und das war wirklich sehr seltsam.

27

Cesare war weder zu Bianca geflüchtet, noch hatte er das Abendessen mit Priscilla vergessen.

An jenem Morgen, an dem er nach dem gemeinsamen Frühstück nach Hause gegangen war, hatte er sich mit schwerem Kopf hingelegt: War es nun die Liebe, die ihm diesen Schwindel bereitete, oder eine Sommergrippe? Als er Fieber maß, zeigte das Thermometer deutlich 38,9 Grad. Sofort nahm er das Telefon, antwortete müde lächelnd auf die Nachricht von Bianca und schickte dann gleich eine an Priscilla, in der er schrieb, dass er krank sei und sie sich heute Abend nicht sehen konnten. Dann legte er das Telefon weg und schlief sofort ein.

Doch das Unglück wollte, dass sein launenhaftes Telefon unmittelbar vor dem Senden der letzten Nachricht wieder einmal ausging.

Und so schlief Cesare, nichtsahnend, was sich außerhalb seines von fiebrigen Dünsten durchzogenen Zimmers abspielte, schlief zwei volle Tage lang, unterbrochen von nur wenigen wachen Momenten, in denen er einige Liter Wasser trank und die ein oder andere Paracetamol einnahm.

Als er sich ein wenig erholt hatte, bemerkte er enttäuscht, dass sein Telefon schon wieder aus war. Da er aber der festen Überzeugung war, Priscilla Bescheid gegeben zu haben, nahm er diese Tatsache längst nicht so ernst, wie er es hätte tun sollen.

Er war soeben dabei, drei Orangen zu pressen, als Ettore mehrmals an seine Tür klopfte. Und kurz darauf erfuhr er, dass die Nachricht, die er geglaubt hatte, abgeschickt zu haben, nirgendwo angekommen war. Eine Orangenhälfte in der Hand, die Augen vor Schreck weit aufgerissen, wurde ihm klar, dass er Priscilla den Korb des Jahrhunderts gegeben hatte.

»Ich an deiner Stelle würde jetzt losrennen«, meinte Ettore nur und nahm dem immer noch reglosen Cesare die Orangenhälfte aus der Hand.

Und Cesare wandte sich um und rannte.

Er rannte, als wäre der Teufel hinter ihm her.

Deshalb war es umso bedauerlicher, dass er bei seiner atemlosen Ankunft die Villa Edera in tiefes Schweigen gehüllt vorfand. Priscilla winkte weder vom Balkon, noch öffnete sie lachend die Tür. Falls die Villa Edera noch bewohnt war, dann von einem Geist, der nicht gewillt war, in Erscheinung zu treten. Priscilla war unsichtbar geworden, genauso wie Penelope.

Und jetzt?

Langsam lief Cesare wieder nach Hause, verfluchte die Technologie und kam zu dem Entschluss, dass er sich nun etwas ganz Besonderes ausdenken musste, um Priscilla wieder aus ihrem Schneckenhaus hervorzulocken. Oder hatte er sie jetzt für immer verloren?

War schon zu viel Zeit vergangen für dieses scheue und doch leidenschaftliche, seltsame und geheimnisvolle Wesen? Und wenn dem so wäre, wie schwierig würde es sein, darüber hinwegzukommen?

Was genau hatte er verloren? Einen Traum? Eine Illusion? Etwas Greifbares ganz bestimmt nicht. Nichts Wesentliches. Ein Detail, ja, genau. Was aber war wesentlicher als ein Detail? Ein Detail, das war der schönste Vers eines Gedichtes, der beste Akkord eines Songs, die Marmelade auf dem Hörnchen,

Kaffeeduft an einem Sonntagmorgen, das winzige Mal am Hals, der makellose grüne Farbton ...

Versunken in diese Gedanken, bemerkte er Laura erst, als sie bereits vor ihm stand, herausfordernd und mit einem Glimmen in den Augen, das alles andere als vielversprechend war. Da stand sie also, die Frau, die auf eine ganz eigene Art besessen von ihm war und ihm anonyme, leidenschaftliche Briefchen zusteckte.

Gleich nachdem Cesare den letzten ihrer Briefe in seiner Tasche gefunden und auf der Bank im Garten der Villa Edera gelesen hatte, im Beisein von Agata, hatte er Laura gänzlich vergessen, zu sehr rissen ihn die Ereignisse dieses seltsamen Sommers mit sich. Als sie so plötzlich vor ihm stand, erstarrte er.

Und jetzt? Jetzt war der Moment der Wahrheit gekommen, ganz offensichtlich, denn Lauras Blick verhieß nichts Gutes.

»Mein Liebster«, hauchte sie auch gleich, als sie ihre Sprache wiederfand.

Cesare klappte die Kinnlade herunter. Niemals hätte er geglaubt, dass sie das wagen würde. Woher hätte er wissen sollen, dass Laura von ihren mehr als übergriffigen Freundinnen ermutigt worden war, das Herz in die Hand zu nehmen und ihm ihre Liebe zu beichten. Das konnte nur gut ausgehen, hatten die Freundinnen versichert, schließlich war Cesare Burello doch einer von ihnen, einer aus dem Ort, und genau das sollte er auch bleiben, und sich nicht mit dieser dummen Schreiberlingtante und ihren Fantasien auf und davon machen.

Das hatten ihre Freundinnen gesagt, und sie hatte es geglaubt, denn alles, was aus Irenes Mund kam, war nichts als die unangefochtene Wahrheit. Sie alle waren der Meinung, dass dieser Mann der ihre sein sollte, also war sie kampfbereit losgestürmt.

Es kam Laura in ihrer Besessenheit gar nicht in den Sinn, dass irgendetwas schiefgehen könnte. Er musste einfach nur zur Vernunft kommen, dann konnte sie sich in seine Arme werfen, das würde jeden Mann in die Knie zwingen, und Cesare erst recht. »Männer muss man vor vollendete Tatsachen stellen«, hatte Irene gesagt, und die musste es wissen. »Wenn du so tust, als hättet ihr schon Nägel mit Köpfen gemacht, dann hast du sie schon an dich gebunden, bevor sie es überhaupt merken. Einfache Psychologie«, erklärte sie weiter.

Grundkenntnisse in Verführung. Für blutige Anfängerinnen. »Hat schon immer funktioniert, das kannst du mir glauben«, versicherte Irene.

So kam es, dass Laura nun unmittelbar vor Cesare stand und ihm »Mein Liebster« entgegenhauchte.

Cesare hingegen erstarrte: Was sollte er einer Frau entgegnen, die ihn so mir nichts, dir nichts abfing und *Mein Liebster* nannte? Seine Gedanken rasten.

Laura trat näher und legte ihm mit glänzenden Augen eine Hand auf die Brust. »Mein Liebster, du hast meine Briefe gelesen, nun weißt du es«, gestand sie. Dann krallte sie ihre korallenroten Fingernägel in sein Hemd und flüsterte: »Wie stark deine Brust doch ist.«

Cesare überlegte immer noch, wie er dieser Situation entfliehen konnte.

»Cesare, liebe mich!«, stieß Laura nun hervor. »Gleich hier, hinter diesem Strauch! Auf dem morgentauen Gras! Liebe mich hier, und ich werde für immer dein sein!« Sie rückte immer näher an ihn heran. »Liebkose meinen Körper mit deinen starken Händen, bis er bebt, lege deine süßen Lippen auf die meinen, Liebster!«

Infolge dieser so gefühlstriefenden wie entrückten Aussage schritt Cesare zur Tat: Mit seinen starken Händen packte er

Lauras Schultern und improvisierte mit einem Anflug von Bedauern: »Ich kann leider nicht. Meine Religion verbietet es.«

»Was?« Überrascht schreckte Laura zurück.

Cesare nutzte ihre Verwirrung, um etwas mehr Abstand zwischen sie beide zu bringen. Dann legte er die Hände zusammen: »Ich bin kürzlich dem Orden der ... der Bloßen Füße Jesu beigetreten.«

»Was?«, wiederholte Laura.

»Wir, die Bloßen Füße Jesu, leben in strenger Keuschheit, um anderen zu helfen.«

»Aber ... Aber«, stammelte Laura, »seit wann denn, und warum?«

»Ich habe ein sündiges Leben geführt, Laura«, erklärte Cesare, der nur mühsam ein Lachen unterdrücken konnte, »habe mich der Völlerei, Wollust und Trägheit hingegeben. Es ist nun für mich an der Zeit, Buße zu tun und meine Sünden zu sühnen.«

»Ausgerechnet jetzt?«

»Gottes Wege sind unergründlich. Auch du solltest dich anschließen. Man lebt nur, um seinen Nächsten zu helfen, ohne sich je einen unkeuschen Gedanken zu erlauben. Glaube mir, es ist eine solche Erleichterung, endlich befreit von den fleischlichen Gelüsten zu sein, die meine Seele noch gestern so schrecklich gequält haben. Jetzt aber bin ich ein neuer, ein reiner Mensch. Ich habe mich von Verlangen befreit und rate dir an, das Gleiche zu tun. Schließe dich uns an und lebe ein sündenfreies Leben.«

Laura rührte sich nicht, zu überrascht war sie. Sie hatte sich alles Mögliche vorgestellt – aber das hier, das nicht. »Na ja ...«

»Finde deine Unschuld wieder«, fuhr Cesare mit fester Stimme fort. »Die Kraft deines Glaubens kann dich für immer von den Qualen des Verlangens befreien.«

Ohne jegliche Idee, was sie darauf antworten sollte, wich Laura langsam zurück. »Ich muss jetzt gehen, ich, äh, also, ich muss zur Zahnreinigung«, stammelte sie schließlich.

»Wie schade. Ich hoffe, wir begegnen uns bald wieder, und du wirst dich für uns entscheiden. Ich kann dir auch ein paar Broschüren von uns vorbeibringen ...«, fuhr Cesare unbeirrt fort.

»Ach, danke. Also, ich ...« Aber sie war schon fast außer Hörweite.

Cesare streckte noch den Arm aus und flüsterte lachend: »Gehe in Frieden, Schwester der süßen Lippen.«

Kurz darauf war Laura hinter der nächsten Ecke verschwunden, und Cesare konnte sich wieder voll auf die Tinnitus-Frau konzentrieren, die lauter als je zuvor in seinem Ohr summte. Und nun?, fragte er sich, als er die Tür hinter sich schloss und zum Telefon ging, das noch lud. Was sollte er jetzt tun?

Da leuchtete der Bildschirm auf, und Cesare empfing mit bangem Herzen die zunächst zärtlichen, dann besorgten Nachrichten von Priscilla, ihre Anrufe und schließlich die Stille. Diese unendliche Stille einer Frau, die beschlossen hat, von nun an zu schweigen.

In den vielen Jahren seiner Karriere hatten Cesares Hände nie gezittert. Nun jedoch taten sie es, da er Priscilla eine lange Nachricht voller Entschuldigungen und Erklärungen schrieb.

Eine Nachricht, die sie natürlich nicht las.

Stunde um Stunde saß er dort im Garten im Schatten des Apfelbaums und wartete darauf, dass die grauen Häkchen zu blauen werden würden.

Cesare wusste, dass er eine Riesendummheit gemacht hatte, doch er hatte sich entschuldigt und alles erklärt und fand Priscillas Reaktion alles in allem ein wenig übertrieben. Wollte sie jetzt wirklich wegen eines Missverständnisses nichts mehr mit ihm zu tun haben, wegen einer Folge aneinandergereihter dummer Zufälle?

Es gab jetzt zwei Möglichkeiten: Warten, oder zur Tat schreiten.

So saß er nun also im Garten und überlegte, ob es wohl würdevoller wäre, sich zu gedulden, voller Gelassenheit, wie es nur die ganz Charakterstarken können, oder sich erneut auf den Weg zur Villa zu machen und unbestimmte Zeit unter ihrem Fenster zu verbringen.

Und dann stand die allumfassende Lösung plötzlich vor ihm: Virginia und die drei Kinder, allesamt in Tarnfarben gekleidet.

»Warum tragt ihr Rambo-Klamotten?«, wunderte Cesare sich.

»Morgen verkleiden wir uns als Piraten!«, rief Andrea stolz.

»Würdet ihr eine geheime Mission für mich erledigen?«, fragte Cesare.

»Was denn für eine?«

»Ihr sollt ganz heimlich etwas herausfinden, und es dann nur mir erzählen, niemandem sonst auf der Welt.«

»Super!«, jubelte Tobia. »Was sollen wir denn rauskriegen?«

»Ihr sollt herausfinden, was Priscilla in der Villa Edera macht. Wenn sie nicht dort ist, dann findet heraus, wo sie ist. Aber erzählt niemandem, dass ich euch beauftragt habe. Schafft ihr das?«

»Klar.« Virginia hob eine Augenbraue. »Wenn wir mit den Auskünften wiederkommen, die du brauchst, kostet dich das allerdings ein Eis pro Kopf. So, oder gar nicht.«

»So, oder dar nich!«, wiederholte Margherita und kreuzte ihre pummeligen Ärmchen vor der Brust.

»Abgemacht. Und wenn ihr mir auch noch sagen könnt,

welchen Eindruck Priscilla auf euch macht, ob sie irgendwie seltsam ist oder so, dann bekommt ihr eine ganze Woche lang jeden Tag ein Eis.«

Die Kinder jubelten, und Virginia fragte etwas misstrauisch: »Was meinst du mit ›seltsam‹?«

»Die ist doch immer seltsam«, gab Andrea zu bedenken.

»Ja, stimmt. Wie ›seltsam‹ denn, meinst du?«, verlangte Tobia mehr Informationen.

»Na, ob sie vielleicht wütend wirkt«, erklärte Cesare.

Schweigend blickten sich die vier kurz an, und die Zwillinge hoben die Schultern. Offensichtlich waren sie sich einig.

»Sie ist nicht wütend«, sagte Tobia.

»Sie ist traurig«, meinte Andrea.

»Dans doll taurig«, bestätigte Margherita.

»Und woher wisst ihr das?«, staunte Cesare.

»Wir haben sie gestern gesehen, in der Villa, da hat sie uns gesagt, dass sie traurig ist«, erläuterte Virgina und hob die Schultern.

»Aber … Warum sagt ihr das erst jetzt?«

»Na ja, du hast uns doch gerade erst danach gefragt«, verteidigte sich Virginia.

»Kriegen wir jetzt das Eis?«, schrien die Zwillinge.

Mit der einen Hand gab Cesare ihnen zwanzig Euro, mit der anderen griff er nach dem Telefon. Wenn Priscilla in der Villa war, wenn sie traurig war, dann würde er so lange anrufen, bis sie ranging. Irgendwann musste sie schließlich rangehen … Oder etwa nicht?

28

Doch Cesare hatte keine Ahnung, aus welchem Holz Priscillas Schmerz geschnitzt war.

Als das Telefon anfing zu klingeln und Cesares Name auf dem Display erschien, kauerte Priscilla sich ängstlich zusammen und blickte starr darauf. Sie wollte weder seine Stimme noch weitere Lügen hören. Sie würde hart bleiben.

Ja, sie war eine Frau, die nachgab und die wusste, wie sie verschwinden konnte, wenn es nötig war.

Doch als sich das Telefon wieder in Schweigen hüllte und sie das rote Symbol betrachtete, das sie über einen verpassten Anruf informierte, konnte sie nicht verhindern, dass ihr zwei dicke Tränen über die Wangen rannen.

Cesare, der immer wieder anrief, verstand das alles nicht: Seltsam, ja, das war sie, und nicht ganz von dieser Welt, umhüllt von verwobenen Fantasien, aber das hier, das hatte er nicht erwartet. Eine Szene vielleicht, ein paar Tränen, eine kleine Gefühlsachterbahn, das volle Programm, okay. Dass sie jedoch einfach so abtauchte, ohne ein Wort? Da setzte er seine erprobten Verführungstechniken ehrlich und aufrichtig in die Tat um, und – zack, war sie weg.

Nach seiner Nachricht, in der er sich erklärt und entschuldigt hatte, nachdem er sie dutzende Male erfolglos angerufen hatte, war Priscilla noch immer wie vom Erdboden verschluckt. Das ist doch wirklich übertrieben, dachte Cesare.

Und konnte es kaum glauben. Jahrelang hatte keine der Frauen zum richtigen Zeitpunkt ihre Sachen packen wollen, und die Einzige, die er unbedingt zum Bleiben bewegen wollte, machte sich im denkbar schlechtesten Moment auf und davon? In jener Nacht hatten ihn seine Gefühle übermannt. Als er alles vorbereitet hatte, wartete, dass sie auf dem Balkon erschien, und als sie dann schließlich kam, barfuß, in Jogginghose und einem grauen Sweatshirt mit viel zu langen Ärmeln, da schwappte irgend etwas in seinem Herzen über. Machte *Plopp*, wie explodierendes Popcorn. So etwas passierte in seinem Herzen normalerweise nicht, er wusste überhaupt nicht, dass sein Herz in der Lage war, ein solches *Plopp* hervorzubringen, und das erstaunte ihn maßlos. Mit bloßen Füßen und dem unordentlichen Pferdeschwanz war Priscilla etwas gelungen, woran andere in zwölf-Zentimeter-High-Heels und nach stundenlangem Styling scheiterten: Sie weckte liebevolle Zuneigung in ihm, ein Gefühl, von dessen Existenz er bis dahin nicht einmal geträumt hatte.

Ettore war in seiner Praxis und soeben dabei, Clarettas Knie zu untersuchen, das laut ihrer Aussage am Morgen, als sie von ihrem Hocker aufgestanden war, *Knack* gemacht hatte.

»*Knack*«, wiederholte Ettore. »Nun, Claretta, ich kann nicht erkennen, dass irgend etwas nicht in Ordnung wäre.«

»Vielleicht kannst du's nicht erkennen, weil's Strahlen braucht, keine Augen«, entgegnete sie.

»Da hast du vielleicht recht, aber Tatsache ist, dass ich nichts Außergewöhnliches fühlen kann, und dass es dir bei Bewegung auch nicht wehtut. Was sollen wir machen?«

»Vorher hat's aber *Knack* gemacht.«

»Vielleicht kam dieses *Knack* ganz woanders her, vom Hocker, zum Beispiel?«

Clarettas Geduld schwand allmählich. »Glaubst du etwa, ich kann nicht unterscheiden, ob ein *Knack* von dem Hocker oder von meinem Knie kommt? Ist es das, was du mir sagen willst?« Sie stemmte angriffslustig die Hände in die Hüften.

»Aber nein, Claretta, das war nur so eine Überlegung. Was hältst du davon, wenn du heute noch mal versuchst, ganz normal zu laufen, und wenn es wehtut, kommst du morgen wieder?«

»Nicht mal ein Verband?«

Ettore unterdrückte ein Seufzen. »Einen elastischen Verband, doch, das ist sicherer, Claretta. Vielleicht legst du das Bein auch ein wenig hoch, wenn du sitzt, in Ordnung?«

»Na also«, brummte Claretta zufrieden, als Ettore sie schön sorgfältig verband.

Dann sprang sie beneidenswert flink von der Liege und verkündete: »Weißt du schon, dass sich die Schriftstellerin im Haus verschanzt hat, genauso wie Penelope? Die hat nichmal abgewartet, was mit Penelope jetzt wird, hat die nich. Bisher hatten wir hier im Dorf schon eine, die sich abgeschottet hat, und jetzt, jetzt haben wir zwei davon.«

Erstaunt kratzte Ettore sich am Kinn. Was war da los? Sein Bruder war doch schon vor einigen Stunden zur Villa Edera gerannt, hatte er das Missverständnis mit Priscilla nicht aus der Welt schaffen können?

»Wie meinst du das, sie hat sich in der Villa verschanzt?« Das Telefon zwischen Ohr und Schulter geklemmt, versuchte Amanda, einige Kochbücher wieder in das richtige Regal zu sortieren, was offensichtlich nicht ganz einfach war.

»Claretta sagt, dass sie da drinnen ist, und Cesare sagt, dass Virginia und die Kinder das bestätigen. Nun, wie es der Zufall so will, war Cesare doch kürzlich krank, und da hat er sie versetzt, ist nicht zum Essen gekommen, allerdings aus Versehen«, erklärte Ettore von seinem Apparat in der Praxis aus.

»Im Ernst?« Amanda schnappte nach Luft und legte die Kochbücher auf den nächsten Tisch. »Und jetzt hat sie sich vom Rest der Welt abgeschottet? Wie Penelope?«

»Cesare behauptet, dass er sich entschuldigt hat.«

»Ich weiß gar nicht, was ich sagen soll. Das ist doch bloß ein Missverständnis. Nur weil jemand nicht zum Essen kommt, muss man doch nicht gleich unwiderruflich den Kontakt abbrechen.« Das wurde ja immer seltsamer. »Hat er sie denn angerufen?«

»Er sagt, er hat ihr geschrieben und etwa tausendmal versucht, sie anzurufen, aber sie geht nicht dran. Er ist auch zur Villa gegangen, aber da rührt sich nichts, obwohl die Kinder sagen, dass sie zu Hause ist.«

»Ich finde das alles ziemlich seltsam …« Amanda konnte es kaum glauben. Priscillas Reaktion war vollkommen unangemessen und passte auch gar nicht zu ihr, zumindest nicht zu der Priscilla, die Amanda kannte. Da musste noch etwas anderes dahinterstecken, von dem niemand wusste. Anders konnte es sich Amanda, mit ihrer guten weiblichen Intuition, nicht erklären.

»Kann Cesare dich mal anrufen, würdest du ihm helfen?«, riss Ettore sie aus ihren Gedanken.

»Natürlich«, stimmte Amanda gleich zu.

Ettore war besorgt. »Das ist nett von dir, es geht Cesare wirklich nicht gut.«

Und das war nun wirklich neu.

Einige Stunden später saß Amanda mit einem zwischen Niedergeschlagenheit und Fassungslosigkeit ringenden Cesare an einem der Tische in der Bibliothek.

Sie konnte ihn gut verstehen, Priscillas Reaktion war äußerst drastisch, die ganze Sache war sehr merkwürdig. »Amanda, ich hätte niemals geglaubt, dass ich so etwas fragen würde, aber wie kann ich mich bei einer Frau entschuldigen, die nicht in Erscheinung tritt? Jede meiner Entschuldigungs-Techniken verlangt zumindest ein Gespräch.«

»Man muss sie herauslocken«, überlegte Amanda. »Aber das wird bei jemandem wie Priscilla nicht leicht. Du brauchst keine deiner üblichen Entschuldigungen, sondern einen ausgeklügelten Plan, Cesare. Du musst sie überraschen.«

Cesare war ratlos. Was sollte er sich denn noch ausdenken? Sie ausräuchern und dann entführen, wie in ihren Romanen? Wohl eher nicht. Oder vielleicht doch? Er konnte keinen klaren Gedanken mehr fassen, vielleicht war daran das Fieber schuld, vielleicht aber auch all das, was danach geschehen war.

»Du musst sie mit irgendetwas überraschen, irgendetwas, das sie Stück für Stück aus ihrem Schneckenhaus holt, etwas, das noch nie zuvor jemand für sie getan hat, etwas, das am besten noch überhaupt niemand je getan hat. Etwas Märchenhaftes.« Gedankenverloren ließ Amanda den Blick über die Bücherregale ringsum gleiten.

Wie leicht sich doch all das Abgedroschene aufdrängte, sobald es um die Liebe ging. Einander suchende Lippen, die Erinnerung an eine Liebkosung, einen Blick. Es brauchte wahrlich nicht viel, um im Bruchteil einer Sekunde in den ewig gleichen Gesten zu versinken. Der wahre Zauber aber bestand doch darin, diesem allgegenwärtigen Gefühl eine Einzigartigkeit zu verleihen, sinnierte Amanda.

So viele Worte der Liebe waren schon gesagt, geschrieben, gewispert, angehört worden. Wer hatte diesen Blödsinn behauptet, dass Worte nur Worte waren? Worte waren alles. Sie konnten vereinen oder entzweien. Erschaffen oder zerstören.

Verwunden oder retten. Ein einziges Wort allein vermochte alles zu ändern. Ganze Leben waren wegen Worten zu Bruch gegangen. Andere wurde erlöst von einem einzigen Wort, das jemand im richtigen Moment am richtigen Ort geäußert hatte.

Und während Amanda darüber nachdachte, wie sehr Worte doch ihre eigene Welt, genau wie die von Priscilla, ausmachten, kam ihr mit einem Mal eine Idee. Die Idee. Die richtige Idee. Die, sobald sie auftauchte, alle anderen in den Schatten stellte. Unbestritten die Königsidee.

Liebesbriefe.

Nicht, dass Liebesbriefe nun kein Klischee wären, darüber war Amanda sich bewusst. Nun ja, vor Jahrzehnten hatte Cyrano de Bergerac als *Ghostwriter* für diesen Dummkopf Christian so einige davon geschrieben, doch nach und nach waren sie aus der Mode gekommen. Heutzutage verkündete man seinen Status wohl eher bei Twitter – wenn überhaupt.

Sie brauchten eine Spur aus Worten, der Priscilla dann folgen konnte, wie der kleine Däumling seiner Spur aus Brotkrumen. Keine Entschuldigungs-Nachrichten, die Priscilla sicher nicht einmal lesen würde, sondern eine Spur, die sie Stück für Stück aus ihrem Versteck locken würde, in das sie vermutlich von etwas Schlimmerem, als Cesare annahm, getrieben worden war. Was die beiden brauchen, dachte Amanda mit glänzenden Augen, ist eine literarische Schatzsuche. Eine Spur aus Liebesbriefen, die Priscilla gleich zu Cesare bringen würde, wenn sie ihr folgte.

»Wie gut bist du im Schreiben von Liebesbriefen?«, fragte sie schließlich Cesare, obgleich sie die Antwort kannte.

»Hab ich noch nie gemacht«, sagte er schlicht.

»Na, zum Glück stehen uns hier ja die besten *Ghostwriter* aller Zeiten zur Verfügung«, entgegnete Amanda lächelnd und ließ ihren Blick über die vollen Bücherregale schweifen.

29

Zwei Minuten später war Amanda bereits fieberhaft in den Bibliothekskatalog vertieft. Was sie jetzt brauchten, war eine Sammlung von Liebesbriefen berühmter Persönlichkeiten aus der Vergangenheit. Sie hatte nun die Möglichkeit, einen Roman Wirklichkeit werden zu lassen, das sollte nicht an der entsprechenden Zusammenstellung scheitern. Natürlich gab es noch das Internet, auch wenn das in diesen Räumen recht langsam war.

»Ich hab's!«, rief sie schließlich triumphierend. »Hör zu: *Liebkosungen aus Tinte. Die hundert schönsten Liebesbriefe aller Zeiten.* Das suchen wir jetzt sofort raus.«

Einen Moment später hielten sie das Buch in den Händen. Es gibt für alles immer das richtige Buch, dachte Amanda dankbar, und las mit klopfendem Herzen den Brief, den John Keats 1819 an Fanny Brawne geschrieben hatte:

Ich kann ohne dich nicht leben, an nichts kann ich denken, außer dich wiederzusehen, bis dahin und nicht weiter reicht mein Leben. Ich bin vollkommen von dir erfüllt.

Das ist auch nach zweihundert Jahren immer noch so, mein lieber John, dachte Amanda. Nichts hatte sich geändert – außer vielleicht die Art, die Botschaft zu übermitteln. Er hatte mit der Feder geschrieben, sie verschickten WhatsApp.

Cesare beobachtete sie schweigend: Ob ein paar alte Briefe wirklich Wunder vollbringen konnten?

Beide waren so in ihre Gedanken vertieft, dass sie Agata und die anderen Kinder erst bemerkten, als die sich schon in der Bibliothek verteilt hatten.

»Was macht ihr denn da?«, erkundigte sich Agata mit einem Blick über Amandas Schulter in das Buch.

»Wir planen eine Schatzsuche mit Liebesbriefen für Priscilla«, erklärte Amanda stolz.

»Eine Schatzsuche?«, rief Agata begeistert.

»Pssst«, machte Amanda vorwurfsvoll. »Wir sind hier in einer Bibliothek! Sie ist zwar klein, aber es ist immer noch eine Bibliothek!«

»Was für eine Schatzsuche?«, schrien die Zwillinge, die in Lichtgeschwindigkeit herbeistürmten.

»Wo kommt ihr denn her?«

»Satssuche«, schrie Margherita, die Virginia hinter sich herzog.

»Eine Schatzsuche? Wann denn?« Virginia setzte sich zu ihnen an den Tisch.

»Für Priscilla«, verkündete Agata glücklich und noch immer ziemlich laut.

Amanda verdrehte die Augen.

»Für Priscilla? Super!« Virginia klatschte in die Hände.

»Können wir euch helfen?«, fragte Andrea, während Tobia eifrig nickte.

»Aber sicher.« Amanda seufzte, nahm ihr Telefon und bat das halbe Dorf via WhatsApp zu einer Versammlung.

Cesare war unfähig, ein Wort hervorzubringen.

Fünfzehn Minuten später saß ein Dutzend Dorfbewohner um den Tisch versammelt: Die Liebesbrief-Schatzsuche war damit nunmehr eine hochoffizielle Angelegenheit. Das Dreierklübchen, alarmiert von einem vorbeihastenden Menschenstrom, hatte beschlossen, sich diesmal ganz bestimmt nichts entgehen zu lassen, und erreichte gerade atemlos die Bibliothek. Agnese folgte den dreien neugierig, in Gedanken bei der Gara Fragolina und der Frage, mit welchem Kuchen sie denn nun ins Rennen gehen sollte in diesem verhexten Jahr mit verschwundenen Katern und entwendeten Briefen.

»Was macht ihr da?«, rief Claretta den Versammelten am Tisch zu, die aussahen, als planten sie einen Bankraub. »Ihr fälscht doch nicht wieder Briefe?«

»Also mit Briefen hat das hier schon etwas zu tun«, räumte jemand ein.

»Was denn?«, forderte Rosamaria Aufklärung.

»Amanda plant eine Schatzsuche mit Liebesbriefen von Cesare an Priscilla, und wir helfen dabei!«, krähte Tobia.

»Du meine Güte!«, murrte Claretta. »Und wie wollen wir das anstellen?« Sie nahm einen Stuhl und setzte sich, gefolgt von den anderen beiden, an den Tisch.

»Na, dann hoffen wir mal, dass Priscilla mehr mit einem Brief anfangen kann als diese undankbare Penelope, die immer noch kein Lebenszeichen von sich gegeben hat«, moserte Rosamaria.

Cesare wusste nicht, wie ihm geschah. Wo, in drei Teufels Namen, war er hier hineingeraten?

»Was genau plant ihr denn?«, wollte die praktisch veranlagte Evelina wissen.

»Nun sagt schon.«

»Wie wollt ihr vorgehen?«

»Was sollen wir tun?«

»Ich hole noch Don Casimiro und Elvira. Aber dass ihr bloß nichts ohne mich entscheidet!«, rief Agnese und machte sich eilig auf den Weg.

Amanda blickte in die erwartungsvollen Gesichter am Tisch. Jeder würde seinen Teil beitragen. Wenn das mal nicht wie im Roman war! Sie blickte zu Cesare, der den Kopf in die Hände stützte.

Ach, Männer.

»Die Briefe sollen sie als eine Spur zum Schatz führen«, überlegte die Bibliothekarin.

»Also in die Villa Edera, und der Schatz ist Cesare, der dort auf sie wartet«, rief Virginia und klatschte begeistert in die Hände.

»Meine Güte. Das klingt ja fürchterlich. Vielleicht lassen wir das Ganze doch lieber sein?«, warf Cesare zweifelnd ein.

»Keineswegs. Wir machen das, und wie wir das machen!«, entgegnete Claretta und tippte ihm dabei mit dem Zeigefinger mehrfach entschieden auf die Schulter. »Da hört doch alles auf. Ruft erst alle hierher, damit wir ihm helfen, und jetzt will er kneifen. Also, sowas …«

»Aber ich habe doch gar nicht …«

»Ruhe! Die Villa Edera ist also das Ziel. Und das mit dem Schatz, das gucken wir dann«, fuhr Claretta fort.

»Und wo sollen wir die Briefe verstecken?«, fragte jemand.

»Wir könnten sie im Dorf verteilen«, schlug ein anderer vor.

»Na klar, als ob Priscilla nichts Besseres zu tun hätte, als zwischen Rhododendronbüschen nach Briefen zu suchen.«

»Jetzt wartet doch mal«, murmelte Amanda nachdenklich. »Wir könnten die Briefe doch behalten.«

»Wie meinst du das?«

»Ich meine, wir verstecken sie nicht, sondern bewahren sie bei uns selber auf, jeder einen. Wie Wächter.«

Agata blickte die Bibliothekarin voller Bewunderung an. »Das ist eine tolle Idee!«

»In Ordnung, dann behalten wir also die Briefe«, fasste Evelina zusammen. »Und wie bekommt Priscilla sie?«

In diesem Moment kam Agnese atemlos herein, gefolgt von Elvira und Don Casimiro.

»Ihr habt doch hoffentlich nichts ohne uns entschieden«, rief sie gleich.

»Don ... Was ist mit Vladimiro?«

»Vladimiro geht es gut. Am Sonntag kommt er wieder nach Hause.«

»Rechtzeitig zur Gara Fragolina!«, bemerkte Agnese lächelnd.

»Dieses Jahr mache ich auch einen Kuchen!«, verkündete Virginia und zwinkerte den grinsenden Kindern zu.

»Jetzt lass mal den Kuchen und konzentrier dich lieber auf die Briefe«, wies Rosamaria sie zurecht. »Man muss die Dinge der Reihe nach angehen.«

»Schreibst du die Briefe?«, wandte Agata sich an Amanda.

»Nein, wie nehmen Ausschnitte aus Liebesbriefen von berühmten Persönlichkeiten.«

»Von Amy Winehouse oder so?«, fragte jemand.

»Ich dachte eher an John Keats«, gab die Bibliothekarin zurück.

Von irgendwo war ein verwirrtes: »Wer?« zu hören.

»Also, die Briefe von diesen berühmten Leuten haben wir bei uns. Und Priscilla muss rauskriegen, wer von uns einen hat, und wenn sie das rausgefunden hat, dann kriegt sie den Brief, hab ich das richtig verstanden?«, wollte Claretta wissen.

»Ja, so ungefähr«, überlegte Amanda. »Aber damit sie von einem Brief zum nächsten gelangt, braucht sie Hinweise.«

»Richtig. Außer dem Brief muss es auch immer einen Hinweis geben«, nickte Don Casimiro, der nunmehr eingeweiht war. »Bekomme ich auch einen Brief?«

»Ich will auch einen!!«, schrien die Zwillinge und Margherita im Chor.

»Also, ich habe hier jetzt neun Briefe«, erklärte Amanda. »Die wären dann bei Agata, den Zwillingen, Margherita, Virginia, Don Casimiro ... Agnese und Elvira? Claretta, ihr auch?«

»Ich will auch einen!«, brauste Rosamaria auf.

»Das Dreierklübchen ist eine Person, wie die Zwillinge, die sind auch nur einer«, entgegnete der Pfarrer, dem niemand widersprach. »Und Elvira und Agnese sind auch eine Person, zur Feier ihres wiederhergestellten Friedens.«

»Dann sind es bisher sieben. Zwei fehlen. Vielleicht Anita?«

»Was ist mit Tramezzino?«, schlug Virginia vor.

»In Ordnung, Tramezzino. Wer will den letzten?«

»Den bekommt Ettore«, rief Agata, die ihren Dottore immer im Sinn hatte.

»Und die Hinweise?«, wollte Virginia wissen.

»Darum kümmere ich mich«, meinte Amanda. »Ich würde sagen, wir treffen uns heute Abend gegen sieben Uhr wieder hier und verteilen alles«, schlug sie vor. Sie blickte zu Cesare, der kraftlos nickte. Es wäre doch wirklich zu schön ...

»Dann findet die Schatzsuche also morgen statt? Meinetwegen sogar spätestens morgen, noch besser sogar heute noch, denn am Sonntag ist die Gara Fragolina, und wir brauchen mindestens drei Tage, um uns darauf vorzubereiten«, überlegte Agnese. Liebe war ja schön und gut, aber die wirklich wichtigen Dinge sollte man keineswegs schleifen lassen, fand Agnese.

»Nein, wir treffen uns in der Kirche«, ergriff der Pfarrer das Wort. »Etwas so Wunderliches braucht doch wenigstens eine Segnung. Heute Abend. Denn was du heute kannst besorgen, das verschiebe nicht auf morgen«, fuhr er ernst fort.

»Don Casimiro, wir haben einen Postboten in unsere Gewalt gebracht und einen Brief gefälscht, glaubt Ihr im Ernst, dass uns noch irgendetwas aufhalten kann?«

»Und was ist mit Penelope?«

Ja, was war mit Penelope?

30

Um Punkt sieben Uhr am Abend versammelten sich alle in der Kirche, und Amanda verteilte Briefe und Hinweise. Einige der Anwesenden waren Feuer und Flamme, andere hatten noch immer nicht verstanden, was das eigentlich sollte. Zu Letzteren gehörte Cesare, der sich fragte, womit in aller Welt er das hier verdient hatte, doch er hatte beschlossen, Amanda zu folgen. Bis zum Schluss, schließlich hatte er nichts zu verlieren.

»Kann mir mal jemand erklären, warum wir so ein riesiges Spektakel veranstalten? Ein Bruchteil davon hätte auch gereicht, das ist euch doch klar, oder?«, rief Claretta.

»Die Dorfgemeinschaft findet allmählich Gefallen daran, gemeinsam Dinge auszuhecken. Das ist in diesem Sommer offenbar so«, gab Elvira zurück.

»Aber dann können wir doch auch noch mehr machen«, schaltete sich Rosamaria nachdenklich ein.

»Noch mehr?«

»Ja. Zum Beispiel kann Priscilla ja nicht zurück in die Villa kommen und da in Jeans und T-Shirt auf Cesare treffen«, erklärte sie. »Manchmal braucht man was Richtiges zum Anziehen, braucht man manchmal.«

»Und Luftballons«, schrien die Zwillinge.

»Okay, aber ich wette, Priscilla hat keine schicken Sachen dabei.«

»Dafür sorgen wir dann ja.« Evelina schnaubte. »Wenn, dann machen wir das hier jetzt auch richtig.«

»Und wo sollen wir sowas herbekommen?«, fragte Virginia.

Einen Moment lang herrschte Schweigen, dann hob Claretta plötzlich mit einem Ruck den Kopf.

»Aus dem Schrank von Ludovica! Dem großen, auf dem Dachboden!«, rief sie, und allein der Gedanke daran, in der Garderobe der reichen Besitzerin der Villa Edera herumzuwühlen, versetzte sie in helle Aufregung.

»Das geht doch nicht«, wandte jemand ein.

»Und ob das geht! Da sind Kleider von ganzen Generationen der Familie Del Pizzo drin, angefangen bei Gualtiero.«

»Wenn wir Glück haben, sind noch welche aus den Sechzigern da. Oder aus dem letzten Jahrhundert«, murmelte Amanda.

»Aber das ist doch fantastisch! Darüber freut Priscilla sich bestimmt. Ich möchte noch mal darauf hinweisen, dass sie seit drei Tagen da drin ist – ich wette, sie lässt sich gern aufheitern«, meinte Agnese.

Der Gedanke war Amanda auch schon gekommen. Und sie wusste, sie hatten nur einen Versuch – und den musste sie jetzt in Angriff nehmen.

»Ich gehe jetzt zu ihr«, entschied sie, legte Cesare eine Hand auf die Schulter und drückte sie leicht. »Ich gehe zu ihr und rede mit ihr. Ihr organisiert hier weiter alles. Und du, Cesare, machst dich mal frisch, du siehst aus wie der lebendige Tod.«

Ohne ein weiteres Wort verließ sie die Kirche und machte sich strammen Schrittes auf den Weg zur Villa Edera.

Priscilla saß mit dem Laptop auf dem Schoß auf dem Sofa und schrieb. Sie würde diesen dummen Roman jetzt vollenden, diesen Ort verlassen und das alles hier endlich abhaken. Alles. Und zwar für immer.

249

In diesem Moment klopfte es an der Tür.

Eigentlich wollte sie sich totstellen, wie in den letzten Tagen schon so oft, doch sie hatte fast nichts mehr zu essen im Haus und hoffte insgeheim, dass ihr vielleicht jemand ein paar Vorräte brachte.

Liebeskummer hin oder her, verhungern würde die Sache nicht besser machen.

Bevor sie darüber nachdenken konnte, ob es vielleicht Cesare war, der da klopfte, ertönte auch schon entschlossen Amandas Stimme: »Priscilla, mach sofort auf!«

Und Priscilla gehorchte.

Gleich darauf umarmte die Bibliothekarin sie fest, und Priscilla fing sofort an zu weinen.

»Was ist los?«, fragte Amanda, ohne die Arme von ihr zu lösen.

»Frag Cesare, was los ist!«, heulte Priscilla ihr ins Ohr.

Amanda verdrehte die Augen. »Erzähl mir mal, was er gemacht hat, dann wird sich schon eine Lösung finden.«

»Was er gemacht hat, was er gemacht hat … Frag doch mal deine Schwägerin, was er gemacht hat, der Idiot.« Priscilla schluchzte.

Amanda dachte kurz nach. Ihre Schwägerin? Domitilla, die Frau ihres Bruders Piergiorgio lebte in Modena.

»Das verstehe ich nicht. Meine Schwägerin?« Sie packte Priscilla an den Schultern und zwang sie, ihr in die Augen zu sehen.

»Die Frau von Cesare«, stieß Priscilla hervor. War das hier etwa eine Verschwörung? Wollten alle sie einfach weiter anlügen?

»Welche Frau? Wovon redest du?«

Priscilla wischte sich mit dem Ärmel die Nase ab. »Wie, welche Frau?«

»Ganz einfach: Welche Frau? Cesare ist nicht verheiratet.«
Priscilla erstarrte und schwieg. Er war nicht verheiratet?
»Er ist nicht verheiratet?«, stieß sie schließlich hervor.
»Nein. Wie kommst du denn darauf?«
»Ich habe gehört, wie die vom Buchclub gesagt haben, was
er doch für eine schöne Frau hat, so grazil und anmutig und
überhaupt ...«
Amanda hob den Blick gen Himmel. »Ich sage es dir jetzt
ein für alle Mal: Es gibt keine Ehefrau, und es hat nie eine
gegeben.«
Was also war geschehen?
Kurz bevor Priscilla auf der Suche nach Cesare Anitas Bar
betreten hatte, hatte Irene den Freundinnen ihren teuflischen
Racheplan für die arme Laura erörtert. Laura war schon ihr
ganzes Leben in Cesare verliebt, und nun, nachdem sie sich
endlich dazu durchgerungen hatte, ihm ihre Liebe zu gestehen,
musste sie zusehen, wie diese Schreiberlingtante ihn ihr vor
der Nase wegschnappte. Wenn das mal nicht Pech war. Irene
erzählte also, was sie im Garten der Villa Edera beobachtet
hatte, schilderte haargenau jedes noch so kleine Detail, auch
die erfundenen, was bei Laura unendlichen Liebeskummer
hervorrief sowie die Bereitschaft, alles zu tun, was die Freundin
vorschlug.

Doch wie es der Zufall wollte, kam in diesem Moment
Priscilla direkt an ihrem Tisch vorbei, und Irene fing an, über
eine ausgedachte Ehefrau zu schwadronieren, die Cesare zu
Hause erwartete.

Und so hatte Priscilla sich ohne weitere Erklärung im Haus
verschanzt, drei schmerzhafte Tage lang. Ach, die liebenswerte,
leidenschaftliche und zerbrechliche Priscilla. Wer könnte ihr
diesen Rückzug verübeln?

Mit den Buchclub-Damen würde Amanda abrechnen. Ihre

armseligen Clubtreffen würden sie ab sofort in Anitas Bar abhalten können.

Priscilla jedoch war noch immer verunsichert, sie blickte Amanda an und fragte: »Und Bianca? Wer ist das?«

»Bianca …«, murmelte die Bibliothekarin und lächelte müde.

»Ja, Bianca! Ich habe eine Nachricht gesehen, in der sie schreibt, sie vermisst ihn!«

Amanda seufzte. Mehr Missverständnisse auf einem Haufen hatte sie noch nie erlebt.

»Priscilla, Bianca ist die Cousine von Cesare und Ettore, sie ist zwölf Jahre alt.«

»Was?« Priscilla riss die Augen auf.

»Ja, die Cousine, und noch mal ja, sie und Cesare stehen sich sehr nahe. Die Kleine liebt riesige Pullover und schreckliche Musik, und Cesare verwöhnt sie immer maßlos.«

Priscilla sackte aufs Sofa, vollkommen durcheinander, und fing wieder an zu weinen. Dieses Mal aus Erleichterung.

»Endlich weint mal jemand mehr als ich«, sage Amanda lächelnd. Sie bedachte die Schriftstellerin mit einem liebevollen Blick und setzte sich neben Priscilla aufs Sofa. »Bist du bereit, das Haus zu verlassen und an der fabelhaftesten, wundervollsten Schatzsuche teilzunehmen, die je für eine Frau ersonnen wurde?«

»Was, wie bitte?«, stammelte Priscilla, die vor Überraschung sogar aufgehört hatte zu weinen. »Zuerst möchte ich mit Cesare reden und ihm alles erklären.«

»Komm, zieh dich an«, entgegnete Amanda, ohne darauf einzugehen, und gab ihr einen Klaps auf das Bein.

»Macht ihr in diesem Dorf eigentlich auch mal normale Sachen?«, erkundigte sich Priscilla.

Amanda versuchte, sie zu überzeugen: »Hör mal, im Leben gibt es einige wenige Momente, in denen man seinem Herzen einen Stups geben muss, über die eigenen Grenzen hinaus. Das musst gerade du doch wissen, du schreibst schon dein ganzes Leben lang darüber. Du und tausend andere! Denk nur an all die Liebesgeschichten, die im Laufe der Jahrhunderte verfasst wurden ... Die hätte es nie gegeben, wenn die Figuren darin nicht ins kalte Wasser gesprungen wären: Scarlett gesteht Ashley ihre Liebe, Jane Eyre heiratet Edward – und wie wir wissen, hauste Bertha zu dieser Zeit im Dachgeschoss, Anna wird die Geliebte von Vronskij ... Was hier und jetzt passiert, ist das wirkliche Leben, aber was macht das schon? Ein einziges Mal ist das Leben wie ein Roman! Ich weiß, dass du Angst hast, aber wenn es einen Moment gibt, in dem es sich lohnt, über den eigenen Schatten zu springen, dann ist es dieser, glaub mir. Ich würde so etwas niemals sagen, wenn ich nicht sicher wäre, dass es ein Happy End für dich gibt.«

Eine so lange Rede hatte sie noch nie gehalten.

Priscilla hörte zu und weinte auch noch ein bisschen, doch die zähe, düstere Schwärze in ihr zog sich Stück für Stück zurück, und an ihre Stelle traten große Luftblasen, die ihr zwischen den Schluchzern tiefe Atemzüge gestatteten. Und dann, als Amanda sie erwartungsvoll anblickte, war sie hin- und hergerissen.

Was würde Calliope del Topazio tun? Ganz sicher würde sie bei der Schatzsuche dabei sein, aber sie war ja auch eine leichtsinnige Gans ohne jeden Sinn fürs Praktische. So war Priscilla nicht. Oder doch? Vielleicht war es diesmal genau richtig, etwas Leichtsinniges zu wagen?

Sie dachte an den Moment, an dem Cesare sie angesehen hatte wie etwas unendlich Wertvolles, und ein Teil ihres Herzens schmolz dahin. Und dann kam ihr Penelope in den Sinn, und der Brief: Wenn sie jetzt alles in den Wind schoss, dann würde sie den Ausgang dieser Geschichte nie erfahren.

In diesem winzigen Ort hier lebte hinter verschlossenen Türen eine steinalte Frau, von allem abgeschottet, weil ein Mann sie verletzt und enttäuscht hatte.

Würde sie genauso enden? Wenn sie sich jetzt aus Angst und Stolz zurückzog, würde sie dann enden wie Penelope und die Sicherheit ihres Zuhauses nicht mehr verlassen? Niemand würde einen Brief für sie fälschen, der im Nachhinein allem Sinn gab. Mit der Zeit würden Spinnweben sie überziehen, und das wäre es dann gewesen.

War dies ein größeres Risiko, als der Liebe eine Chance zu geben? Noch einmal sah sie Cesare vor ihrem inneren Auge, sah, wie sich sein Gesicht langsam dem ihren näherte, um ihr schließlich den allerersten Kuss zu geben. Und in diesem Moment fiel ihre Entscheidung.

Dieses Mal würde Calliope siegen, nicht Penelope.

Ein letztes Mal würde Priscilla ihr Herz in die Hand nehmen, ein allerletztes Mal.

Diesen ersten Kuss von Cesare und alle Erinnerungen an ihn in die düstere Kammer erlittener Liebesqualen und zerbrochener Hoffnungen zu verbannen, das fürchtete sie vielleicht mehr, als noch einmal von vorn zu beginnen. Scherben vergangener Liebschaften lagerten dort in der Düsternis, nicht gelebte Fantasien, erstorbenes Gelächter, tote Stimmen. Wenn sie nur noch eine düstere Erinnerung hinzufügen würde, würden die Schatten sie nicht mehr gehenlassen, und sie müsste ihr restliches Leben dort in Finsternis gehüllt verbringen.

Priscilla blickte Amanda an und sagte nur: »Na gut, dann lass uns jetzt spielen gehen.«

Gleich darauf, als Priscilla sich im Bad das Gesicht wusch, schickte Amanda Cesare folgende Nachricht: »Mach bloß keine Dummheiten«.

Cesare blickte in die Runde und grinste.

Das reichte den anderen als Signal: In Nullkommanichts versteckten sie sich alle und warteten gespannt auf Priscillas Eintreffen.

31

Die Erste war natürlich Agata. Sie wartete, versteckt hinter einem Baum, am Eingang zur Villa auf Priscilla – wie es sich für eine gute Tradition gehört. Sie war überglücklich. Alles war wieder gut. Ihr Herz klopfte wild, und in der Hand hielt sie den Brief. Niemals würde sie diesen Sommer vergessen.

Laut Plan musste sie Priscilla nur den Brief und den Hinweis geben, doch als Priscilla begleitet von Amanda schließlich auftauchte, die Augen noch verdächtig gerötet, da schlang Agata die Arme um sie.

»Da bist du ja wieder«, flüsterte sie.

»Da bin ich wieder«, stimmte Priscilla gerührt zu.

»Ich hab etwas für dich.« Agata grinste und hob mit beiden Händen den Brief in die Höhe, als wollte sie ihr das Schwert Excalibur reichen.

»Zuerst musst du den Brief lesen, und dann sage ich dir etwas, was du dir gut merken musst.«

Priscilla öffnete den Umschlag und las:

Geschriebene Küsse kommen nicht an ihren Ort …

FRANZ KAFKA AN MILENA

»Und wie geht es jetzt weiter?«, fragte sie lächelnd.

Agata holte tief Luft und sagte ihr Sprüchlein auf: »Alle

Kinder werden erwachsen, nur eines nicht. Das sagt man ihnen recht bald, und Wendy erfuhr es so: Eines Tages, als sie etwa zwei Jahre alt war und im Garten spielte, pflückte sie eine Blume und lief zu ihrer Mutter. Sie musste wirklich hinreißend ausgesehen haben, denn Mrs.Darling klatschte gerührt in die Hände und rief: ›Ach, wenn du doch immer so bleiben könntest!‹«

»*Peter Pan?* Ist das ein Hinweis?«

Agata war schrecklich aufgeregt. »Erraten! Ich erklär's dir: Du bekommst immer einen Brief und den Hinweis auf die Person, die den nächsten Brief für dich hat. Verstanden?«

Priscilla lachte. »Verstanden. Dann muss ich jetzt also zu Margherita gehen, und die gibt mir den nächsten Brief?«

Agata machte große Augen. »Genau, es ist Margherita, du hast es ja sofort rausgekriegt!«, rief sie bewundernd.

»Dann gehe ich sofort los. Ich kann es kaum erwarten, ihren Hinweis zu hören. Kommt ihr mit?«

»Nein! Du musst alles allein machen, sonst gilt es nicht«, erklärte Agata, die das Ganze sehr ernst nahm.

Priscilla umarmte noch einmal beide, dann machte sie sich allein auf in Richtung Dorf, auf der Suche nach Margherita. Nun war sie wirklich bereit.

Und plötzlich spürte sie, dass sie lächelte.

Sie lächelte noch immer über diese verschrobene, wundervolle Idee, als Margherita hinter einem Baum, der ein gutes Versteck gewesen war, hervorschoss und ihr entgegenrannte, den Brief fest in der Hand.

»Der is sür dich!«, krähte sie stolz.

»Aber so ist es doch viel zu leicht.« Priscilla lachte. »Geh wieder hinter den Baum, dann suche ich dich.«

Margherita gehorchte und hockte sich hinter den Baum, wo Virginia und die Zwillinge bereits auf sie warteten.

Priscilla tat, als würde sie suchen und stand nach wenigen Minuten vor ihnen.

»Der is sür dich!«, wiederholte Margherita mit unverminderter Begeisterung und gab Priscilla den Brief.

»Bist du jetzt nicht mehr traurig?«, erkundigte sich Tobia.

»Nein, jetzt nicht mehr«, schmunzelte Priscilla. »So, jetzt wollen wir mal sehen.«

Ich tue alles, was ich kann
dass meine Liebe
dich nicht stört,
blicke dich heimlich an
lächle, wenn du nicht zu mir schaust.
Meinen Blick und meine Seele
lege ich nieder,
wo ich meine Küsse sehne
Auf dein Haar
Deine Stirn
Deine Augen
Deine Lippen
Überall, wo Liebkosungen frei willkommen sind

JULIETTE DROUET AN VICTOR HUGO

»Wie schön«, murmelte Priscilla. Und jetzt musst du mir einen Hinweis geben, richtig?«

Und Margherita sagte brav auf: »Dreimal miaut die liebestolle Tatze.«

»*Macbeth*«, kam es wie aus der Pistole geschossen. »Die drei Hexen. Vierter Akt. Erste Szene.«

Virginia starrte sie an. »Ich hab's ja gesagt, dass du das alles weißt.«

»Gütiger Gott, jetzt muss ich wahrscheinlich das Dreier-klübchen aufsuchen … Ich hoffe, sie wissen nicht, welcher Hinweis mich zu ihnen führt«, japste Priscilla und ging weiter, nachdem alle Kinder sie fest umarmt hatten.

Diese Schatzsuche war ein großer Spaß. Auch für Erwach-sene. Und irgendwo in ihrem Hinterkopf keimte die Hoffnung, dass dieses eine Mal die Wirklichkeit schöner sein würde als alles, was ihre Fantasie sich ausmalen konnte.

Das Dreierklübchen hielt am üblichen Ort die Stellung und den Brief schon bereit.

»Komm her!«, winkte die Erste sie gleich heran.

»Du sollst sie doch nicht rufen!«, beschwerte sich die Zweite.

»Wenn man die jetzt nicht ruft, müssen wir ewig warten, müssen wir dann.« Die Dritte wedelte mit dem Brief.

Hätten wir nicht schon vor Monaten auf den guten Einfall
kommen können, einander liebzugewinnen?

SIGMUND FREUD AN MARTHA BERNAYS

»Und der Hinweis?«, wollte Priscilla wissen.

»Also«, ergriff Evelina das Wort.

»Nein, ich will's sagen!«, unterbrach Claretta.

»Alle großen Leute waren mal klein, aber die meisten wis-sen es nicht mehr«, triumphierte Rosamaria, während die an-deren beiden ihr mürrische Blicke zuwarfen.

»*Der kleine Prinz*«, freute sich Priscilla. »Margherita und Agata waren ja schon dran, und Virginia ist streng genommen kein Kind mehr. Dann müssen es die Zwillinge sein. Die waren eben mit ihrer Schwester hinterm Baum versteckt.«

»Richtig. Aber sag mal, bist du jetzt wieder gesund?« Cla-retta musterte sie forschend.

Priscilla lächelte, nahm ihren Mut zusammen und berührte sie sanft an der Schulter. »Ja, danke.«

Und dann rannte sie, so schnell sie konnte, wieder die Straße hinunter, bis sie auf Tobia und Andrea traf.

Habe ich vielleicht gesagt, dass Menschen in Kategorien eingeteilt werden sollen? Wenn ich es gesagt habe, dann meinte ich genauer: nicht alle Menschen. Du nicht. Ich kann dich in keine Schublade stecken, ich bekomme dich einfach nicht zu packen. Neun von zehn Menschen mögen unter den richtigen Umständen für mich vorhersehbar sein, bei neunen von zehn mag ich aus Worten oder Gesten begreifen, wie ihr Herz schlägt. Der zehnte jedoch treibt mich in die Verzweiflung. Geht über mich hinaus. Dieser zehnte, der bist du.

JACK LONDON AN ANNA STRUNSKY

Die Zwillinge warteten nicht einmal, bis sie fertiggelesen hatte, da schrien sie schon im Chor: »Nie mürrisch darf sie sein, aber immer fröhlich und nie schrei'n. Muss sich kümmern um uns Kinder, wir sind zwar laut, aber auch lieb, und das nicht minder!«

Priscilla lachte laut auf. »*Mary Poppins!* Die finde ich wundervoll. Virginia, das Kindermädchen, du bist schon hier, also her mit dem Brief!« Priscilla streckte die Hand danach aus.

Nur für den Fall, dass du es einmal vergisst:
Ich denke ununterbrochen an dich.

VIRGINIA WOOLF

»Bezaubernd«, murmelte Priscilla. »Und der Hinweis?«

Dies hier war die schönste Schatzsuche seit Menschengedenken.

Virginia räusperte sich und verkündete dann inbrünstig: »In der großen Stadt, wo unendlich Menschen und Häuser sind, da ist nicht Platz genug, dass alle ein Gärtchen haben können, deshalb sind die meisten mit Blumen in Kübeln zufrieden, und da lebten zwei verarmte Kinder, die hatten einen Garten, der war ein kleines bisschen größer als ein Blumentopf.«

Sie warf einen raschen Blick auf das Papier in ihrer Hand und fuhr dann fort:

»Geschwister waren sie nicht, aber sie hatten sich so lieb, als wenn sie es gewesen wären. Ihre Eltern waren Nachbarn ...«

Priscilla überlegte schweigend, sie kannte die Geschichte, wusste aber gerade nicht, welche es war.

»Das weiß sie nicht«, rief Tobia enttäuscht.

»Das hättest du wohl gerne.« Priscilla grinste. »Ich muss noch ganz kurz überlegen ... Aber ich weiß auf jeden Fall, dass ich zu Elvira und Agnese muss. Wenn hier in Tigliobianco über Nachbarn geredet wird, dann sind die beiden mit ihrer ewigen Fehde gemeint, soviel habe ich schon begriffen. Aber als Hinweis finde ich das ein wenig schwach.«

»Aber du weißt es doch gar nicht!«, empörte sich Andrea.

»Das ist aus *Die Schneekönigin*«, platzte Priscilla hervor und zwinkerte dem Kind zu. Ihr fiel die ganze Geschichte wieder ein. Gerda und Kay, der magische Spiegel, die Frau aus Lappland und die aus Finnland. Sie fand es das schönste Märchen von Andersen, schöner noch als *Die Meerjungfrau*.

»Dann gehe ich jetzt zu Elvira und Agnese«, verkündete sie und setzte sich in Bewegung.

Als sie dort ankam, saßen die beiden im Garten, den Brief griffbereit.

Ich kann ohne dich nicht leben, an nichts kann ich denken, außer
dich wiederzusehen, bis dahin und nicht weiter besteht mein
Leben. Ich bin vollkommen von dir erfüllt.

JOHN KEATS AN FANNY BRAWNE

Den Hinweis gab Elvira, die Ruhe selbst. »Und Argos, der treue Hund, erkannte seinen Herrn Odysseus nach so vielen Jahren, und – schloss nun die Augen für immer.«

»*Die Odyssee*«, rief Priscilla gleich und dachte kurz darüber nach, wohin dieser Hinweis sie führen sollte. »Natürlich, Vladimiros Hund!«

»Tramezzino«, bestätigte Agnese.

»Ist er noch in der Bar?«, fragte Priscilla.

Elvira schnaubte. »Wer weiß?« Dann fügte sie hinzu: »Geht es dir jetzt besser?«

»Ja, jetzt geht es mir wieder gut«, lächelte Priscilla.

Dieses Dorf war wirklich und wahrhaftig ein kleines Wunder.

Tramezzino zu finden, war nicht schwierig, er war jetzt ganz in Anitas Bar gezogen, und an seinem um den Hals geknoteten Tuch war mit einer Sicherheitsnadel ein Zettel angebracht:

Nimmer regt sich das Laub
Der Kastanie.
Auf der Wendeltreppe
Rauscht dein Kleid.

GEORG TRAKL

Und darunter ein Satz aus *Frankenstein*, den Priscilla nach langem Nachdenken schließlich googelte: »Die alten Meister dieser Wissenschaft versprachen das Unmögliche und hielten nichts.«

Der Hund blickte sie verwundert an.

»Schon gut, Tramezzino. So etwas wie das hier habe ich noch nie erlebt. Da der Hinweis aus *Frankenstein* ist, und es hier nur einen offiziellen Arzt gibt, muss ich wohl zu Ettore«, erklärte sie und streichelte die weichen Ohren des Hundes.

Und Ettore erwartete sie auch schon vor seiner Praxis, den Brief bereit.

»Geht es dir jetzt wieder gut?«

»Außer Tramezzino habt ihr mich das alle gefragt ... Danke, es geht mir gut. Und das habe ich euch zu verdanken.« Priscilla war gerührt.

Der Arzt nickte nur und reichte ihr den Brief. Nun war er zufrieden.

Du bist ein Schlingel und hast mir meine Seele gestohlen

ANNETTE VON DROSTE-HÜLSHOFF
AN LEVIN SCHÜCKING

»Was ein verliebter Satz«, staunte Priscilla.

Ettore warf ihr einen liebevollen Blick zu. »Willst du den Hinweis?«

»Ja, bitte.« Priscilla nickte.

»Also: ›Bedacht sprach er sein Brevier, und manchmal schloss er zwischen zwei Psalmen sein Gebetbuch, hielt jedoch den rechten Zeigefinger als Lesezeichen zwischen den Seiten ...‹«

»Don Abbondio, der hat hier noch gefehlt«, ächzte Priscilla.

»Sag bloß, ihr habt auch den jetzigen Pfarrer in diese Sache mit reingezogen …«

Ettore beschränkte sich auf ein kurzes Grinsen, dann schloss er sie fest in die Arme.

* * *

Fünf Minuten später klopfte Priscilla am Pfarrhaus, und Don Casimiro öffnete ihr glücklich.

»Ihr seid doch wirklich alle verrückt hier, verrückt und wundervoll«, platzte sie hervor und unterdrückte ein Lachen. Ob der Pfarrer sie auch umarmen würde?

»Ich stehe immer bereit, jede Initiative meiner Gemeinde zu unterstützen«, gab er zurück.

»Auch, wenn sie vollkommen irrsinnig ist?«

»Dann erst recht.«

»Ihr wisst, dass der Hinweis, der mich zu Ihnen geführt hat, von Don Abbondio kam, oder?«

Der Pfarrer warf einen hilflosen Blick Richtung Himmel und faltete die Hände. »Erinnere mich bloß nicht daran …«

Jenseits von richtig und falsch liegt eine ganze Welt.
Dort werde ich auf dich warten.

JALALUDDIN RUMI

»Das ist ja genau der richtige Brief für Euch.«

»›Jenseits von richtig und falsch liegt eine ganze Welt.‹ Ist das nicht wunderbar?«, antwortete Don Casimiro lediglich.

Priscilla nickte. »Ja, das ist es.«

»Und nun der Hinweis«, kündigte der Pfarrer an. »Hör gut zu: ›Für eine Wiese braucht es bloß Klee, Bienen und Träume.

Ein Traum tut's aber auch allein – wenn wenig Bienen dort sind, daheim‹.«

Was ein zauberhafter Hinweis. Der allerschönste überhaupt, dachte Priscilla.

»Um zu träumen, reicht auch manchmal ein bisschen ... Efeu, Edera«, überlegte sie.

»Ganz genau ... Es braucht bloß ein wenig Efeu, Edera«, bestätigte Don Casimiro und drückte Priscilla kurz, aber fest an sich.

»Und nun geh«, verabschiedete er sie.

Und Priscilla ging.

Die Villa Edera, die Nacht, Cesare und die Liebe erwarteten sie. Und sie lief dem entgegen, mit einem Packen Briefe, diesem Strauß wundervoller Worte in der Hand.

Das Kleid, das Agnese und Elvira aus Ludovicas Schrank ausgewählt hatten, war dunkelgrün. Ein langes seidenes Gewand mit schmalen Trägern, das einen guten Teil des Rückens entblößte. Vermutlich aus den dreißiger Jahren.

Ehrlich gesagt hatten sie zwischen Cordsamthosen für Männer und Opernwesten alles herausgezerrt, was der Schrank hergab. Hatten rappelkurze Paillettenkleider bewundert, Fransenponchos aus der Hippiezeit, Schlagjeans, ebenso enge wie hochgeschlossene Pullunder, selbstgestrickte Schals, Rautenpullover und Vieles mehr. Dieser Schrank beinhaltete eine wahre Zeitreise.

Und nun warteten die beiden auf Priscilla, hielten das eben noch mehr schlecht als recht gelüftete Kleid für sie bereit und blickten gespannt zur Tür.

Priscilla staunte beim Anblick der beiden nicht schlecht.

»Was macht ihr denn hier?« Sie hätte mit allem gerechnet, nicht aber mit den beiden Nachbarinnen in ihrem Wohnzimmer.

»Wir sind hier, um dich ein wenig zurechtzumachen. So wie du angezogen bist, so geht das doch nicht«, erklärte Elvira und warf einen abschätzigen Blick auf Priscillas graues Shirt.

»Schminke hast du ja wohl, oder?«, erkundigte sich Agnese.

»Ja, schon, aber ...« Priscilla musterte, was die beiden Nachbarinnen im Haus aufgestöbert hatten. Außer dem Kleid lagen perlenverzierte Haarspangen bereit, die sie zusammen mit einer Seidenblume, einem Paar riesiger Ohrringe, unzähligen Haarklammern und einem Rosenkranz in einem glänzenden Kästchen gefunden hatten. Priscilla nahm das grüne Kleid und betrachtete es mit großen Augen. »Wie aus dem Märchen ...«

»Gib mal her, ich seh noch schnell nach, ob Löcher drin sind«, befahl die praktische Elvira. »Und ich sage den anderen Bescheid. Jetzt machen wir dich erst mal richtig schön.« Damit verließ sie den Raum, das Kleid über dem Arm und das Telefon schon im Anschlag.

Priscilla blickte ihr reglos nach. Was hätte sie nicht alles verpasst, wenn sie den Sommer in Griechenland verbracht hätte?

Und dann wurde sie schön gemacht. Eine Handvoll Frauen und Kinder versammelten sich in der Villa Edera und steckten sie in das grüne Kleid von Signora Ludovica, die sie alle miteinander angezeigt hätte, wüsste sie von dem aktuellen Geschehen. Sie bürsteten Priscillas kupferfarbenes Haar und bändigten es mit zwei perlenbesetzten Haarkämmen, die sie mit an Heldentum grenzendem Mut dem glänzenden Kästchen von Ludovica entnahmen. Schließlich trat Priscilla vor den Spiegel und betrachtete sich.

Sah sich an, während die Menschen um sie herum, die sie vor einem Monat noch gar nicht gekannt hatte, cremefarbene Luftballons aufpusteten, das Zimmer mit Tüchern dekorierten und Kerzen entzündeten. Musterte sich, herausgeputzt in diesem gestohlenen Kleid, und lächelte ein lippenstiftverziertes

Lächeln. Sie sah Elvira und Agnese, die hinter ihr im Spiegel schmunzelten. Sah Margherita, die auf dem Boden saß und seit zwanzig Minuten versuchte, einen Ballon aufzublasen, und Virginia, die, von den Zwillingen unterstützt, einen Schleier kunstvoll um sich schlang. Sie sah Agatas Blick und wusste, dass dieses Mädchen niemals vor irgend etwas Angst haben würde, und darauf war sie stolz, denn schließlich war sie ihre Freundin.

Sie sah all das und dachte, wenn eine Handvoll Menschen in der Lage war, so etwas für eine ihnen fast unbekannte Person zu tun, dann war alles möglich.

Nicht nur in Geschichten.

32

Cesare war zu Hause und wartete auf das Signal.

Was, wenn Priscilla dieses Spiel nicht gefiel? Wenn wegen einer dummen, nicht zugestellten Nachricht alles aus und vorbei war? Wenn ihr all dies hier nicht reichte?

Als Agnese ihn informierte, dass Priscilla bereit sei, verließ Cesare das Haus, lief jedoch nicht gleich zur Villa. Er wollte jede Minute genießen. Das Ganze war verrückt, und er wollte nichts davon verpassen. Wenn Amanda mit ihrer Idee nicht gewesen wäre, wenn all die Menschen aus Tigliobianco ihre Hilfe nicht angeboten hätten, was wäre dann passiert?

Auf der Bank der Piazza, mit einem soeben bei Claretta erworbenen, unglaublich schlechten Rum, kam ihm der Gedanke, dass es immer schwieriger wurde zu spielen, wenn man einmal erwachsen war. Stand man erst einmal im Arbeitsleben und trug Verantwortung, blieb keine Zeit mehr zum Spielen. Wer vermochte dann noch Begeisterung und Geduld aufzubringen, um seine Fantasien Wirklichkeit werden zu lassen? Wer wollte das überhaupt noch?

Priscilla. Priscilla wollte das, sie gab sich nicht so leicht zufrieden. Sie wusste, dass die Wirklichkeit nicht nur das war, was wir sahen, dass es noch etwas jenseits des Alltags gab.

Sie, in deren Seelenwinkeln ganze Welten verborgen lagen, wilde Fantasien voller Kühnheit. Sie, die einzige Frau, der es je gelungen war, ihn zu überraschen.

Entsprang daraus vielleicht die Liebe? Verliebte man sich am Ende in das, was überraschte?

Während die Sonne unterging, wurde Cesare langsam klar, dass er wahrlich etwas ganz Besonderes gefunden hatte. Er nahm den Rum und stand endlich auf. Nur das Zirpen der Grillen war zu hören, und hier und da hallten klappernd Schritte. Am Ende der Straße würde Priscilla auf ihn warten.

Nie zuvor war er so glücklich gewesen.

33

Nun war Priscilla allein und wartete im riesigen Wohnzimmer der Villa. Saß da in dem grünen Kleid von Ludovica, das kupferfarbene Haar löste sich bereits aus den Kämmchen, und ihre Lippen glänzten rot wie reife Früchte.

Und wenn nun alles schiefging? Cesare sie auslachte? Erst gar nicht auftauchte? Dann würde all ihr Mut zu einem Häufchen Elend zusammensacken. Was würde dann aus ihr und dieser unbändigen Leidenschaft? Ihre Liebe, die sie endlich zu geben wagte, würde ihr Wesen nicht entfalten können, und anstatt in Cesares sicheren Armen, würde sie zusammengekauert in einer windigen Ecke Schutz suchen müssen.

Es verstand sich von selbst, dass Priscilla Angst hatte. Quälende Angst, wie man sie bekam, wenn man nach und nach alle Schutzschichten um Seele und Wünsche abgelegt hatte, und plötzlich nackt und verletzlich dastand, mit dem Herz in den Händen. In beiden Händen, und dafür musste man schon verrückt sein, denn mit welcher Hand konnte man sich so noch verteidigen? Vor allem, wenn man sein blankes Herz darbot, garniert mit Wünschen, Fantasien und wunderlichen Eigenheiten. Wie sollte man gelassen bleiben, wenn einem der eigene Hochmut bewusst wurde? Das war doch Leichtsinn. Narren und Helden bekleckerten sich damit. Und Priscilla war beides: Eine dumme Heldin, gekleidet in Liebe, ohne Rüstung. Der wahre Held offerierte aufrecht und bebend, aber furchtlos sein Herz, während Überlebensinstinkt und Vernunft ihm zuriefen: Lauf weg! Doch seine glühende Seele bettelte: Bleib.

Ein letztes Mal hatte sie in ihrer Seele geräumt, hatte Teile ihrer Fantasien verflochten, Traumfetzen aneinandergenäht, hatte alles zu einem unendlichen Plaid verwoben. Ein allerletztes Mal. Wenn nun dieses mühevoll erschaffene Traumgebilde in all seiner farbenfrohen Pracht verlacht und gedemütigt würde, dann wäre es damit für immer vorbei. Wenn er all das nicht haben wollte, dann bliebe nichts, gar nichts.

So also wartete Priscilla reglos inmitten dutzender cremefarbener Luftballons in einem grünen Kleid aus dem letzten Jahrhundert. Würde der Mann, dem sie ihre Seele darbot, die Arme danach ausstrecken, oder würde er sich abwenden?

Als sie hörte, wie die Tür geöffnet wurde, setzte ihr Herz aus. Setzte erst aus und explodierte im nächsten Moment.

Cesare hatte sich zurechtgelegt, was er sagen würde. Auf dem Weg zur Villa hatte er sich alle Worte zwei oder drei Mal vorgesagt und war äußerst zufrieden. Doch dann öffnete er die Tür und erblickte sie.

Priscilla in einem dunkelgrünen Kleid, mit wild abstehendem Haar, die Kämmchen hatten es nicht bändigen können, ihre blauen Augen fingen bei seinem Anblick an zu glänzen, erst freudig, dann panisch, dann in einer Art, die er nicht deuten konnte, und schließlich voller Liebe.

Mehr als »Ich liebe dich« brachte er nicht über die Lippen, die Flasche Rum in der Hand.

Keine Rede. Priscilla hätte am liebsten alle Worte der Welt gleichzeitig gesagt, doch sie blieben ihr im Hals stecken, und sie schwieg. In ihr wurde alles weich und explodierte und schrie und schlug Purzelbäume, doch nach außen war sie war vollkommen reglos. Lediglich eine Träne rann langsam über ihre

Wange. Eine dieser Tränen, die sie geschworen hatte, nie wieder zu weinen.

Behutsam streckte Cesare die Hand danach aus und nahm sie ganz sanft auf den Finger.

Sie hätten mehrere Stunden gebraucht, um sich alles zu sagen, was sie sich hätten sagen wollen. Dass er hohes Fieber gehabt und sein Telefon nicht richtig funktioniert hatte, weshalb die Nachricht nicht angekommen war. Dass sie von Irene und den anderen aus dem Buchclub hereingelegt worden war und geglaubt hatte, er hätte ein vor ihr geheim gehaltenes Leben in Venedig. Dass Amanda die Schatzsuche organisiert hatte, mithilfe des ganzen Dorfes, weil sie genau wusste, wie wichtig Priscilla Cesare war.

Es hätte einige Stunden gebraucht, mit ein paar »Tut mir leid« und »Ich liebe dich«, einigen Tränen und dem ein oder anderen Gläschen Rum. Nach und nach hätte sich auch ein Lachen eingeschlichen, eine Liebkosung. Hin und wieder hätten sie geschwiegen und Cesare hätte sie küssen oder Priscilla hoffen wollen, dass dies hier eine makellose Liebe war, eine, die man wie eine Geheimwaffe in die Tasche neben das Puderdöschen steckte, eine, die man wie ein Taschentuch im Ärmel verbergen konnte, eine federleichte Liebe, die zwischen die Seiten in ein Buch passte. Eine, die man in die Hosentasche steckte und immer wieder berührte, ohne dass es irgendwer bemerkte.

Keiner der beiden tat, was er eigentlich wollte, dafür war der Augenblick zu zerbrechlich. Es galt, Ängste zu überwinden, achtzugeben, wohin man Hände und Füße setzte, Reden und Schweigen auszubalancieren. Anstatt sich also all das zu sagen, was sie sich hatten sagen wollen, redeten die beiden über Piraten und Serienmörder, und tranken dabei den fuseligen Rum von Claretta.

Sie waren nicht in der Lage, das Richtige zu sagen, und

doch taten sie es. Mehr als »Ich liebe dich« und »Tut mir leid« brauchte es nicht.

Und inmitten der Ballons, aus denen die Luft schon zur Hälfte entwichen war, warf Cesare schließlich Priscilla einen zärtlichen Blick zu.

»Ich habe alle Fäden in sämtlichen Farben benutzt, um diesen Traum für dich zu nähen«, erklärte sie.

Ein vollkommen sinnloser Satz. Ein einziges, winziges Stück aus Priscillas unsichtbarem Gedankenkarussell.

Doch Cesare verstand. Er sah das Herz in ihren Händen, ihm blank und nackt dargeboten, sah die Fantasien, die tausend bunten Fäden, die sich um diese Frau vor ihm schlangen, sah in ihren Augen die Seele tanzen. »Ich weiß«, flüsterte er.

Und dann kam endlich dieser winzige Moment der Stille, auf den sie beide schon den ganzen Abend gewartet hatten, der, in dem sie wussten, dass sie einander gefunden hatten. Hier und jetzt.

Priscilla wollte etwas sagen – ich würde mich immer für dich entscheiden, egal, in welchem Leben, in welchem Traum, in welcher Wirklichkeit, in dem Raum zwischen den Zeilen aller niemals geschriebenen Geschichten und denen, die noch geschrieben werden –, aber sie brachte kein Wort heraus.

Und Cesare verstand auch das, verstand, dass sie nun in ihre andere Welt ging, die, in die sie sich flüchtete, wenn sie Angst hatte, und er schloss die Arme um sie.

Sie schmiegte sich an seine Brust, und kurz bevor ihre Lippen zueinander fanden, flüsterte er: »Und diese Geschichte, wie geht die zu Ende?«

Priscilla schüttelte den Kopf. »Diese eine Geschichte, die Geschichte, die du bist, möchte ich niemals zu Ende schreiben.«

»Lebten sie nicht für immer glücklich und zufrieden, so

wie in deinen Liebesgeschichten?«, witzelte er und drehte eine ihrer Haarsträhnen um seinen Finger.

»Die Liebe geht fast immer zu Ende. Die Geschichten hingegen nie.«

»Dann ist das hier nur eine Geschichte?«

Sie lächelte: »Eine Geschichte ist nie nur eine Geschichte.«

Da schob Cesare sanft seine Finger in ihr Haar und küsste ihre Lippen.

34

Wie bereits erwähnt, war die Gara Fragolina das Ereignis des Jahres in Tigliobianco.

Und während Priscilla und Cesare damit beschäftigt waren, wieder dort anzuknüpfen, wo sie aufgehört hatten, widmete sich der Rest des Ortes der Organisation des wichtigsten Sonntags eines jeden Sommers – obgleich sich alle natürlich fragten, wie die Schatzsuche eigentlich ausgegangen war. Doch Liebe hin oder her, die Gara war schließlich die Gara, und damit basta.

Die Straßen waren menschenleer. Alle machten sich zu Hause daran, *ihren* Erdbeerkuchen zu backen. Agnese, die es auch in diesem Jahr nicht geschafft hatte, das Rezept der Suprema aufzuspüren, versuchte es mit einem Cheesecake. Elvira zerkleinerte eine Tafel dunkler Schokolade für ihren Kuchen, während Dracula zufrieden um ihre Beine strich.

In jedem Haus bogen sich die Tische unter Körben saftiger roter Erdbeeren. Auch bei Virginia, die, umringt von den erdbeersaftverschmierten Kindern, den ersten und wahrscheinlich letzten Kuchen ihres Lebens zubereitete.

»Dann fangen wir mal an. Wer will die Eier aufschlagen?«

»Ich«, schrien die Kinder durcheinander, auch Margherita, deren Gesicht, Hände und Kleid schon etliche rote Flecke aufwiesen. Der Saft der Erdbeeren, die sie seit einer halben Stunde aß, lief ihr sogar am Bein herunter und tropfte auf ihren Fuß. Virginia blickte sie nachdenklich an. Ob sie wohl Bauchschmerzen bekommen würde?

»Zum Glück brauchen wir drei Eier. Margherita, du fängst an, dann hörst du wenigstens auf zu essen. Du bist ja schon fast selbst eine Erdbeere.«

»Is, eine Erdbeere?« Margherita blickte prüfend an sich hinunter und patschte zur Kontrolle auf ihr Bäuchlein.

»Ja, du bist schon fast selbst eine Erdbeere. Das passiert, wenn man zu viele davon isst. Dann muss ich nachher bei deiner Mutter eine riesige Erdbeere abliefern anstatt dich!«

»Nach Margherita sind wir dann dran!«, riefen die Zwillinge.

Und zwischen Geschrei und Gelächter, Mehlwolken und dem Duft frischer Akazienblüten ließen drei Kinder und ein halbwüchsiges Mädchen soeben nichts weniger als die Legende des Dorfes wiederauferstehen.

35

Am Morgen jenes ungeduldig erwarteten Sonntags wurden Dutzende herrlicher erdbeerverzierter Kuchen ausgestellt, jeder auf einem eigenen Tisch mit einem Schildchen davor, das die Zutaten listete, den Namen des Kuchens und seiner Bäckerin. Aus der uralten Stereoanlage der Kirche dröhnte Jahrmarktmusik auf die Piazza, es war jedes Jahr dieselbe. Das ganze Dorf war versammelt und wartete darauf, dass die Richter die Kuchen verkosteten und anschließend die Gewinnerin verkündeten. Als großer Preis winkte in diesem Jahr ein Nussknacker, den die Inschrift *Gara Fragolina – Tigliobianco* zierte.

Alle drängten sich um die Tische und musterten aufmerksam die Meisterwerke der anderen – ob es wohl einen besseren Kuchen als den eigenen gab? Elvira stand irgendwann vor dem Tisch der Buchclub-Damen, die – selbstverständlich – nach den präzisen Anweisungen ihres Gurus Irene gemeinsam gebacken hatten. *Die leichte Verkuchung* stand auf dem Schildchen neben dem mickrigen Backwerk. Die Zutatenliste enthielt weder Eier noch Milch, Butter oder Zucker, dafür handgemahlenes Vollkornmehl.

»Nur achtunddreißig Kalorien das Stück!« Irene platzte fast vor Stolz.

Elvira blickte sie mit nur schlecht verhohlener Verachtung an. Mit der Welt ging es doch tatsächlich den Bach hinunter.

Priscilla und Agata, die gemeinsam teilnahmen, präsentierten an ihrem Tisch stolz den unansehnlichsten Kuchen, der jemals bei der Gara Fragolina ins Rennen geschickt worden war.

Voller Bewunderung musterten sie den Kuchen von Virginia und den Kindern am Nebentisch: eine süße Pracht, verziert mit leuchtenden Erdbeeren und winzigen weißen Blüten, die aus einem duftenden, mit Honig bestrichenen Teig hervorlugten. Ehlich gesagt war im Rezept keine Rede davon gewesen, doch Virginia hatte einfach nicht widerstehen können und alles noch mit ein wenig Puderzucker bestäubt.

»Was für ein wundervoller Kuchen«, wiederholte Agata, die es nicht erwarten konnte, vor dem ganzen Dorf endlich mit dem Geheimnis herauszuplatzen. Doch dann wurde sie abgelenkt von Ettore, der soeben gemeinsam mit Cesare die Piazza betrat.

»Hach«, murmelte sie in Richtung Priscilla. »Er ist noch schöner als Virginias Erdbeerkuchen.«

»Das kannst du laut sagen«, stimmte die zu.

Doch Priscilla, die in dieselbe Richtung blickte, allerdings auf den anderen der beiden Brüder, war ehrlich gesagt nicht ganz der gleichen Meinung. Den Erdbeerkuchen würde sie ebenso gerne anknabbern wie ihren Cesare.

Bevor die Richter zur Verkostung schritten, geschahen zwei Dinge gleichzeitig.

Als Erstes parkte der Wagen von Don Casimiro vor der Kirche, und heraus kam Vladimiro, sauber und adrett gekleidet. Tramezzino bemerkte ihn sofort, hob in seinem Korb erst ein Ohr, dann den Kopf, sprang schließlich auf und lief wie ein geölter Blitz schwanzwedelnd von der Bar über die Piazza. Sein Herrchen hob ihn glücklich in seine Arme, und eine kleine Menschenmenge strömte erfreut zu den beiden. Noch nie in seinem Leben war Vladimiro so oft umarmt worden. Als er endlich etwas sagen konnte, war alles, was er hervorbrachte: »Und mein Einkaufswagen?«

Die Zwillinge krähten sogleich stolz: »Um den haben wir uns gekümmert.«

In diesem Moment nahm das zweite Ereignis seinen Lauf. In dem allgemeinen Durcheinander glitt eine weibliche Gestalt unbemerkt und lautlos aus ihrem Haus und schritt langsam und gemessen in Richtung der Piazza. Ihr Haar war schlohweiß und von elfenbeinernen Haarklammern zu einem Knoten aufgesteckt. In ihrem knöchellangen purpurfarbenen Seidenkleid setzte sie bedacht einen Fuß vor den anderen, als wäre sie nicht mehr daran gewöhnt. Stumm ging sie bis zur Piazza, blieb dort stehen und beobachtete den Trubel um Vladimiro.

Als Erste bemerkt wurde sie von der kleinen Margherita, die zog an Virginias Hand und fragte: »Ber is das?«

Die Babysitterin folgte Margheritas Blick, dann klappte ihr Mund auf. »Das ist Penelope«, flüsterte sie.

Einer nach dem anderen drehten sich nun alle Köpfe.

Penelope. Die seit vielen Jahren das Haus so selten verließ, dass sie für einige nur eine Legende war. Penelope, deren Haar immer in Unordnung war, und in deren Gesicht stets die Frage lag, wie sie das alles verdient hatte. Penelope, der das Wichtigste versagt geblieben war – nicht der Verlobte, nein, sondern eine Erklärung, eine menschliche Geste. Penelope, der es nie gelungen war, sich aus den Krallen dieses siebzigjährigen Wartens zu befreien.

Da war sie nun. Zweiundneunzig Jahre alt, endlich frei, endlich voller Leben. Penelope war zurückgekehrt.

Agnese trat aus der ungläubig staunenden Menge heraus. Sie ging auf die betagte Signora zu und nahm behutsam ihre Hand. Dann führte sie sie zu einer Bank unter einem Baum und sagte: »Setz dich, Penelope. Leiste uns Gesellschaft.«

Die Signora entgegnete nur: »Ich heiße Amaranta«, dann nahm sie würdevoll Platz, aufrecht und mit wachem Blick. Cesare reichte ihr ein Glas Apfelsaft.

Virginia begann zu weinen und wiederholte zwischen den Schluchzern: »Es hat geklappt, es hat geklappt.« Kurz darauf schluchzte auch Margherita aus vollem Halse und klammerte sich wimmernd an Virginias Bein.

Agata nahm Priscillas Hand, und ohne den Blick von Penelope zu nehmen, murmelte sie: »Ist uns da Poesie gelungen?«

»Ja, und zwar eine, die fliegen kann«, bestätigte Priscilla.

Amaranta war aus dem Haus gekommen. Hatte nach siebzig Jahren beschlossen, ihr Schneckenhaus zu verlassen. Wenn eine fast Hundertjährige das zuwege brachte, dann war alles möglich, dann konnte man jede Schutzschicht öffnen und Licht einlassen. Und während Priscilla das dachte, traf ihr Blick auf Cesare, der sie aus einiger Entfernung anlächelte.

Sie brauchte nun kein Versteck mehr, keinen Ort der Zuflucht.

Claretta erholte sich langsam von der Überraschung. »Alles schön und gut, aber was ist jetzt mit der Gara?«

Kurz darauf standen alle wieder hinter ihren Tischen, die Richter gingen von Kuchen zu Kuchen, probierten und machten sich Notizen.

Als sie Virginia erreichten, hoben sie die Brauen: Sie übten diese Aufgabe seit über vierzig Jahren aus und wussten genau, wie die Suprema aussah. Rasch wechselten sie einen Blick. Der Erste nahm ein Stückchen auf seine Gabel, und erst, nachdem er es ausgiebig gemustert hatte, führte er die Gabel zum Mund und sagte schließlich: »Das gibt es doch nicht!«

Der Zweite tat es ihm nach und erblasste: »Das ist unglaublich ...«

Virginia und die Kinder hielten die Spannung kaum aus.

Schließlich kostete auch der dritte Richter und sagte dann geradeheraus: »Das ist die Suprema.«

In der allgemeinen Aufregung der Leute, die sich um den Tisch von Virginia drängten, flüsterte Priscilla Agata zu: »Guck mal, die Zwillinge.«

Die beiden Jungs waren knallrot und standen vollkommen reglos da, offenbar unsicher, ob sie schon losjubeln durften oder nicht.

Im Gewirr der Stimmen war nun deutlich die von Agnese zu hören. Sie suchte dieses Rezept seit Jahren, und nun präsentierte hier plötzlich wie von Zauberhand eine Halbwüchsige einfach so die Suprema? Sollte das ein Witz sein?

»Woher hast du das Rezept?«, fuhr sie Virginia an.

Und die antwortete stolz und mit der Unschuld ihrer sechzehn Jahre: »Aus dem Einkaufswagen von Vladimiro.«

Und da brachen Andrea und Tobia endlich in Jubel aus.

Jener Sonntag im Juli, an dem Penelope und die Suprema gleichzeitig in altem Glanz wiederauftauchten, ging in die Geschichte von Tigliobianco ein und würde seinen Platz auf immer dort behalten.

36

Ein Jahr später

»Wer hat denn eigentlich in diesem Jahr die Villa Edera gemietet?«, wollte Evelina von den beiden anderen wissen.

»Keine Ahnung. Ich glaube, eine Familie mit 'nem komischen Namen. Sowas wie Passiflora oder Frangipane. Halb englisch und halb italienisch.«

»Engländer, die haben mir gerade noch gefehlt«, stöhnte Claretta. »Die wollen wahrscheinlich *Muffins* oder so Zeug kaufen.«

»Hoffen wir mal das Beste, im letzten Jahr war ja die Hölle los.«

Und die drei schwiegen einen Moment in Gedanken an diesen seltsamen Sommer, in dem sie Penelope das Leben gerettet und den beiden Schnarchnasen Cesare Burello und Priscilla Greenwood einen Schubs aufeinander zu versetzt hatten.

»Also nächstes Jahr entscheiden wir, wer die Villa mietet«, meinte die Erste.

»Genau, nur weil Ludovica das Haus gehört, kann sie nich einfach machen, was sie will, kann sie nich«, bestätigte die Zweite.

»Außerdem kommen immer so komische Leute«, beendete die Dritte das Thema.

Den Finger als Lesezeichen zwischen den leicht zerknitterten Seiten, hielt Claretta ein Buch mit dem Titel *Erdbeersommer mit Aussicht* in der Hand.

Kein weiteres Abenteuer der Calliope del Topazio. Es war ein ganz neuer Roman, er handelte von einer Frau, die nicht aufgeben wollte, und von einem verschollenen Rezept, das später jedoch gefunden wurde. Mit Happy End. Die erste Seite des Buchs enthielt eine Widmung: *Für Tigliobianco, den Ort, an dem alles blühen kann. Danke.*

In diesem Moment rannten die Zwillinge in halsbrecherischem Tempo an ihnen vorbei. Auch wenn sie jetzt ein Jahr älter waren, wollten sie von normalem Tempo nichts wissen. Außerdem schob jeder der zwei einen Einkaufswagen vor sich her, vollgepackt mit ihren Schätzen. Glücklichere Kinder konnte es gar nicht geben. Ihnen folgten Virginia und die kleine Margherita, die mittlerweile fast fehlerfrei sprach.

»Jetzt guck sich mal einer die beiden an.« Claretta wies auf die Zwillinge.

Die Kirchenglocken läuteten zur Messe und Don Casimiro warf einen Blick aus der Kirchentür.

»Sollen wir reingehen?«

»Ach, warum nicht. Sonst ist der Pfarrer nachher noch beleidigt, ist der.«

Die drei erhoben sich, überquerten die Piazza und betraten die Kirche, wo sie sich in die letzte Bank setzten. Von dort hatten sie die ganze Kirche im Blick.

Sie sahen Amanda und Ettore mit ihrer vor Kurzem geborenen Tochter Celeste, Vladimiro mit Tramezzino auf dem Schoß, Irene und die anderen vom Buchclub, die von Amanda seit nunmehr einem Jahr mit eisiger Missachtung gestraft wurden, und Agnese und Elvira, die aneinandergerückt plauderten. Alles konnten sie sehen.

Auch die Ecke, in der ein Lesepult stand, auf dem ein einfaches schwarzes Heft lag, geöffnet auf einer ganz besonderen Seite ...

* * *

Am gleichen Sonntagmorgen, an dem das Dreierklübchen in der letzten Kirchbank Platz nahm, setzte sich Priscilla auf den Küchentisch, in der Hand eine Tasse Kaffee, und ließ verschlafen die Beine baumeln. Es herrschte Stille.

Schließlich ertönte das leise Geräusch einer sich öffnenden und wieder schließenden Tür, dann Schritte im Flur. Priscilla blickte gerade noch rechtzeitig auf, um zu sehen, wie Cesare lächelnd zur Tür hereinsah. Kurz darauf drückte er seine Lippen auf ihr zerzaustes Haar, seine Arme umschlangen sie, und sein Duft erfüllte den Raum.

Priscilla lächelte und blickte über Cesares Schulter auf einen kleinen Zeitungsausschnitt, der an dem roten Kühlschrank befestigt war. Der Artikel zeigte das Foto von Virginia und den lachenden Kindern, jedes mit einem Stück Erdbeerkuchen in der Hand. Die große Überschrift titelte: *Die Suprema.*

Meine treuen Leserinnen und Leser,

ich weiß, dass ihr ein weiteres Abenteuer von Calliope del Topazio erwartet habt und wissen wollt, ob sie sich nun für die stürmische Leidenschaft des Piraten Jack Raven oder die betuliche Liebe des Grafen Edgar Allen entschieden hat. Ich verspreche, dass ich alles noch erzählen und Calliope nicht sich selbst überlassen werde.

Doch dieses Mal wollte eine andere Geschichte erzählt werden.

Die Geschichte eines kleinen Dorfes, und wie es einer Handvoll außergewöhnlicher Menschen gelang, ein Märchen wahr werden zu lassen. Oder die Wirklichkeit zu einem Märchen.

So ist diese Geschichte entstanden, eine Geschichte ohne Entführungen, dafür mit einer verschwundenen Katze, ohne Duelle, aber mit einem kleinen Komplott. Eine Geschichte ohne Hofstaatgeheimnisse, dafür mit einem mysteriös verschwundenem Kuchenrezept, ohne den Austausch von Personen, aber dem von Briefen.

Ich habe das Universum dieser Geschichte sehr klein gehalten. So klein, dass es in einer Glaskugel Platz hat, in einer Kamee oder einem winzigen Aquarell.

Doch die Leidenschaften im Inneren dieses kleinen Kosmos' standen denen der Calliope-Romane in nichts nach, ganz im Gegenteil.

Die Geschichte steckt voller Liebe. Wahrer Liebe, die nicht aus großen Gesten besteht, sondern aus den ganz kleinen, behutsamen, vertrauten, ja manchmal unsichtbaren. Ohne die es keine Liebe geben würde, es sei denn, man begnügt sich mit einer leeren Hülle.

So habe ich euch, meine lieben Leserinnen und Leser, diese Geschichte anvertraut, die Geschichte einer enttäuschten Schriftstellerin, die wieder zurück auf den Pfad von Vertrauen und Mut gefunden hat. Denn um zu lieben und sich lieben zu lassen, braucht es Mut. Um glücklich zu sein, braucht es Mut. Und um zu leben, ohne dass das Leben an uns vorbeizieht und wir dabei zusehen, braucht es ebenso viel Mut.

Es hat nur einen Sommer gebraucht, um alle Fenster sperrangelweit aufzureißen und frischen Wind einzulassen, einen Wind, der alles aufwirbelt und den Staub von der Seele pustet.

Und das, das wünsche ich jedem von euch: Einen Windstoß, ein plötzliches Lachen, ein alles überragendes Gefühl, eine Schatzsuche – egal, woraus der Schatz besteht, einem Körbchen Erdbeeren, einem Schüsselchen Zucker und einem Holztisch, auf dem man ganz in Ruhe einen Kuchen zubereiten kann.

Manchmal reicht das.

Manchmal reicht ein Sommer, um alle Erdbeeren der Welt erblühen zu lassen.

PRISCILLA GREENWOOD

Liste der erwähnten Bücher

LEWIS CARROLL, Alice im Wunderland

S.S. VAN DINE, Der Mordfall Bischof

LOUISE FITZHUGH, Harriet – Spionage aller Art

PENELOPE LIVELY, The House in Norham Gardens (Keine deutsche Ausgabe)

CATHERINE STORR, The Underground Conspiracy (Keine deutsche Ausgabe)

PHILIPPA PEARCE, The way to sattin shore (Keine deutsche Ausgabe)

AGATHA CHRISTIE, Mord im Pfarrhaus

NICHOLAS SPARKS, Message in a Bottle – Weit wie das Meer

AZAR NAFISI, Lolita lesen in Teheran

MARGARET MITCHELL, Vom Winde verweht

RIYOKO IKEDA, Die Rosen von Versailles

LEIJI MATSUMOTO, Space Pirate Captain Harlock

KYOKO MIZUKI, Candy Candy

ASTRID LINDGREN, Pippi Langstrumpf

HARPER LEE, Wer die Nachtigall stört

STEPHENIE MEYER, Bis(s) zum Morgengrauen

STEPHEN KING, Sie

Geschichten aus Tausendundeiner Nacht

CHARLES DICKENS, Große Erwartungen

MICHAIL BULGAKOW, Der Meister und Margarita

ALEXANDRE DUMAS, Die Kameliendame

JAMES ELLROY, Die schwarze Dahlie

JORGE AMADO, Gabriela wie Zimt und Nelken

UMBERTO ECO, Der Name der Rose

ALEXANDRE DUMAS, Die schwarze Tulpe

ELIZABETH VON ARNIM, Jasminhof

J.K. ROWLING, Harry Potter und die Kammer des Schreckens

JOHANNA SPYRI, Heidi

GEORGETTE HEYER, Der Mörder von nebenan

JOHN COLERIDGE, Die Ballade vom alten Seemann

EDMOND ROSTAND, Cyrano de Bergerac

CHARLES PERRAULT, Der kleine Däumling

CHARLOTTE BRONTË, Jane Eyre

LEV TOLSTOI, Anna Karenina

J.M. BARRIE, Peter Pan

WILLIAM SHAKESPEARE, Macbeth

ANTOINE DE SAINT-EXUPÉRY, Der kleine Prinz

PAMELA L. TRAVERS, Mary Poppins

HANS CHRISTIAN ANDERSEN, Die Schneekönigin

HOMER, Odyssee

MARY SHELLEY, Frankenstein

ALESSANDRO MANZONI, Die Brautleute

CHARLES PERRAULT, Dornröschen